CB020397

A SOLIDÃO DO DIABO

Paulo Bentancur

A SOLIDÃO DO DIABO

inclui

A Bíblia II

Prefácio
Moacyr Scliar

BERTRAND BRASIL

Copyright © 2006, Paulo Bentancur

Capa: Raul Fernandes

Editoração: DFL

2006
Impresso no Brasil
Printed in Brazil

CIP-Brasil. Catalogação na fonte
Sindicato Nacional dos Editores de Livros, RJ

B419s	Bentancur, Paulo, 1957- A solidão do diabo: inclui a Bíblia II/Paulo Bentancur; prefácio Moacyr Scliar. – Rio de Janeiro: Bertrand Brasil, 2006. 352p. ISBN 85-286-1199-X 1. Conto brasileiro. I. Título.
06-2420	CDD – 869.93 CDU – 821.134.3 (81)-3

Todos os direitos reservados pela:
EDITORA BERTRAND BRASIL LTDA.
Rua Argentina, 171 — 1ª andar — São Cristóvão
20921-380 — Rio de Janeiro — RJ
Tel.: (0xx21) 2585-2070 — Fax: (0xx21) 2585-2087

Atendemos pelo Reembolso Postal.

Para Miguel Ângelo Bentancur,

meu pai,

que chorou também as minhas lágrimas.

Sumário

Frio

Banquete no Inferno

Ao longo dos anos tenho acompanhado a carreira de Paulo Bentancur. O menino inquieto que conheci no passado, o menino que era fascinado por literatura; esse menino se transformou num escritor maduro, coerente, consistente e, sobretudo, talentoso.

A solidão do Diabo disso dá testemunho. Em primeiro lugar, é um livro de contos. O conto, paradoxalmente, é um gênero dos escritores mais novos e dos mais maduros. Os novos chegam a ele atraídos pela suposta, e enganosa, facilidade; os veteranos vêem no conto um desafio literário de primeira grandeza. No conto, funciona aquilo que em fisiologia se chama "a lei do tudo ou nada", resultante de uma conhecida experiência que consiste em dar choques elétricos em um músculo isolado da pata da rã. De início, o músculo não se contrairá, mas, quando o fizer, será com a máxima energia. Este estágio, de máxima energia, é aquele a que Paulo Bentancur chegou. Ele agora tem todas as condições de responder à altura ao desafio representado pelo conto.

Tomem como exemplo "A Bíblia II". Nele, Paulo Bentancur aventa a possibilidade de uma segunda bíblia, "a que sabia a resposta aguardada por todos acerca do nosso futuro". Esta segunda bíblia aparentemente existe, mas a sua autoria suscita dúvidas: "A primeira bíblia foi escrita por homens de carne e osso, inspirados por Deus. E a segunda, quem a havia inspirado?" O estilo do livro sugere que foi obra de um único autor, que "superou o ódio de ser traído e vive acima da condição dos que precisam ter piedade para conviver".

E aí a conclusão surpreendente — bem de acordo, aliás, com o postulado de Edgar Allan Poe, segundo o qual todo conto deve terminar com uma surpresa: "Ainda que nunca eu me tenha entregado à leitura mais atenta e persistente desta outra bíblia, sei agora, perfeitamente, que esse homem — cuja voz de fogo, solitária e assassina, e que reproduz a voz de seu deus amargo — poderia ter sido eu."

Esta visão de uma peculiar relação entre o ser humano e a Lei também pode ser encontrada no conto que dá título ao livro, "A solidão do Diabo". O que temos aí é um demônio adequado à realidade social de nosso mundo: "Belzebu, aliás, oferecera a quem quer que fosse um cartório especial de Atualização Permanente de Cartas de Intenções, onde todos os contratos e testamentos eram reavaliados e atualizados rotineiramente, segundo os interesses de ambas as partes." Eternidade? Não existe. "Que eternidade coisa nenhuma! O universo já foi medido. Os cientistas de vocês não querem abrir o jogo, mas o cosmos tem tamanho, forma e prazo." E é um demônio que diz, muito dubiamente, ao ser humano: "Não somos do mesmo sexo, da mesma raça, da mesma época. Separa-nos tamanho abismo, que é preciso um grande esforço para transpô-lo. Estou disposto. Chega-te mais, quero te abraçar e te dar um beijo..."

"Como um anjo" mergulha no enigma da condição humana. O que temos aí é um homem cuja vida insípida, "sem alardes nem quedas", se esvai rapidamente; ao final, porém, há uma recordação pungente que, esta sim, pode dar um significado à sua existência: "Aliás, uma vez (é a única história ou memória que tenho a narrar), minha mãe comentou que eu deitava, dormia e levantava do mesmo jeito. Esticado na cama, barriga para cima, os braços cruzados sobre o peito. 'Como um anjo', ela dissera."

"Subindo a rua" nos remete à Porto Alegre de Paulo Bentancur como cenário de uma história de amor juvenil; apaixonadíssimo pela

garota, o rapaz "queria conquistá-la de forma inédita, invadi-la como talvez um alienígena invada um dia a Terra (ou a água) e descubra que o novo mundo é um paraíso e que ele quer ficar ali dentro, perdido, sem possibilidade de resgate, para sempre". E, de novo, o surpreendente e comovente desfecho: "Ele a soltou. Ela continuou ali, sem se mexer."

"Convocação" é o primoroso título de uma curtíssima história: um amargurado vendedor de bilhetes posta-se diante de um condomínio de luxo, extravasa sua amargura e termina com um desafio que expressa de maneira pungente as frustrações de boa parte dos seres humanos: "À merda vocês todos. Vamos, reajam! Venham me matar. Se tiverem um pingo de respeito, me matem."

Estas são algumas das histórias. Mas o livro contém 59 delas. Um verdadeiro banquete literário, portanto. Que o leitor não deve perder em hipótese alguma.

FEBRE

*O mar de fogo lambe-o a princípio, depois vai engolindo os pés,
as canelas, os joelhos, as coxas, o sexo, a cintura e seu umbigo, o
tórax, o pescoço, a face, os cabelos crespos, compridos — que,
aliás, se confundem com as labaredas.*

O mágico do azar

Um dia Carlos imaginou: e se fosse mágico, mágico mesmo, ou melhor, um santo capaz, não de prestidigitações, de milagres. Sim, milagres. Porque no reino do real o que pode se transformar mesmo é somente pela ação do milagre, do fenômeno; nunca do truque.

Mas só há truques em disponibilidade, só enganações, só respostas para um mistério que, uma vez vindo à tona, torna essas respostas um inevitável esvaziamento dele próprio. E Carlos, então, pensou: santo, sim, mas não-santo. Isto é, com o poder miraculoso dos santos, mas a trajetória dos mágicos. Os santos são graves, dramáticos, bons, curam, salvam, perdoam. Os mágicos são cínicos, cômicos, maus, flertam com o perigo, ameaçam, condenam. Depois de um santo, nasce a fé mais fervorosa no maior dos céticos. Depois de um mágico, cresce o riso ateu. Um mágico nunca acredita em Deus.

Carlos imaginou-se um mágico-santo, ou seja, com a malícia dos mágicos e o poder dos santos. Capaz de, santo, fazer brotar o impensável; capaz de, mágico, criar confusão. O sonho de Carlos era real, ele não queria facilidades, queria, sim, pagar o preço necessário. E para essa combinação, o preço, alto, seria este: faria mágicas poderosíssimas, mágicas mesmo, jamais truques, e todas para o mal.

Pegaria um ovo de plástico: com uma faca dentada ele o cortaria e de dentro sairia uma pomba morta.

Compraria uma mulher morta e a poria num caixote com uma incisão na metade. Nesta incisão, Carlos enfiaria um serrote. E a serraria. Gritos e sangue anunciariam a ressurreição: a mulher voltando à vida, mas sem os membros inferiores. Rediviva, viraria um toco humano triste de se ver, pela sua dificuldade de locomoção, pela sua perda da beleza e pelo seu estigma de ser alguém que já fora defunto.

Um homem, cego de um olho, postar-se-ia diante do mágico Carlos. Este tocaria com a ponta de seu dedo o olho doente; em seguida, com a mesma ponta do dedo, tocaria o olho bom. A um sinal seu, o olho bom perderia imediatamente a visão e se ouviriam os protestos de desespero do cego vencendo o ruído da admiração tensa e abafada da platéia.

E ainda mais outra mágica. Carlos mostraria um copo d'água — água cristalina, límpida, pura, desejável. Passaria um lenço em volta do copo, em seguida o cobriria, e logo depois daria um puxão no lenço. O copo surgiria, vermelho. Chamaria, então, uma assistente que, horas antes de passar mal, beberia o líquido e confirmaria: é sangue, sangue velho, sangue contaminado.

A fama de Carlos, naturalmente, seria controversa. As pessoas temeriam o seu gênio e também o risco que sua mágica representaria. Gênio não, gênios são humanos, fazem parte do mesmo triste cortejo de todos nós. Carlos seria mais: um milagre, e mesmo as vítimas de suas mágicas demoníacas não contestariam a força de seu poder. Ele se comoveria, é verdade, com o sacrifício imposto a essa gente: mas seria necessário, seriam provas de que o que ele faria não

se trataria de prestidigitação barata, não se resumiria a mero truque. Quem fosse tocado por sua magia sucumbiria diante de uma condenação que talvez tivesse, no mais profundo de sua missão, um papel purificador.

O ilusionismo não passa de uma ilusão. Ou aceitamos a realidade real, pequena, previsível, óbvia sempre, ou passamos ao outro lado, o oposto de tudo que conhecemos. Carlos atravessaria até chegar a essa região remota. Os que o desafiassem seriam transformados, e depois dessa metamorfose já não poderiam mais salvar-se.

A Bíblia II

Meu amigo Hélio de Rezende Almeida, retornando de uma viagem demorada aonde andou por mais de uma dezena de países na Europa, trouxe afinal o tão falado volumão, quase o dobro da *Bíblia* conforme as edições que conheço, e que pretende ser uma continuação dela.

Não creio em Deus, acho o *Velho Testamento* uma súmula de atrocidades e sacanagem o tempo todo, o estilo é pra lá de arrastado; já o *Novo Testamento* até que é mais enxuto, mas com um poder bem menor de fabulação. O *Velho Testamento* seria uma espécie de *Cem anos de solidão*, do García Márquez, um escritor sabidamente de segunda linha; o *Novo*, a modernização inconvincente de oráculos que trocam o milagre e a eficácia dos fatos pela pregação mal-intencionada.

Mas nada disso importa agora. Isso é a *Bíblia*, e o enorme, pesado — assustador mesmo — volume que Hélio me alcançava, usando para isso as duas mãos, era a *Bíblia II*, que eu apanhei com um sorriso.

Levei uma semana para começar sua leitura. Abri-a logo que a recebi de Hélio, mas os olhos não pararam em coisa alguma: eram

2.469 páginas, sem notas de rodapé, prefácios, posfácios, mapas; enfim, a sinalização iconográfica que só nos atrapalha a caminhada rumo à mínima luz que um livro como esse pode nos acender.

Era apenas um texto monolítico, caudaloso, interminável, e eu não podia escolher — ao contrário da *Bíblia* anterior, agora chamada de "a I" —, entre os diversos Livros possíveis, os profetas de experiência, opinião e, principalmente, estilo diferentes. Não. Era uma correnteza única, compacta, diante da qual eu hesitava, e talvez hesitasse além do recomendável.

Hélio me telefonou quase um mês depois de tê-la dado a mim. Eu pouco disse. Mas dessa vez optei por adotar uma atitude de prudência, escolhendo calar enquanto ele falava da multidão incontável de fanáticos em torno dessa nova escritura sagrada, da rejeição oficial da Igreja a ela, e (o que me deixou mais interessado) de como gente que a lera havia declarado não conseguir mais voltar à antiga *Bíblia*, como se esta estivesse superada.

Essa relação entre as duas *Bíblias* mostrava-se, no mínimo, irônica. Se a segunda viera para continuar a primeira, encerrada com o Apocalipse; se a segunda era a que sabia a resposta aguardada por todos acerca do nosso futuro após a III Guerra Mundial, ou o Juízo Final; se a segunda, enfim, dava uma solução de continuidade para os nossos equivocados passos sobre a Terra, mesmo após a extinção da espécie (uma purgação, um novo dilúvio, a substituição pura e simples por uma nova raça que detestasse maçãs, não desse ouvido a serpentes, e cuja multiplicação se realizasse de forma autônoma); enfim, se a *Bíblia II* oferecia, no seu magma verbal de um só parágrafo composto de mais de 100.000 linhas em corpo 9, a saída do Inferno que o próprio homem havia construído, obviamente a *Bíblia* conhecida pela maioria tornara-se obsoleta, superada, e a voz de Deus corria o risco de ser tachada pelos exegetas de "datada".

Mas isso era só uma hipótese. A segunda *Bíblia* podia muito bem ser apenas a descrição do cenário pós-fim do mundo: um Inferno dantesco escrito à exaustão; neste caso, para esfregar diante de nossos olhos a advertência da primeira.

Ou ainda: uma nova aurora, um novo Gênese, Deus acendendo mais uma vez a luz a partir da qual as formas poderiam se concretizar. Mas essa idéia era simples demais e não exigiria tanto espaço em um livro. Poderia já estar anunciada na primeira, oculta em algum capítulo.

Tais questões me ocupavam naqueles dias em que o escritório não conseguia me envolver com nada. Mas eu não encarava o livrão absurdo, 2.469 páginas! Aquilo não era extensão de livro que se pretendia lido por alguém minimamente responsável na época atual.

Abrevio tudo para adiantar que não consegui lê-lo, eis o fato. Lia os jornais aos saltos, as revistas — cinco! — que eu assinava e tudo mais aos solavancos, mal compreendendo o que quer que fosse. E espiava o entulho de papel em cima da mesa do escritório, sobre a mesinha de cabeceira (aonde eu ia, eu o levava). Só de observá-lo num misto de cansaço anunciado e ceticismo — sim, mas um ceticismo santo, o de quem não acreditava nem na primeira *Bíblia*, em nada, aliás —, isso conferia uma possível falsidade a este novo texto "sagrado" e uma igualdade de condições com a outra, ou seja, ele era tão falso quanto, tão legítimo quanto.

Se a ninguém amamos, todos são desprezíveis; todos, amoráveis.

Passei dias sonhando com o livro. Num dos sonhos eu bem que tentava ler, linha a linha, frase a frase, palavra a palavra, letra a letra, ponto tipográfico a ponto tipográfico, átomo a átomo, e cada vez mais necessitava de maior esforço para me aproximar do texto, e

cada vez mais a proximidade forçada também me forçava, e eu me perdia e não conseguia ler nada. Só uma frase saltou do meio da floresta de signos: "Fechai teu olho entre uma cena e outra, fechai teu olho."

Nunca fechei os olhos; costumo conservá-los bem abertos — é mais que aconselhável, é fundamental. Uso colírio para isso. Piscar é bom, mas não demais, senão já é irritabilidade. Sempre tive medo, mais, pavor de um dia ficar cego. Ser mudo, dentre as deficiências, me parece a menos grave. Depois, surdo: as coisas pioram um pouco. Agora, cego, só um poeta ou um louco ou um santo ou um inocente para empunhar aquela bengalinha de alumínio e enfrentar o centro de uma grande cidade.

Em outro sonho eu abria o livro e o lia, rápido, e o compreendia, e ele não era tudo aquilo, não era nada, pouco acrescentava ao já intuído pelas ameaças do epílogo da primeira *Bíblia*, e então eu fechava a *Bíblia II* e até ficava chateado por ter perdido tempo em me envolver com aquilo.

Um sonho, porém, me deixava mal. Era aquele em que eu lia o livro muito lentamente — o estilo não ajudava, o tamanho do texto não ajudava, meu pouco tempo disponível não ajudava, minha vida, meus compromissos não ajudavam —, mas o livro havia sido escrito para mim, só eu deveria (e só eu poderia) lê-lo.

Sonhos são apenas sonhos, se assim os deixamos permanecer, mas se os lemos como movimentos (como o vento, a chuva, o alarido da época), eles ganham relevo, adquirem um sentido maior, e então já fazem parte da vigília, do outro lado, quando dialogam com o homem acordado que à noite os sonhou; e embora a ele pertençam, continuam como remotos sinais, remotos, insisto, mas perceptíveis.

Nesse sonho em que a *Bíblia II*, dedicada exclusivamente a mim, era então aberta e devassada com vagar, tomado eu de uma urgência mais do que por salvação, por entendimento, o texto soava em meus ouvidos como se narrado por alguém, e eu tentava adivinhar a quem a voz pertencia.

Acordado, ousei pensar: era meu pai, era a voz de meu pai, com quem nunca mais havia falado desde o dia em que ele havia saído para procurar emprego depois de seis meses sem salário algum e morrera atropelado.

Era a voz de meu pai, sim.

Mas talvez não, talvez fosse só um pouco parecida, quem sabe a minha própria voz quando eu estivesse saindo de casa para procurar emprego, prestes a morrer atropelado.

Numa tarde de verão, Hélio me telefonou. Riu, ao dizer: "Ainda não conseguiste ler? Ô homem vagabundo...." Hélio sempre soubera que sou leitor voraz, que no escritório os processos nunca se acumulam. Estava me provocando, com certeza.

No verão o meu sofrimento sempre aumenta. Leio menos, como menos, durmo menos. Tentei ler a *Bíblia II* pela enésima vez. Inútil. E estranho. Eu ia em frente, vencia duas, três páginas, só que o texto era uma catilinária enérgica, possessa e menos lírica — no mau sentido — do que eu suspeitara. Dava para agüentar: três meses, e a obra estaria lida; era só querer, e eu queria; era só acreditar — e, desta vez, sim, eu acreditava.

Creio que a nítida sensação de que era eu o leitor-alvo do livro me havia feito resistir a ele. Uma bíblia escrita para um homem só, quando a voz de Deus é para todos? Parecia ridículo, mas essa era uma noção bem clara para mim. Que a outros a *Bíblia II* parecesse a ressurreição impressa em papel-bíblia (2.469 páginas!) era aceitável, mas eu me convencia cada vez mais de que o sentido do livro era outro.

A bíblia anterior tentara falar aos ouvidos já perturbados da humanidade e só fora usada como ícone, imagem, altar, ritual; não tinha havido interlocutores, mas só adoradores que nada sabiam do totem adorado. Esta, ao contrário, ciente de que o homem já havia sido julgado, condenado e executado (ela abria com o último dia da extinção do mundo, e lá pela página 120, 130, um fio de luz branca brotava do meio de um imenso mar negro), perguntava-nos, perguntava-me, se haveria algum olhar para captar essa luz tão débil, e só depois, então, se haveria a boca correspondente para beber tal luz e em seguida multiplicá-la.

Metáforas, creio, mas eu via a cena como a do meu terceiro sonho, quando a voz — de meu pai já sem esperança, ou a minha quando eu já estiver velho e alquebrado e tornado, como o destino de quase todos os varões, uma sombra lamentável de quem foi gerado em pecado e, portanto, levado a pecar, a errar sempre — sussurrando, agora sim, eu lembrava e ouvia de novo: "Fechai teu olho antes que a luz te cegue, e só quando ela morrer, abra-o, e verás o meu rosto."

Desse ponto nunca passei. Desconfio de que Hélio também não tenha lido o livro e, na dúvida, provocou-me antes de assegurar-se de que eu, que leio tudo, desta vez também não teria lido. Meu amigo só apostou no meu ceticismo, no meu desinteresse religioso. Agora que via que até eu havia empacado, criava coragem e me gozava: "O livro te perturba?", perguntou, cometendo uma insolência a qual nem supunha, inocente da nova bíblia e dos meus velhos motivos.

Ontem sonhei com meu pai. Seu rosto vencido no caixão que só fui ver através da abertura de vidro na noite do velório, quando uma tempestade, um dilúvio, desabou, as velas apagaram e então criei coragem e cheguei perto.

Nenhuma luz.

Só aquele rosto.

Deus estava morto, isto eu lera desde os primeiros filósofos da minha adolescência. E, ademais, nunca havia precisado deles para matá-lo.

O Diabo era uma figura mais ridícula que a de Deus, porém mais real; o mundo alimentava-o todos os dias. A face vencida de meu pai parecia a de Lúcifer, o anjo caído em desgraça. Pensei no som daquele nome: "Luz que fere."

A primeira bíblia foi escrita por homens de carne e osso, inspirados por Deus. E a segunda, quem a havia inspirado? O instrumento da escrita mais uma vez tinha sido o mesmo: humano, claro, só que agora ele parecia tão nitidamente ter sido escrito por um indivíduo apenas, um só — o movimento obsedante das frases, o fluxo contínuo do texto, o tom monótono e grave e capaz de um controle de quem superou o ódio de ser traído e vive acima da condição dos que precisam ter piedade para conviver. Homem inspirado, eis a diferença, por um anjo condenado que criou um outro poder, nascido das ruínas.

Livre de qualquer Apocalipse porque a maldição é seu Gênese.

Ainda que nunca eu me tenha entregado à leitura mais atenta e persistente desta outra bíblia, sei agora, perfeitamente, que esse homem — cuja voz de fogo, solitária e assassina, e que reproduz a voz de seu deus amargo — poderia ter sido eu.

A solidão do Diabo

Se Deus perdoa, o Diabo paga. Diante de Mefistófeles as filas eram enormes, milhares de pessoas atravessavam dias inteiros as portas do Inferno para negociar vantagens. Que eram muitas.

— Tudo que temos é o aqui e o agora — lembrava Satanás. — Não caiam nessa balela de um futuro, de um Paraíso. Vocês sabem bem, vêem isso diariamente na televisão, na internet, escancarado à sua frente. É só deserto do que dispomos. E de alta tecnologia. Do que esse deserto necessita? Apenas de água, o que se resolve com alta tecnologia, e isso já foi alcançado. Forneço máquinas, as mais modernas, feitas, aliás, por vocês; portanto, não têm do que duvidar.

Os primeiros da fila, até onde a voz gutural do Diabo alcançava, reconheciam-lhe a sensatez. O homem, ou o que quer que o Diabo fosse, estava coberto de razão. Os tempos estavam mais para o Apocalipse do que para o Gênese, e se Deus acenava com as trombetas anunciando o Juízo Final (não havia ainda data definida), Mefistófeles, com seus vários nomes e muitas chances, oferecia a salvação pelo presente.

— Invista hoje para pagar amanhã, ou depois de amanhã.

O arrependimento, se viesse, pensavam todos, chegaria numa hora em que as demais opções, todas oferecidas pelos fracos sinais do Alto, não os havia seduzido. Arrependimento. Penitência. Punição. Ou a simples e elementar participação coletiva (nessa época, ninguém, exceto um ou outro delirante, tinha crédito com o Altíssimo) em um massacre já anunciado desde o *Novo Testamento*.

Belzebu, aliás, oferecera a quem quer que fosse um cartório especial de Atualização Permanente de Cartas de Intenções, onde todos os contratos e testamentos eram reavaliados e atualizados rotineiramente, segundo os interesses de ambas as partes.

— Um negócio só é bom se for bom para os dois — declarava ele, convicto e confiante, para os débeis seres desamparados que o procuravam, cheios de esperança provisória e medo eterno.

E continuava:

— Que eternidade coisa nenhuma! O universo já foi medido. Os cientistas de vocês não querem abrir o jogo, mas o cosmos tem tamanho, forma e prazo. É mais fácil pensar que não, sobretudo porque o cálculo para se comprovar esta afirmativa, francamente, nem eu entendo

E o Diabo continuava, e lhe respondia apenas o silêncio tão temeroso quanto respeitoso dos ouvintes. Os argumentos satânicos pesavam, frutificavam, rebentavam em exuberantes espinhos numa terra árida. Espinhos têm sua graça e servem de arma, de ferramenta, de prova de alguma fertilidade.

— A cigarra não trabalha? Pois é... Mas a formiga não canta.

Impossível não lhe admirar a sagacidade. Sagacidade nada, isso seria injusto com a sua inteligência. Impossível negar-lhe a verdade a que o Diabo alcançava sempre de forma dura mas eficiente e legítima.

— Fatos, sempre fatos! Vocês não se cansam disso? Dessa rotina insípida do concreto e do realizável? Que tal promessas, apenas promessas? Só sonhos descabidos e remotos, mas sonhos? Pois sendo os sonhos remotos, quanto mais o forem, mais sonhos serão e servirão à vida como os fatos não têm servido.

O grupo de homens, no início da prédica do Demônio composto apenas de algumas poucas dezenas, passava já dos duzentos em uma hora e ia aumentando a olhos vistos. Tinham cansado de tanto esperar. O tempo lhes havia marcado o rosto, o cansaço, os gestos. Precisavam, como uma planta de luz e de ar, e uma bactéria de um organismo, precisavam, sim, do anúncio garantido de vantagens e vantagens e vantagens. Não importava o que tivessem de dar, ainda mais porque julgavam ter tão pouco a dar.

Deus provara-lhes que tinham pouco a dar.

Deus expusera-lhes cruamente a miséria que havia florescido em suas casas e em suas relações.

O Habitante das Trevas transformava em espetáculo e em moeda corrente, com alta cotação, exatamente essa miséria. Quanto mais fundo o fundo em que se encontravam esses homens, mais próximos do patamar que almejavam e que Mefistófeles descortinava diante de suas almas cansadas, de seus corações cambaleantes.

— Todo homem aspira a ser amado como um deus, mas a sua ambição é agir como um Demônio. Se de Deus ele extrai a conquista de uma paz sob a qual poderá um dia repousar, do Demônio ele extrai o fogo que o aquece no prazer de fazer queimar todos aqueles que enxergaram deuses onde só havia demônios.

Sua verve era pródiga. Sua palavra tinha o mistério de uma Missa Negra, mas sagrada.

— *Fiat lux!* Assim é fácil, meu deusinho, minha testemunha muda, omissa, não fosse pela tamanha exigência de rituais... Olho em direção às nuvens: a vista é vasta, furo o negro bloqueio da poluição, e lá, no mais distante, adivinho um olhar feito de invisibilidade, o que não lhe diminui a espera, a dependência. Que grande obra a tua, homem!, acuso, esta lamentável orquestra, esta interminável arenga resumida a promessas e ameaças! Deus, que se crê criado, observa-me perplexo. "Homem!", ousei chamá-lo, descendo-o à minha condição de animal com os dias contados. Avanço. Sim, "Homem!" Tu, sim, és "Homem", criatura dependente da fé dos que, além da força de alimentar um corpo precário e doente, que mal conhece os poderes do próprio espírito, ainda por cima te emprestam um espírito maior, mesmo para ti, que nem a humildade de um corpo topaste vestir! "Homem!", continuo gritando para Deus.

Ouviam-lhe com devoção aquela prédica; na verdade, um monólogo.

— Mas eu, que sou um Deus de fato, que posso viver à imagem e semelhança de bilhões de criaturas, que tenho em mim a memória e o destino da humanidade inteira; eu, Todo-Poderoso a ponto de me pôr em andrajos materiais, de dispensar a carranca de Deus, de abrir mão da condição majestática de Ser Supremo; eu, que tenho cara de homem, que chego à sublime vitória pessoal de ultrapassar-me e criar um deus para além de mim; eu, generoso e modesto como só um deus ideal poderia ser, levanto-me do antitrono que habito, cadeira de palha de pernas tortas, e me utilizo de um computador para criar os meus milagres. Milagres, claro, cultivados durante milhares de anos, do couro de bisão, passando pelo papiro, pelo papel, pelo plástico, pela pedra, pelo metal, pelo fogo, pela mão amestrada desde uma caverna até uma universidade. E não tenho fiéis, nem dependo de igrejas, e, ao contrário desse Deus-Homem fraco, olho para trás de mim — ainda que, e só nesse caso, sejamos iguais, deusinho, eu também não me sinta compreendido.

E o desfecho não impressionava menos que o que lhe antecedera.

— *Word*!, exclamo, e levo o mouse até o ícone do editor de textos, e o programa se abre numa clareira generosa. As teclas ali. Meus olhos molhados começam então a fazer o que o universo mais esperava: um homem, enfim, com uma voz que não o traia, falando como quem caminha, desenhando-se pela palavra, completando a ação de um ser que não poderia estar aí sem dizer coisa alguma, ou ficar dizendo qualquer coisa, o que é pior. Um ser sem um Deus que o leia, um ser sem ser um Deus, um homem que de um Deus só possui a fé dos inocentes que, em algum dia de extrema fragilidade, ele enganou. Um homem — eu — que, ao contrário desse Deus, pede perdão aos inocentes por não ter tido força para impedi-los de irem até o mais ominoso pecado. Um homem — eu — invisível como esse Deus, quase sempre ausente diante dos que esperam por ele. Quase nunca cumprindo o que promete. Pastor de um rebanho de sombras. Sombra num rebanho de pesados animais que buscam sombra, porém pisam nela. Sopro insuficiente sobre esse barro que apodrece e em cujo interior formas de vida lamentáveis crescem, e agem, e não pedem resposta.

Mefistófeles tinha a voz rouca no final. Nem ele havia conseguido resistir à força do próprio Verbo, que o arrebatara e fizera seu peito chiar sob as labaredas. Mefistófeles parecia luzir em sua glória, embora a raiz de seu nome, corruptela de "inimigo da luz", em grego: *mè fós tò fíles* ou *mè tò fós fíles*; literalmente, "a luz não é amiga/esposa".

Uma figura se destacou da multidão e caminhou, resoluta, rumo ao Demônio. O olho vermelho fixava o homem distante que se aproximava rápido.

— Queres uma alma?

Uma alma! Há quanto tempo não vinha uma alma cair em suas mãos, ainda mais dessa maneira irônica, a presa se oferecendo: "Queres uma alma?"

"Claro que quero", pensava Mefistófeles, "claro que quero." Mas não dizia nada. Pensativo, observava, desconfiado. O homem repetiu:

— Queres ou não? Decide, homem!

Mefistófeles estudava o sujeito.

"Quero minha alma, é a minha alma que quero, ah, como a quero", soluçava em silêncio um já desconsolado Satanás.

— Tenho conhecimento para te vender, muito conhecimento — anunciava, orgulhoso, o sujeitinho. — Não podes continuar aí nesse fim de mundo, sem saber tudo que está acontecendo.

O pobre-diabo do Diabo observava amargamente um poço onde chamas coleavam como serpentes vivas.

— Que posso te dar em troca?

— O teu poder.

"Que poder?", Mefistófeles tinha vontade de perguntar. Mas fingia possuir ainda algum poder que pudesse ser vendido.

E, de repente, iluminou-se como um anjo rejuvenescido: um sinal vindo talvez do Alto, uma ajuda, sim, tinha certeza agora, uma ajuda divina, uma inspiração. E disse, arguto:

— Não posso vendê-lo todo. É muito poder, poder demais, não o controlarias. E nem precisas de tanto poder assim...

O homem resistiu.

— Nada feito! Quero todo o teu poder, tintim por tintim.

Belzebu sabia que pouco lhe restava, talvez menos. Talvez apenas glória sobre um passado de fortuna, não mais a fortuna. Entretanto, a glória sozinha de si mesma se alimenta. Distraídos, os

homens crêem na glória que floresce no ar. Julgam-na uma planta bem adubada. Mesmo no deserto e condenada à extinção, a glória caminha com soberba e ri de todos. Absurda, muitas vezes, rumo ao despenhadeiro, prestes a morrer, e rindo, rindo sempre.

Satã quase desfez o sorriso que planejara. Se o desfizesse, entretanto, se o homem visse a boca do Demônio fechada como um sexo virgem, tudo cairia por terra, e o fogo do inferno se apagaria, e ele voltaria à sua antiga desolação triste de ser acreditado por poucos. Precisava resistir.

— Posso te dar, mas muito pouco.

Frase perigosa, ocultava a verdade que dizia em todas as letras. Mefistófeles contava com a preguiça humana. O sujeitinho devia pensar que o Diabo estava deliberadamente sonegando poder, decidido a dar-lhe pouco do muito que possuía.

O olho vermelho, fagulhando de inquietação, acompanhava cada gesto daquela alma ofertada. Ofertada e perdida... Preocupava-se. O homem começava a dar sinais de decepção. E não se tratava daquela decepção que daria a vitória ao Diabo. Era outra decepção, agora dos dois.

Nos dois rostos congestionados, olhos rútilos tentavam matar a sede um do outro. O homem, percebendo a hesitação do Demo, adiantou-se.

— Que há contigo, Satanás frágil? Estarei enganado — interrogava o ousado homem, um pouco inseguro —, ou estarei mesmo enxergando o princípio da tua ruína, o primeiro sinal do fim do teu império, a marca ainda não muito clara de que começas a entregar os pontos?

Mefistófeles sorriu, e seu sorriso, dessa vez, ocultava os dentes, numa alegria triste de quem, se um dia contemplara a dor alheia, agora contemplava a própria dor com uma resignação, afinal, justa.

A cara do Diabo revelava, nesse instante, uma expressão de absoluta serenidade. Aproximou-se do homem. E disse:

— Não fomos criados pelo mesmo Deus, pela simples razão de que não criamos o mesmo Deus. Não somos do mesmo sexo, da mesma raça, da mesma época. Separa-nos tamanho abismo, que é preciso um grande esforço para transpô-lo. Estou disposto. Chega-te mais, quero te abraçar e te dar um beijo...

O homem não acreditava no que ouvia.

— Um abraço?! Um beijo?! — Seu minúsculo rosto outrora humano estava de tal forma espantado que chegara quase ao desconsolo definitivo dos condenados à morte. E da parte do Demônio?!

— Jesus não empunhou um chicote e não expulsou os vendilhões do Templo? Se pôde, por ser puro na sua têmpera, autêntico nas suas intenções; se pôde, por ter provado antes o contrário; se pôde, então, o filho do teu Deus fazer papel inesperado, nem por isso rasgando sua biografia ou apagando as velas que seus seguidores acenderam, por que eu não poderei fazer um gesto de consolo e dar um beijo real na hora exata em que nada mais me resta? Ante a inutilidade da minha ameaça contra quem já não pode ser atingido por ela, escolho então o oposto: ofereço a carícia com a qual, aí sim, te horrorizarás.

O homem se aproximou, tropeçando. O Diabo tinha o olhar macio, apaziguado, quase doce.

— Vem, amigo... — Mefistófeles sussurrou, como se fosse uma prece.

O homem se aproximou mais. Tentava encará-lo, tentava preparar-se para o afago demoníaco.

Foi o seu erro grave. Intimamente não acreditava que Mefistófeles saberia ter mãos amorosas e boca dadivosa. O Diabo não hesitou, tocou-o com tal brandura que o homem estremeceu, hirto diante do inusitado. Nenhuma força foi utilizada no toque. O Diabo roçou seus lábios secos na barba áspera do homem, e a boca vermelha do Demônio pediu perdão.

O homem já não compreendia. Sem que percebesse, diante dele, o rosto de Mefistófeles começou a se transformar.

— Eu e teu Deus — o Diabo confessou, cambaleando —, suprema ironia, somos os únicos crentes.

Como um anjo

Menino no tempo da calça curta, eu ficava olhando meio de longe a gurizada no campinho. Não me atrevia a exibir o futebol que talvez não tivesse. Não me chamavam, eu não insistia, e as temporadas passavam. Nem como torcedor me destaquei. Não podia. Torcer pelo quê?

A gente torce, eu acho, pelo que acredita, ou pelo que teima em acreditar, mesmo desconfiando às vezes. Eu não tinha essa certeza. Nem para levar fé em algum deles, nem para garantir que não eram de nada.

Os anos passavam, devagar, como o tempo no calor.

No colégio, eu sentava no meio da sala. Era menos visível que na primeira fila e na última. Os da última queriam se esconder. Impossível. Os professores desconfiavam logo deles e ficavam de olho. Os caras tentavam sumir, e aí mesmo é que se mostravam, os bandidinhos.

Alguns nem eram, senão mera timidez; porém, feita a bobagem de irem lá para o fundo, os olhos rapinantes de algum educador mais decidido atravessavam a sala e os traziam para a frente de todos — para a humilhação.

No meio, bem no meio, quem me notaria?

Eu não era tímido, muito menos ousado. Queria paz, simplesmente, e paz se consegue. Basta um pouco de atenção diante dos fatos. Estes estão sempre por perto, chamando, convocando para o compromisso com algo que irá nos azarar ou prometer o que não cumprirá.

Agindo daquela forma, eu não me condenava nem me frustrava. A aula chegava ao fim sem que eu tivesse feito nada além de anotar metade das coisas que haviam sido ditas.

À minha volta, amigos se entendiam. Inimigos se ameaçavam. Algazarra em torno, e eu no centro como uma ilha inacessível.

Houve momentos em que algum garoto puxou assunto comigo. Respondi, mas creio que o tom da minha resposta não o estimulou mais. Houve dias em que alguma menina chegou a olhar para mim, mas não tenho tanta certeza assim — precisaria eu tê-la olhado nos olhos para ver com clareza se o olhar era mesmo para mim ou se passara por mim indo noutra direção.

Os anos, os anos. A matéria do tempo é mole e dura simultaneamente. Tão mole que o tempo não pode ser marcado direito, apesar das convenções, relógios, calendários. Dias, semanas, meses se parecem como os atos se parecem e as pessoas — que são os seus próprios atos — também se parecem umas com as outras e, contraditoriamente, algumas são muito diferentes face a si mesmas, se avaliadas numa fase e noutra.

Há pessoas que não mudam nunca. Outras vivem mudando. O tempo é duro porque ele marca, anuncia coisas a serem feitas, eventos para os quais tantos se preparam e... dão no quê?

Não lembro de nenhum deles que não tenha sido esquecido ou que só tenha sido lembrado apenas para repetir-se no ano seguinte.

Há pessoas também que vivem mudando; mudam segundo os hábitos de uma geraçãozinha de dez anos (as gerações não duram mais 25 anos; andam encolhendo). A cada década, uma performance.

Roupa composta, cabelo composto. Dez anos depois, roupa levemente descuidada, cabelo comprido. Mais dez, e nova composição, mais rígida. Outros dez, e quem é que vem lá? O mesmo sujeito, quarenta anos de trânsito, e é uma dificuldade descrevê-lo. Algo que mistura o desleixo com o esforço em manter-se digno. O precário com o necessário.

Eu fui um desses que não mudam nunca. Mudar? Transformação, sim, se fosse possível isso existir. Nunca soube de uma transformação que não acabasse em tragédia.

Sustentei o ritmo regular na maneira de andar, salvaguardando um mínimo de saúde. De executar cada tarefa, de tal jeito que elas como que traziam meu nome assinado. De relacionar-me sem alardes nem tampouco chegar à pretensão de ser ríspido.

Não sou uma máquina. Máquinas são impecáveis, se não estiverem com defeito. Porém, posso dizer que falhei como um animal costuma falhar, dependente de seus parcos recursos?

Creio que não. Fiz o possível para me aproximar do mais indicado a se esperar de um homem da minha posição.

Não sou um miserável, fruto de algum leito acidental, nem sou o resultado da aspiração de um berço com certa nobreza.

Nasci como muitos nascem, nada de especial a se declarar: e isso está claro na minha certidão de nascimento e na lembrança dos meus pais, que é quase nenhuma.

Cresci, como há pouco confessei, sem alardes nem quedas.

Jovem, não aderi ao incendiários nem sustentei os que os condenaram.

Era a época das paixões, mas como eu não as havia ensaiado na infância, como encená-las então, quando chegavam com uma força que se mostrava excessiva, passando do amor ao ódio e deste à indiferença, como se fossem etapas conseqüentes, até previsíveis?

Adulto, meu pai arranjou-me trabalho na prefeitura, para o que antes me submeti a um concurso que me deu legitimidade. Tinha o apoio de casa e a justificativa legal.

Foram anos. A tarefa era comum, nada de extraordinário, se é que existe algo de extraordinário que não represente um desconforto; mais, uma ameaça.

Colegas abusavam do cargo. Alguns, com cargos de confiança em função de transições políticas, ameaçavam denunciá-los. Eu não abusava nem endossava a campanha política pela "limpeza moral" do serviço público que esses colegas transitórios, futuros desempregados, queriam tornar em movimento cada vez mais representativo.

Representativo de quê?

Eu já estava com 43 anos e meu pai havia falecido. Minha viúva mãe já não queria o neto com o qual sonhara anos atrás, e agora só pedia que eu chegasse cedo em casa. Cuidei dela até que se extinguisse, como uma vela, aos 86. E, então, eu já estava com 65 anos.

Nenhuma enfermidade oportunista se aproveitou de algum descuido meu. Chance que nunca costumei dar.

Sei o que é dor porque uma vez um garoto passou intencionalmente com a sua bicicleta sobre um de meus pés. Não fosse a sua intencionalidade, eu teria me esquivado a tempo.

Logo adiante ele caiu e eu cruzei por ele mancando, como se nada demais tivesse ocorrido.

Decerto consternado, ele tratou de verificar a integridade de seu veículo.

Sou filho único e não tenho parentes. Minha mãe era filha única, e meus dois tios paternos já tinham morrido antes de meu pai.

Não amealhei bens, e tudo que possuo é este apartamento comprado por meu pai e pago durante vinte anos.

Os vizinhos não perturbam. Olham-me, às vezes, como se quisessem dizer algo. Suspeito, todavia, que se trate apenas da natural curiosidade com que olhamos um pombo, uma lagartixa.

Faço a minha parte, cumprimento-os. Ao que retribuem.

Há poucas crianças por aqui e o barulho que fazem não me incomoda. Estou com 79 e me aposentei há quase vinte anos. Tenho visitado, semanalmente, primeiro a sepultura de meu pai, e bem mais à frente passei a visitar a de minha mãe, que agora está junto dele.

Creio em Deus, um Deus que não posso descrever, mas no qual confio; sempre confiei. Ele não é justo, como não conseguimos ser sempre, mas parece fazer muito pelos que não traem suas próprias palavras, nem as dele e nem as de quem pronuncia as suas de homem.

Fui fiel a mim mesmo e a esse Deus que me pareceu sempre estar por perto. Nunca vi as agressões de que tanto se fala na televisão — que raramente ligo, talvez por isso mesmo — contra qualquer um dos meus.

O mundo me parece um lugar ajustado que pode ficar muito confuso se nele não se agir com disciplina, paciência, desvelo, humildade, fé. Coisas simples e fáceis de se realizar. Sendo assim, não creio nesse mundo propagandeado de horrores e injustiças. Sem o exercício cotidiano das qualidades humanas que qualquer um de nós deve executar, ou vir a executar, o desastre resultante é inevitável. Mas não deixa de ser uma mentira.

Como dar um tiro em alguém. Isto não está certo. Isto não é lógico. O que isto tem a ver com a existência do homem sobre a Terra? Nada eu teria a declarar sobre tal ato.

Eis a minha caminhada. Não tenho memórias porque, para tê-las, necessitaria de acidentes, incidentes, confusões.

Não sinto saudades porque, para senti-las, necessitaria de perdas que felizmente o Misericordioso evitou. Meus pais viveram bem e na plenitude de sua saúde. Não os perdi. Simplesmente não pudemos continuar no mesmo lugar. Amanhã ou depois estaremos juntos.

Tampouco alimento projetos que me soam como coisas postiças, inventos para quem a realidade não basta.

Tive a imensa sorte de conhecer a força do vento (da qual, muitas vezes, me precavi), o perfume do mato (que sorvi como alguns, quem sabe, só encontram na bebida alcoólica êxtase semelhante), o frescor das manhãs, quando saía, bem cedo, para caminhar, e o mistério do crepúsculo, quando a noite vem se avizinhando e o dia se despede e algo em nós, também.

Não tenho histórias para contar. Histórias são enredos, e a palavra o diz bem. Cheiram a confusão.

Nunca precisei me divertir: a diversão se parece muito com a embriaguez. E desistir da minha lucidez seria como desistir de estar acordado.

Nunca sonhei nem tive pesadelos. Meu sono sempre foi pesado, nada me acorda; podem acender a luz, tocar uma música, conversar alto. Eu durmo como um morto deve dormir. Aliás, uma vez (é a única história ou memória que tenho a narrar), minha mãe comentou que eu deitava, dormia e levantava do mesmo jeito. Esticado na cama, barriga para cima, os braços cruzados sobre o peito. "Como um anjo", ela dissera.

Foi a única vez que lembro de ter tido vontade de verter algumas lágrimas.

Algum consolo? Sim. A esperança de que a morte me dê o que a vida me deu: nenhum sobressalto.

A primeira de todas as manhãs

Qual o homem que não passa a vida enfronhado em si mesmo? Qual aquele que tira os olhos do próprio corpo — não aquele olhar que deposita numa mulher — para pô-los na vida de um amigo? Qual o sujeito, afinal de contas, que não é lá no fundo uma galáxia escura, um buraco negro, um ponto remoto para o seu vizinho?

Álvaro não era diferente de ninguém, mas, ao contrário da maioria, falava aos quatro ventos que o mais difícil se resumia em sair da ilha que ele era (todos somos) e chegar até o continente — onde o resto da humanidade estava e nem parecia esperar por ele.

Seu cabelo curto, espetado, seu olho de águia apertado, sua boca rasgada de lábios finos. O rosto de Álvaro era o de um peixe alerta, agressivo, no meio de um rio agitado. Costumava parar em qualquer ponto, esquina, sinal, horário, e olhar todas as pessoas que passavam. Raramente retribuíam-lhe o olhar.

Álvaro erguia o queixo hostil, avistava o céu azul-marinho das sete horas da noite.

O mundo são os outros, não somos nós, os indivíduos compreensivelmente presos a um resto de consciência, a um pedaço de consciência, a um clarão de lucidez ao qual nos agarramos como se fôssemos uma piranha. Álvaro riscava da mente a imagem da piranha; piranha vive em cardume, piranha nem pra símbolo de puta serve; quer mais gente sozinha do que puta?

O mundo começa no vizinho. Começa e continua. No vizinho e no estranho, também. E em qualquer um que passa. Enfim, fora de nós. O mundo é o que olhamos se não estamos na frente de um espelho.

A avenida cor de ouro velho, com suas luzes amareladas, todas já em sentinela antes mesmo da hora do jantar, a avenida onde começa o mundo. A avenida, seu espelho.

Qual o mundo — e são tantos os mundos no mundo — que não passa enfronhado em si mesmo durante a vida inteira de um homem? Sem que esse homem consiga, por um minuto sequer, entrar nele.

O mundo do colégio: todas as paredes parecendo feitas de quadro-negro, servindo apenas para um giz nos dizer o contrário do que esperaríamos. A curiosidade presa na aula, solta na entrada, no recreio e na saída, mas esses três períodos são os mais breves.

O mundo da adolescência: quando as meninas se socorriam em Álvaro, "me acode, Al, o César é horrível, um grosso, você é sensível, me acode", "me escuta, ai, eu vou chorar". E Álvaro acudia, dava o ombro, ouvidos, elas ainda choravam, ele escutava um monte de baboseiras que elas diziam entre soluços, esforçava-se em recuperar a verdade daquilo tudo, mostrava-lhes que eram ingênuas, que iam na carona do primeiro petulante, que o César infelizmente era um modelo, e se não bastasse ser um modelo da pior cafajestagem, era um modelo enfim, e modelos nada mais são do que empulhação, caricatura da grossa. Gente que é gente não serve de referência. E elas secavam as lágrimas, sorriam, iam embora, e no dia seguinte davam pro César o que nunca haviam dado a Álvaro: seus corpos e, por extensão, suas vidas.

O mundo enfronhado em si mesmo. O mundo do quartel, o cabo Osório lutando com a gagueira, o sargento Ernestino achando que o Exército era a única instituição confiável no país, o tenente Rodrigues dedicando duas horas diárias para musculação. A farda pesando na sensibilidade daquele pessoal, o cheiro de bosta de cavalo, de graxa no coturno, de pólvora, de suor azedo, ironias em meio à exigência boba de ordem e disciplina todo o tempo. Álvaro ficou lá um ano, depois deu baixa, mas foi um ano estranho, de provocações, represálias, constrangimento: "tu é bicha, Álvaro", "não, não sou, Hélio, por que a pergunta?", "desculpa, rapaz, desculpa", "me achaste meio...", "nada disso, só que, sei lá, é diferente", "não sou o tipo a que você e o cabo estão acostumados", "é isso, é isso", terminou o lívido Hélio, arrependido.

O mundo do pai e da mãe, o mais parecido com ele somente porque foi o mundo do qual primeiro ouviu falar, o mundo que começou tudo, que lhe mostrou o espelho inútil, a solidão da avenida, a precariedade da vila onde passou a infância, a frustração do colégio.

Em suma, o mundo enfronhado em si mesmo. Álvaro, entretanto, cutucava os limites, forçava a porta, batia, insistia, continuava, mesmo que esperar não fosse o seu forte. Um homem, porém, é um bicho naturalmente assimilado. Alimenta em si a indiferença dos outros. Povoa a sua solidão de tantos motivos que ninguém o acusaria de culpa. No mundo que o evita, ele não é mais estranho que outro homem desse mesmo mundo, que uma avenida, que um cão, que um automóvel que passa — quem viu na lataria o brilho da lua branca no céu limpo?

O mundo, enfronhado em si mesmo, nada pode ver além de sua própria solidão. É com ela que esse homem desprezado conta para entrar e, finalmente, ser aceito.

Era um começo, convinha não exigir demais. Mas sempre se quer demais. Álvaro queria; sempre quis. Mesmo depois de os anos irem se acumulando e as derrotas se empilhando, uma a uma. Que ambição poderia ostentar tal nome, se de manhã não se renovasse ao menos na hora gelada da água no rosto?

O rosto: pele macerada, olhos cavos, quantas manchas — incrível como de longe, e até de média distância, quase não se notava. Visto com alguma pressa (o normal de um olhar), Álvaro até passaria por um homem bonito. Pelo menos, passável.

De manhãzinha o pessoal respira pesado no frio, as janelas fechadas do ônibus, a mão — uma garra na barra de sustentação — os carinhas encoxando o que der, a mulherada mais séria que operário numa máquina de pregar ilhoses durante uma inspeção da direção da empresa. Freada de um em um minuto, força nessa hora, corpos empurram, corpos seguram, corpos brigam com mentes que lamentam ter de carregá-los. Ônibus lotado, gente demais, mesmice.

Baixa temperatura, baixos salários, a tesão em baixa. Vamos lá, de qualquer forma. Tem hora marcada, atraso é desconto. Álvaro sobe no ônibus para a mesma viagem de oito anos seguidos, oito anos. Um dia aquilo iria acabar. Fazia a estatística da produção de uma empresa de embalagens. Os números eram um fenômeno nos primeiros tempos, uma irritação depois de um ano, e, já no final, quando se preparava para sair, algo completamente sem sentido. Nada menos concreto que estes dados: 3.467 sacolas/dia, 9.707 sacos de papel/dia, 6.821 envelopes/dia.

Álvaro sobe no ônibus vazio. Acabou. Ele sabe que acabou. Oito anos não é prazo que se admita. Amanhã ou depois de amanhã, ou na semana que vem, ou no próximo mês, ou hoje mesmo. Vai sair. É chegar e dizer: "Ponham-me na rua, convém a vocês e a mim também. Ponham-me na rua, não se constranjam com o problema social de um novo desempregado por aí. Sei que isso os preocupa mais que qualquer coisa, mas, creiam, fico comovido pelo empenho e juro que não vou decepcioná-los. O fato é que preciso ir, vou mudar de cidade e..."

Não convence, ou convence; a merda é que Álvaro não gosta da fala, demorou tanto a chegar até ali e vai cagar justamente no discurso de despedida? Sem essa, pô, o negócio é dizer: "Carinhas, já vou tarde, que a tarde arde e eu junto, e o frio aqui dentro é maior que o frio lá fora." Porra, também não. Esse papo é meio poesia. Os caras detestam poesia; não sabem, nem querem saber.

Álvaro senta-se. Muda de banco. Muda de novo, indo sempre para a frente, para perto do motorista. É bom esse movimento, essa ação, essa mobilidade; vai chegar atrasado, direto no setor de Recursos Humanos. Tomara que facilitem a indenização, que paguem tudo, o aviso-prévio inclusive, que não o obriguem a trabalhar enquanto cumpre aviso. O ônibus vazio; hoje parece feriado.

Agora é com ele. Depende apenas de suas pernas, dos ônibus, de um pouco de paciência. Ficou duas horas naquela lengalenga, agüentando a Julinha, da administração de pessoal.

— Por que essa decisão, Álvaro? — Como se ele pudesse entender suas próprias razões. Não as razões de agora, sabidas: mais que sabidas, saturadas; mas as antigas razões (o tempo ensina o esquecimento). O que o levara a afastar-se de Rudinei, aos nove anos de

idade? O que fizera com que Álvaro hesitasse diante de Marília e de sua disponibilidade a boca de Marília, os seios, as pernas, tudo aquilo aos quinze anos? Era só avançar o sinal, verde, sinal que permanecia verde até hoje, mas Álvaro ficou pregado diante dela, do olhar falsamente tímido da menina. Razões antigas, hoje tornadas um desconforto.

Para Julinha, já ex-colega, podia dizer simplesmente: "Nunca quis de verdade entrar aqui, mas..." Mas o quê? Não tinha escolha? Tinha.

Quase um mistério. Quase, porque o fato de uma dúvida ser nossa torna-a, de certa forma, menos dúvida. Nos outros, a dúvida é sempre uma aberração; em nós ela apenas atrapalha, atrasa a vida. Álvaro desconfiava de que havia se atrasado oito anos.

Na rua, esta aceita tudo se temos tempo, e parece prometer ou ameaçar demais se temos mesmo. Álvaro voltou a ter tempo.

E sede.

Telefonou para Aloísio e para Rudinei. Rudinei estava casado, Aloísio enviuvara.

— Porra, nem conheci a tua mulher...

Rudinei não lembrava dele, e custou a lembrar. A irmã mais velha, de quem Álvaro não lembrava, foi quem lembrou a Rudinei:

— Dequinho, você não lembra do Álvaro, aquele que a mãe vivia correndo lá de casa porque ele sempre aparecia na hora do almoço?

— Não.

— Aquele que o pai uma vez mostrou uma arma de brinquedo e ele saiu chorando, achando que era de verdade? Nós rimos um monte...

— Não.

— Deco, aquele pivetinho que uma vez trocou um pandeiro por um apito com o primo Olavo, e a mãe dele, que era uma onça, deu um esculacho nele e no Olavo?

— Não, não.

— Eu me lembro. Até de um dia em que ele quis me beijar. Lembra, Álvaro?

Com desgosto, Álvaro fitou a mulher. O cabelo opaco, sujo. As unhas sem graça, aparadas como as de um homem. O rosto entregue à sanha da acne. Os olhos apertados diante do cigarro que ele tragava. Uma magrela que vivia com o irmão e a cunhada, tinha sido passada para trás por algum gerentezinho, e agora, faceira e apressada, mostrava armas e dentes.

Rudinei foi uma má idéia. Armanda, a irmã, não teve êxito nem em refrescar a memória do irmão, nem em lançar alguns sinais que Álvaro fingiu não compreender. Evidente: Rudinei tinha seus guardados, seu fardo, sua tralheira de tempo a amadurecê-lo a seu modo. Mas era incrível como o mundo que Rudinei havia mencionado não era, nem de longe, o mundo de Álvaro. Não havia comunicação entre aquelas duas memórias diferentes.

Aloísio compensou a tarde perdida naquela tentativa de contato. Taciturno, tomando um café atrás do outro, não fumava, ao contrário de Álvaro, mas tinha uma garrafa de destilado, tempo para conversar e alguma memória.

— Perdi a Milena num acidente de carro, essas bostas dessas estradas.

Não chegaram a ter filhos, embora estivesse nos planos. Milena morrera com 28 anos, Aloísio tinha 31 quando aconteceu o acidente.

Viveram quatro anos juntos, Milena era professora e amava tanto a profissão que custara a decidir-se pela maternidade, embora em momento algum tivesse negado o desejo de ser mãe. Era mais uma questão de oportunidade.

Aloísio tinha um armazém onde vendia de tudo. Não lembrava de muita coisa que Álvaro lembrava, mas recordava de coisas que Álvaro havia esquecido, e como o que esquecera não o negava, e como o que lembrava servia imediatamente de luz para o que em Álvaro ficara na sombra, o esforço das diferenças igualava-os. Vinham da mesma origem e sofriam em meio a lembranças incompletas.

De certa forma, os fatos esquecidos serviam para pôr alguma legitimidade nos fatos lembrados. Como um lembrava uma coisa, e o outro, outra, com alguma boa vontade formava-se um quadro quase completo do que fora um certo aspecto da infância e adolescência dos dois.

Aloísio escutava e ria, menos por achar engraçado e mais por sua surpresa ante um Aloísio tão antigo. Mal o reconhecia, mas estava disposto a aceitá-lo, a trazê-lo de volta para casa, agora que Milena também virara uma lembrança.

Álvaro bebeu além da conta. Aloísio não costumava se exceder, mas ficara compadecido ainda antes, por efeito do forte encontro dos dois passados, e acolheu o corpo mole, sonolento e pesado de Álvaro, de cuja boca saíam palavras soltas, os olhos esgazeados:

— Rudi.. Rudi.. Ar-anda... — As palavras quase em golfadas, o ar faltando e sobrando. — Que fiquem os dois!

Pelas quatro da manhã, Álvaro acordou triste: sabia onde estava. Começava mal. Revia um amigo e já aquele quadro!

Não bebia assim há uns nove anos.

Levantou do sofá, na sala, sem fazer ruído; a porta do quarto, onde Aloísio devia estar, fechada. A porta da saída também estava fechada; onde estaria a chave?

Queria ir embora sem acordar o cara, por respeito ao cansaço do outro e vergonha pelo seu estado. Pressentia algo à frente. O futuro não existia, estava longe demais. Alguns dias, alguns meses — isso é futuro? Não, isso é logo ali, isso é hoje, e hoje a cabeça perde o ponto de apoio, confunde o rosto de Armanda com o nome de Milena, não aceita ainda a péssima memória de Rudinei, desconfia que tem mentira no meio desse esquecimento.

Lembrou Julinha e o rosto vermelho depois do beijo, até certo ponto estranho vindo de alguém que a conhecia há uns dois, três anos, e nunca tinha ido além de um aperto de mão nas festas de fim de ano ou aniversário na empresa. A cabeça não pesava; ao contrário, parecia levantar vôo, mas como um pássaro que tinha medo de altura.

Apoiou-se numa estante, achou que ia cair, mas não caiu. Espantou-se de conseguir permanecer em pé. Barulho confuso, colchão de molas, um suspiro longo, um ronco?, os sons chegavam até ele abafados — a ressaca deixa o cara surdo.

Temeu que Aloísio despertasse, acabando por encontrá-lo ali, parado, feito um ás de paus, perto da estante, em atitude suspeita.

Olhou o relógio: passava das quatro e meia, lá fora era noite, o bairro ficava afastado, uma vila miserável que devia ter cachorrada por perto, algazarra, vagabundo jogado pelo caminho. Decidiu pular a janela da sala. Não era difícil, mas, zonzo, acabou fazendo ruído além da conta. A porta do quarto se abriu, Aloísio ficou olhando; o escuro da sala escondia seu rosto magro.

— Não quis incomodar... A porta tá fechada, não achei a chave.

Aloísio praticamente resumia-se à camisa larga, à cueca samba-canção. Respondeu com impaciência:

— Vai deitar, homem, pára com essa bobagem.

— Passei da conta...

— Eu vi. — Aloísio bocejou. — Vou pegar um antiácido no armário da cozinha.

Álvaro desejou mais do que nunca sair logo dali. A atenção de Aloísio constrangeu-o. Inventou um pretexto:

— Hoje cedo tenho uma visita a fazer...

— Então termina de dormir.

Aloísio foi ao banheiro, sentou-se no vaso e urinou em silêncio. Álvaro surpreendeu-se. Sabia que alguns urinavam assim, mas não na frente uns dos outros.

Procurou ser enérgico sem ser áspero, quando disse:

— Tenho que ir mesmo, e é agora. Além do mais, estou sem sono algum.

Saiu, mal o outro virou a chave na fechadura. Não era noite. Não era manhã ainda. Era o quê?

Crusoé

A Daniel Defoe, Robert Louis Stevenson
e Pedro Maciel, que me empurraram.

Naufraguei nesta ilha. Aqui estou e, parece, sempre estarei. Mais um elemento da paisagem que, aliás, me é estranha. A ilha não tem nome, se tivesse eu saberia como safar-me dela. Manhatan, Florianópolis, Ilha do Governador, Ilha das Flores: imagens que se somam a tudo que perdi no naufrágio e, pior, sobretudo antes dele, antes que pudesse chamá-lo de naufrágio. Nomes não salvam. Homens, principalmente náufragos, dinamitam ilhas.

Não sou bobo, não dinamitarei a ilha que acolhi. As ilhas não acolhem, impávidas. Nós é que as acolhemos, e aqui estou, à deriva neste pequeno mar de terra, mar estável mas mar, com suas surpresas no fundo. Olho à frente: lá longe, o que acontece, quem vem? Não posso adivinhar, e, por não podê-lo, sou refém do acaso que comanda tudo. A ilha é sua obra. Até eu. O acaso, meu verdadeiro pai.

Não, não vou beijar-lhe a mão. A começar, o acaso não tem mão, ou tem, mas muitas, mãos demais, e bocas, bocarras, devorando tudo com seu comparsa, o tempo, o maior dos fingidores, sempre com sua aparência de lento, quase parado, e quando vai se ver, já era, uma vida passou diante de nosso nariz, do nosso já alquebrado corpo, antes tão jovem, da nossa alma, antes com alguma esperança e muita, muita pureza.

Mas naufraguei. Estou na ilha. Sem filhos, ainda bem. Se os tivesse, teria que carregar-lhes, como tantos náufragos que conheço (é a espécie mais comum), entredentes pelo esforço ou arrependimento, o peso extra, quando mal conseguem carregar o próprio peso. Não me ergo facilmente. Essa subida à superfície de mim mesmo se dá com uma lentidão de peixe pequeno, que tem a ilusão de movimentos rápidos, precisos, mas é tudo em escala tão minúscula, que, para as proporções da ilha, a ação resulta irrisória, um imperceptível movimento em sua atmosfera poderosa e indiferente ao inexpressivo.

Pergunto-me, com insistência, o que havia antes do naufrágio. Confesso que não sei responder. E, juro, esforço-me em fazê-lo. Afinal, o que de fato havia? Um menino que soltava pipas como hoje ainda soltam, embora agora os fios elétricos sejam uma ameaça maior. Um jovem que hesitava entre um amor e outro, entre uma loura, uma ruiva, uma japonesa, uma magra, uma gordinha, hesitava, hesitava, e a cada hesitação era uma possibilidade a menos de êxito, e o êxito não veio e, com ele, não pôde vir a juventude.

Depois houve o homem do segundo emprego, já com alguma experiência, e do primeiro casamento, sem nenhuma. E a esse homem sucedeu um terceiro, perto dos trinta anos, sem emprego, sem casamentos à vista nem a prazo, com vontade mas sem forças e, se sem forças, decerto sem vontade. Como medir a presença de uma na ausência da outra?

Não sei o que veio depois. Acho que uma multidão de homens sem rosto como toda multidão engessada no mesmo homem, e o tempo, o cínico, correndo como a tartaruga da fábula com a lebre, exatamente como na fábula, mas parece que só ali, nascida para dormir.

O sono é a única eternidade. Das conhecidas, a que dura mais: seis, oito, até doze horas. Depende do que se tomou antes. O sono, quando não é açoitado pela fúria dos pesadelos ou pela falsa notícia dos sonhos, é essa vitória absoluta que, infelizmente, não deixa memória.

Passei a ser essa lebre no seu intervalo, enquanto fora do naufrágio, que começava sem eu perceber, a corrida era ganha por tartarugas e outros animais menos dignos. A questão era: só havia salvação na corrida? Só havia rumo no navegar firme e contemplado por uma serenidade que elemento algum conhece?

Eu não soube cavar essa serenidade. Eu não soube inventar essa serenidade. Ela é obra dos homens; eles a puseram no mundo hostil e desesperado por natureza. Um vulcão ou um deserto, como discutir-lhe o temperamento?

Naufraguei. Entre quatro paredes, estou entre quatro paredes. E se estiver na ágora imensa de um espaço sem nenhuma parede, estarei sem nenhuma. Tudo pesa, sufoca, limita, adverte, cobra. Ou, ao contrário, tudo ignora, despreza, abandona, deserda. Minha riqueza é meu muco; minhas fezes, meu urro que a nada assusta. E isso lá é riqueza?

A ilha é inóspita. Povoada, superpovoada, e tudo acontece aqui, tudo, e meu nome, se eu tivesse algum (só valem os nomes reconhecidos), não se inscreve no contingente que a sustenta e que ela sustenta. Naufraguei. Olho em volta. Navegam, navegam.

Naufraguei. Ao meu redor, passam embarcações em forma de homens, velhos eretos mais que pela coluna, mulheres jamais dobradas pelo ônus de serem belas, crianças libertas por uma febril felicidade atávica.

É, naufraguei... Não dói reconhecer; cansa. Estou cansado por essa certeza. Não consigo mover minha nau de ossos e pele bem redigidos pelo tempo, numa caligrafia caprichosa e entregue a arabescos, torções extremas nas linhas, curvas decaídas no acabamento do desenho. Sou essa escrita que me segue, incapaz de agilidade, por onde vou.

E vou por onde bóia o plâncton de um resto orgânico e natural — natural, sim — que parece dançar, dançar, sem música, sem ter escolhido um só ritmo, indo e parando, parando e indo, sendo detido por qualquer coisa, sendo liberto porque as coisas dele se livram.

Aqui fico, ali sigo, mas me encaminho aonde? Pergunta inútil, boba até mesmo. Há um sistema que parece sincronizado em seus movimentos. Não é. A sincronia é apenas uma mera ilusão. Mas ilusões, respeitemos, não são meras. Nem quimeras, para aproveitar a rima que nada acrescenta e, no entanto, se soma a esse escolho que aumenta a riqueza com que não serei brindado.

A sincronia não existe. Entretanto, a confusão parece ser só minha.

Quais as medidas sensatas no caso de um naufrágio? Primeira, primeiríssima: procure se manter à tona, respirando. É o que faço. Olho direto para o sol, que me cega. Olho para cima nos dias nublados, e mesmo assim as nuvens me cegam, sua luz é demasiada. Segunda medida: agarre-se a algo sólido. Não abandono, jamais, uma xícara de bom tamanho cheia de café. Nem o deixo ficar morno, bebo-o quente e, assim que termina, encho-a de novo. Mantenho-me acordado, lúcido, testemunha do drama no qual mergulhei.

Outra medida: grite por socorro, agite-se para ser notado, mas não se agite tanto ao ponto de perder o equilíbrio. Faço exatamente isto. Grito e me acusam de que grito em demasia. Agito-me, e e tal ação parece deixá-los mais agitados. Nada fazem. Naufrágios parecem não ser facilmente detectáveis.

Há momentos em que penso em deixar-me ir, ser tragado, morrer. Nessas horas, vejo, algo acorda os que andam à volta e me tocam no ombro e perguntam: "Tudo bem?" Que posso responder? "Não!" A resposta parece surpreendê-los, quando não, ofendê-los, e se afastam.

Chego a delirar. Imagino meus semelhantes alertados por minha dificuldade, vindo em meu socorro, dedicados. Ainda que sonhando, nem no sonho consigo abraçá-los nem mesmo sentir uma vaga gratidão. Porém, delicado, ou apenas de puro cansaço, reconheço que terei de omitir que chegaram tarde demais. E protestar: a água, que me alcançam para beber, afoga-me.

A única salvação, concluo, é jamais um homem deixar-se perder; jamais, jamais permitir que a onda o engula; nunca, mas nunca, de fato, distrair-se num mar desses; e nem depois, já na ilha, quando a terra, se não desmorona sob seus pés, cobre-o para que morra, enfim, de uma morte da qual todos o acusarão.

Um pequeno tufão

Buda observava, da janela central no primeiro andar do sobrado, o pequeno túnel que a rua fronteiriça construíra ao acaso. A carreira de prédios altos que nascia ao longe, defronte do rio, bebia da brisa aparentemente suave que lambia as águas poluídas, brisa que crescia pela rua estreita, ia se transformando em vento forte e, quando chegava diante do sobrado, na pequena praça, virava uma ventania; era sempre assim, sempre.

Um dia não foi brisa no rio, foi vento forte mesmo, correndo e aumentando através da rua, até desembocar num estrondo de janelas no sobrado. Uma espécie de tufão, pequeno — estamos no Brasil —, mas que assustou todo mundo. A tia desceu as escadas correndo, resvalou, caiu tentando se agarrar nos corrimões, esfolou a mão, os joelhos, e, levantando em seguida e saindo para a calçada, viu o redemoinho erguer folhas amarelas das árvores quase secas, papéis sujos, pó, cabelos e saias.

Buda, na janela, se alarmou. — Pára, tia, sai daí — gritou, e sua voz morreu no ruído da ventania. Ele gritou mais uma vez; foi inútil, ela não escutava, e, se escutasse, ainda assim teria sido inútil: estrondavam raios no céu plúmbeo e o chicote bramia nas árvores frágeis.

A tia gritou uma mistura de medo e volúpia, "ai, ai, aiiiiiiii", o vestido verde limão subindo até os seios; ela gritou e não foi de pavor; se fosse, ela teria retrocedido, mas avançou, parou no meio da rua — não havia perigo, não havia tráfego, os automóveis haviam desaparecido como por encanto; o vento, o vento, o vento, a ruazinha armara aquela cilada, Buda quase resvalara na escada, e saíra na calçada.

Aquela casa e aquela família haviam cuspido mais um desesperado; o vento esbofeteara-o; lembrou-se, menino, da dor das agulhadas da areia na beira da praia, o vento marinho fustigando-lhe as pernas, mas naquele momento ele estava de calças, grossas calças de brim, não havia tempo de recordar, com a tia no meio da rua gritando e rindo. — Eu sou puta! Eu sou puta.

O rio ficava longe e estava poluído, a ruazinha devia ter uns três quilômetros, era só ruazinha por ser estreita, mas tinha a profundidade de uma avenida, de um rio. A porta do sobrado estava aberta, o vento subia as escadas.

Buda não conseguiu agarrar a tia, ela lutava contra o vento, ela agora corria, e o sobrinho, ridículo, atrás dela. Ninguém riu ao ver a cena. A mãe de Buda chorou por dentro. No rosto era apenas uma máscara de paciência. A irmã de Buda ficou quietinha no quarto, nem quis saber o que estava acontecendo. O pai de Buda, cunhado da tia, desceu as escadas para fechar a porta. Uma hora depois Buda voltou com a tia a tiracolo. Dessa ele não se descuidou. A mãe abriu uma tesoura em forma de cruz sobre a mesa da cozinha. Mas nem se lembrou de rezar. Ainda havia uma janela batendo, talvez no fundo do corredor. O quarto da tia.

Mais tarde, o que se anunciou caiu na terra: água, muita água. A chuva começou chicoteando, socando forte as vidraças, erguendo

contra a luz dos faróis e dos postes uma poeira amarela, o chão fincado de estilhaços, como mínimas e geladas labaredas. Buda imaginou-se ali, mergulhado no ar tomado pelo aguaceiro, debaixo do céu carrancudo.

A tia já havia entrado e ficara agitada, andando de um lado para o outro no corredor, sem coragem de ir para o quarto, como se lá, na estreita, modesta peça, estivesse o tufão sem a liberdade da rua, preso, vociferando sua força contra as cortinas. Mas não havia mais nada disso; chovia apenas, a água acalmando a fúria das primeiras pancadas, apressando, porém, seu ritmo, agora mais contínuo e menos pesado.

O plantel do Dr. Wallace

A Louca parava nas esquinas, com nove, dez anos de idade, e ficava gritando: "Ai, meu calcanhar, ai, meu calcanhar!" Parava uma senhora, um rapazinho, um menino da idade dela. Iam ver e não encontravam nada no calcanhar; e no outro dia lá estava ela gemendo: "Minha mão, quebrei um dedo, minha mão!"

Logo ela caiu no descrédito dos vizinhos, dos conhecidos do bairro. Mas a cidade é grande, o bairro é grande; tem sempre vizinho se mudando. E, assim, o teatro dela juntava gente de novo. E nem era teatro, vai-se ver bem. Ela chorava lágrimas autênticas. Que importância tinha que a dor exata não fosse no calcanhar, que o dedo estivesse inteiro?

No grupo de Wallace, muitos anos depois, a Louca passou a ser bastante procurada. Wallace contava tintim por tintim dos casos dela, omitindo o teatro. Falava que, com a Louca, nunca se sabia. Um grito, um gemido, uma lágrima — era sempre o anúncio de algo sério. A clientela curtia aquela sensação de "Vou te salvar, filha minha"; de "Papai cura"; de "Teu herói chegou"; de "O doutor tem um remédio milagroso, é só você tirar a roupa e fechar os olhos e não abrir nenhuma vez; olha aí, hein?"

No quarto, a Louca chegava cheia de medo. Medo numa puta? Era um sucesso.

Quando sentia uma mão cabeluda em sua coxa, uma língua na sua boca, ela ficava bem quietinha, nem abria o olho. Qualquer pobre-diabo (pobre-diabo é só uma forma de se dizer, pois Wallace jamais admitira entregar seu plantel a um pobre-diabo), qualquer pobre-diabo, é bom que se frise, qualquer pobre-diabo se sentia vingado da merda que era a sua vida ao pegar a Louca e deixá-la calma, em silêncio, como que alheia ao próprio sofrimento.

Saíam sorrindo de orgulho do quarto os clientes, salvadores, curandeiros, milagrosos, enquanto a Louca descia as escadas quase prostrada de tão calma; e só mais tarde, bem mais tarde e eles longe dali, dormindo do lado da esposa, da noiva, da namorada, a Louca voltava a gritar, a gemer, a chorar para que alguém a olhasse e falasse com ela.

Wallace costumava fazer ele mesmo o chá para a Louca — ela adorava chá. Camomila, erva-cidreira, hortelã, maçã, principalmente maçã. Ele tomava litros de café enquanto a observava bebericando devagar o chá já morno.

Quando vinha o vento norte, talvez filho do Siroco que sopra nos desertos da África, Wallace fechava a casa, suspendia qualquer visita. Chuva é tristeza, recolhimento; vento é prenúncio de violência. Com Wallace o clima era a medida, senão de todas as coisas, pelo menos de algumas das principais. As pessoas reagem às tempestades, sentem-se frustradas diante do mau tempo, fecham o coração no frio, cerram os punhos diante de uma rajada de vento sibilante, escutando as janelas baterem, as portas baterem, a pancada monótona das grossas gotas da chuva no telhado.

Por causa disso, por causa da doença do planeta, da súbita mudança no clima, a temperatura subindo ou caindo sem mais nem menos, por causa disso é que uma delas, quando saía, levava uma malinha, como quem ia viajar.

A maleta tinha o básico: pente (o vento e a chuva desmancham qualquer cabelo), toalha, uma calça, uma saia, uma blusa, um casaco, um par de meias, um par de sapatos. A pequena mala não desgrudava do lado da mulher. Era engraçado. Fazia um sol de rachar, por exemplo, era fevereiro, e ela precisava ir ao Centro encontrar-se com alguém, encontro breve, rápido, para não durar mais do que uma hora, uma hora e meia. A ninguém ocorreria algum imprevisto em tão breve espaço de tempo, mas a mulher empunhava a malinha, conferia o conteúdo e se encaminhava para o compromisso segurando firme a alça da mala, como quem estaria saindo para voltar dali a dois dias.

Essa mulher era Sarita.

Quando Armando a conheceu, ela ainda conservava a maleta, mas já não a usava mais. Nem saberia dizer quando parara com aquilo, embora Wallace lembrasse direito a ocasião. Tinha contado a Armando.

— A louca da tua amiga, um belo dia, foi a Viamão visitar um industrial abonado, um esquema que montei direitinho. Ficou a tarde toda, demorou, até me preocupei, mas se houvesse acontecido algum imprevisto ela telefonaria, e não telefonou. O fato é que só me apareceu de noitinha. E sem a maleta. O cara gostou um monte da Sarita e pediu que ela deixasse a maleta lá, que no dia seguinte ele a devolveria. Sabe como é esse negócio de fetiche, um troço sério. Sarita se arrependeu. No dia seguinte, o cara não devolveu a porcaria da maleta, nem no outro dia, e eu tive de ir lá buscar a merda do

negócio num sábado, três dias depois. Chovia pra caralho. O cara me entregou a porra da maleta toda estourada. A fechadura torta. O couro arranhado e faltando uma calcinha que ela havia trocado. Sei lá o que tinha acontecido, o cara evitou explicações. Não interessa, não faz diferença. Sei que ela nunca mais saiu com a maleta. O cara ainda andou telefonando algumas vezes para cá. Ela se recusou a atender. Não insisti. Ela sabia o que estava fazendo.

— Essa mania eu não conhecia...

— Mania não acaba nunca, você sabe. Vira outra coisa, mas continua. Hoje ela sai de mãos abanando? Não sai. Aliás, nem sai, caseira que só ela. O sujeito de Viamão um dia veio aqui, ficou com a Louca, que até gostou mais dele que dos outros, mas ele queria mesmo era a Sarita, e não veio mais.

O Sr. Rodolfo chega todo domingo de manhã com um volume surrado da Bíblia, uma velha encadernação em couro negro, e chama a Pelé e fica recitando versículos enquanto ela o masturba. Ele recita os versículos em voz alta, quase grita, e ela mandando brasa, a mão e às vezes a boca subindo e descendo, e o homem nem geme, só entretido naquela pregação. Na hora do gozo ele pede que ela diga bem alto, "Amém, amém!"

Menos que imaginar a cena, Armando pensa naquela palavra: "Amém". Tira o acento dela, e continua bíblica: "Amem".

Pensa no Sr. Rodolfo, todo domingo de manhã no lar de padre Wallace. E nos outros dias, quem sabe, na hora da missa, ao lado da mulher, o padre rezando, o coro dos fiéis entregue às preces, é bem possível que o Sr. Rodolfo tenha ereções incontroláveis, ereções que o afligem, sem possibilidade de um desfecho prazeroso.

Mais tarde, já em casa, os ovos latejando, talvez o Sr. Rodolfo reze mais intimamente ainda, o coração fiel pedindo que o domingo chegue logo.

No domingo, aliás, a Modelo não estava para ninguém. Era o dia em que visitava a avó, em Eldorado do Sul. A Modelo tinha esse hábito que tanto encantava Wallace: gostava de ser apreciada de roupa, não nua; imaginava excitar os homens que a procuravam com os modelitos que desfilava para eles. A avó era costureira de mão-cheia, e a Modelo era inteligente pra cacete: ela mesma desenhava os modelos e encomendava para a avó fazer. A magra aposentadoria da avó mal dava para os remédios. A Modelo estreava uma roupa por semana, pagava direitinho a avó, que defendia o pão, a luz e a água, já que a casa o falecido deixara paga, e os remédios, a aposentadoria cobria.

O guarda-roupa da Modelo era de cinco portas e com um maleiro cheio de panos. Ela mesma comprava os tecidos no sábado pela manhã. No domingo levava-os para a avó junto com os desenhos e, de tardezinha, voltava para o sobrado sempre vestindo uma roupa nova. Wallace projetava o lábio inferior, na mais genuína admiração.

— Nobreza é isso, Armando, nobreza...

As meninas não reclamavam do exagero do guarda-roupa, do excesso de espaço que a Modelo exigia quando a maioria delas tinha um guarda-roupa mixuruca, de duas portas, e olhe lá. Tudo porque em poucos meses ela acabava dando a roupa nova para uma delas, e a fila das que tinham recebido a promessa de um presente para breve era grande.

— Nobreza, Armando, nobreza — elogiava Wallace.

Uma vez por semana, Renatinho, 22 anos, sério como um juiz, telefonava para Wallace, fazia o pedido de costume, e uma hora mais tarde aparecia. Antes de subir as escadas em direção aos quartos, pedia um banheiro. Urinava sem pressa, preocupado observando o pau, avaliando. Como quem penteia demoradamente o cabelo antes de sair. O pau, como o cabelo, tem de impressionar. Renatinho não se impressionava com o próprio pau. Nenhum homem se impressiona com o próprio pau. O pau do sujeito é sempre insuficiente, e a qualquer elogio de uma mulher o sujeito geralmente responde com alívio, jamais com orgulho.

Renatinho utilizava o banheiro do andar de baixo, enquanto a Muda esperava, meio de saco cheio, no quarto 14. Ela era supersticiosa, gostava do número 14, e uma única vez deixara de ocupar esse quarto quando tinham feito uma dedetização.

Renatinho demorava uns cinco, até dez minutos no banheiro, sacodindo o pau que chegava a engrossar um pouco devido à manipulação. O efeito, porém, não o deixava menos desconsolado, e então ele subia, na esperança de que a Muda, naquele dia, estivesse mais doce, mais assustada, naquele sussurro que cala qualquer frustração.

A Muda, assim como a Louca, é uma das atrações da casa — "Todas são atração", insiste Wallace; do que Armando discorda. Com a Muda havia uma vaga sensação de abuso, de excesso. Como se ela estivesse amordaçada. Como se fosse possível ir até um ponto onde só o grito fosse a resposta, e como não poderia haver um grito, ou mais exatamente, havia grito, mas abafado, o desgraçado que a comia pensava devorá-la, pensava estar indo mais e mais, muito mais do que podia, e embora não fosse, nunca fosse, ou tentaria ir e não conseguiria, o que muitas vezes acontecia, a mudez da Muda não desmentia a falta de força do invasor, e, com o passarinho na gaiola dando pequenos vôos, ele podia acreditar sem desmentidos que havia dado longas arremetidas, que tinha sido uma águia, violento, indefensável, e que o silêncio dela havia sido a morte do derrotado. Renatinho gemia no esforço da estocada.

Era regra ser perto do meio-dia quando Alaor chegava, com pressa, e levava a Pelé pro quarto, e saía em meia hora sem reclamar de nada. Pelé tinha seus méritos, sim, e dificilmente alguém reclamaria dela. Com a pressa de Alaor e o nível de exigência de Wallace, buscando preservar um máximo de qualidade no atendimento aos clientes, não era de admirar que as coisas saíssem mais do que aceitáveis.

Alaor era determinado. Pelé não estava para brincadeiras.

Wallace garantia que ali era tiro curto mas certeiro, um pênalti bem batido, nocaute no primeiro round.

Pelé, numa noite em que tudo estava meio parado, admitiu que Alaor era magrinho, branquelo, mas sabia o que queria e como chegar lá. Interrompeu o comentário com uma risada e algo que parecia exatamente um suspiro, abafado, misturado a um bocejo; era quase uma da manhã, e, afora um único cliente, não tinha mais ninguém.

Com exceção da Neusinha (era recém-princípio de mês e Hélio havia chegado há pouco), todas ali estavam livres. A Louca mantinha-se quieta, alisava o cotovelo como quem acabara de se bater; a Muda pulava com os olhos de imagem em imagem — o quadro com o anjo anunciador que era dela e estava na saleta, a cadeira quebrada num canto, a mesinha com jornais de uma semana e revistas de três meses —; e Sarita queria detalhes. Pelé respondia que não adiantava, Alaor só ia com ela. Sarita provocou:

— Ele nunca experimentou do meu veneno...

Pelé sorriu, mas foi um sorriso quieto, que acabou se perdendo no meio da noite.

Wallace era psicólogo. Dizia-se psicólogo das filhinhas que protegia, seu ganha-pão, as pobres meninas confusas e bonitas, e exatamente bonitas porque confusas. Os homens gotejavam, lobos, saliva diante de tanta fragilidade. Queriam dar colo, palavras de incentivo, orientação àquelas moças cujo rosto parecia cândido.

Wallace é quem tinha, senão as palavras mais fortes, as mais constantes. Dizia que Pelé revelava insegurança na maneira como adoçava o café, hesitando na quantidade de açúcar. Dizia que Sarita era neurótica obsessiva porque penteava os cabelos três, às vezes quatro vezes por tarde. Dizia que Neusinha tinha traumas profundos em razão de não ter paciência de entrar num supermercado Dizia que o irmão, Hélio, trabalhava num cartório porque intimamente sonhara em ser policial; o apego à lei e a sede de justiça e legalidade recalcados haviam-no feito aceitar um modesto substituto. Hélio, é claro, não admitia a versão de Wallace. No que dizia respeito a elas, nem Neusinha, nem Sarita, nem Pelé.

— A única pessoa louca aqui é a Louca! — observou Maizena, em quem Wallace lamentava a indiferença.

— Pelo menos é a única sincera, minha filha.

Wallace sempre achara a disponibilidade de Maizena algo, para usar uma palavra irônica no sobrado, *obscena*. Chupar ou ser chupada, dar de qualquer jeito, ou mesmo bater num cliente — naturalmente atendendo a um pedido — era rotina, e apenas isso. Não causava comoção um pênis sendo introduzido em algum lugar. Na maioria das vezes, nem gemido.

Naturalmente, gemido fazia parte do script. Como não gemer, sobretudo depois de algum tempo com algum sujeito insistindo naquele movimento monótono? Gemido de uma mal disfarçada impaciência, gemido de dor nas costas.

Pois Maizena nem gemer gemia. Ficava ali, debaixo do maganão, olhando pro lado, através da janela, o azul do céu, as árvores, os passarinhos, ou o teto, as moscas no teto, poucas, é verdade, Wallace e seus inseticidas.

Almoço

O pai do menino dirige o trator no cemitério abandonado. O cemitério impressiona menos que o trator. A força dos movimentos da máquina, a lâmina que devora a terra, a terra que parece dominar tanta morte já esquecida.

Um a um os parentes do menino morreram. Morreu um tio, uma tia, três dos quatro avós. Morreu um coleguinha de aula. A vida é muita curta, e o trator avança no terreno esburacado.

O cabelo comprido e arisco do menino, olho apertado contra o sol do fim da manhã, o pai do menino trabalhando desde as seis, enquanto ele ainda sonhava imagens que não sabe explicar. O menino limpa a testa onde fios de cabelo ameaçam seus olhos. Quer ver, com a habitual atenção, o pai sobre o trator subindo e descendo pequenos montes.

O que poderá surgir daquilo tudo? Porque sempre surge. Mas é menos do que a curiosidade promete. É menos.

O pó sobe no ar e se mistura à luz amarela do verão. De cima, ao volante, o pai acena; o menino é um orgulho só, vestindo calção, abrindo um sorriso grave de quem sabe que os amigos estão brincando longe dali e não suspeitam que mais tarde ele terá alguma história incrível para contar. O trator parece rouco no esforço raivoso do rugido do motor, das rodas pesadas. O pai, concentrado no esforço. A fome é uma lembrança que não convence.

Teve gente que apodreceu ali. Quanto tempo faz isso? O pátio de casa não é um pequeno cemitério? Recorda as formigas que matava quando pequeninho e depois enterrava no chão mole. As plantas brotam fortes do cocô de galinha. As mãos da mãe são brancas e limpas. A água na torneira enferrujada às vezes sai marrom. No inverno, congela nos canos.

O pai não deve pensar nessas coisas, imagina o menino; o pai é tão inocente, pensa o menino; o pai vai viver muitos anos. É um grande tratorista. O trator se move, um pouco lento, um pouco rápido — um besouro de metal.

Debaixo das rodas dentadas da máquina surge, enterrada na areia úmida, uma caveira — ridícula, sem um dos ossos que a desenhariam assustadora. A morte da morte, ri o menino: quando a morte não assusta mais.

O trabalho do pai impressiona-o. A força de fazer tudo aquilo sem se impressionar. A morte é quando a força acabou e nem o vento sopra. O menino admira as tempestades. Os raios, a chuvarada, não tem medo de nada disso. O pai já trabalhou um dia inteiro debaixo de um temporal. Ele não viu, mas a mãe contou.

Foram açudes, estradas; hoje, um cemitério. O pai trabalha há vinte anos em tratores desse tipo, abrindo sulcos, cobrindo-os, o véu de terra descendo ou subindo diante de quem estiver ali para ver.

O menino vê o pai distraído em meio a tanta concentração. O peso enorme do entulho que se acumula, um resto no qual parece que algo ainda teima em lutar, vencido. Restos dos muros do cemitério, cacos de louça onde retratos de falecidos ficaram para trás,

mesmo depois da mudança para o novo cemitério, inaugurado pela prefeitura há dois meses; uma arcada dentária, um osso que parece um dedo, o cheiro estranho da terra revolvida.

O filho traz, enrolada num pano de prato, a marmita que a mãe preparou a oito quadras dali, na casa de madeira ainda por pintar. "Madeira não tão boa quanto a de um caixão", pensa o menino. E pensa também: "O pai parece um demônio de asa de morcego quando pula, ágil, de cima do trator."

Já passa do meio-dia, e o homem, escorado numa das rodas, abre a marmita e dá a primeira garfada. Ri, talvez de puro cansaço, e oferece ao filho um pedaço de carne. Ele recusa.

Um amor

Quando ela o viu pela primeira vez, viu muito, viu demais, talvez. E, vendo tanto, viu de menos. Viu que era um homem bonito. Que era da raça cada vez mais rara dos resistentes, aqueles cuja paciência não veste a face do martírio. Ele parecia sorrir quando fazia força; força até demais. Sabia engolir lágrimas que cairiam em profusão sem se afogar e sem deixar um único músculo da face tenso. Sabia receber com a alma aberta a própria condenação ao exílio, e reagia como se uma liberdade fosse a portadora da notícia. Mas isso ela só viu depois. Antes, viu apenas o que muitas moças mais ou menos como ela conseguiam ver em muitos rapazes mais ou menos como ele (menos, claro): que era bonito, sensato, equilibrado e afetuoso, sem ser derramado. Ah, os derramados, que mentem mais que acarinham.

Quando ela o viu pela primeira vez, e pela segunda, e já na terceira, então, o que sentiu foi algo que só muitos meses mais tarde chamaria de amor. Mas ali, naquele primeiro instante, algo sério a invadia. E ela que não se deixasse invadir; comovida, ia sentindo que já não podia mais sozinha com a própria vida e que precisava dele de uma forma ou de outra.

Isso nos primeiros tempos, quando se contentava em vê-lo uma vez por semana. Logo precisou vê-lo um dia sim, um dia não, e o dia não era invariavelmente inquieto, com caminhadas longas pelo bairro, interrompidas por demoradas espiadelas na direção da casa dele. Ele costumava trabalhar na parte de trás da casa, no pátio, fabricando peças de madeira, ajudando o pai, até que este morreu com 63 anos, jovem ainda; e ele, com apenas 22, o mais moço dos quatro filhos do morto, passou a tomar conta de tudo. Principalmente depois que o caixão desapareceu num buraco em uma parede suja, e na mãe começaram a surgir doenças, leves no começo da viuvez, graves nos últimos quatro dos dez anos em que ficou viúva.

A moça que o amava — já o amava, estava condenada a isso: soube-o no início do verão, quando, de certa forma, mal o conhecia ainda que já o tivesse visto pela primeira vez no fim do inverno, encasacado, curvado sobre pilhas de madeira, ajudando o pai a tirá-las de um caminhãozinho que eles cuidavam com esmero, assim como quem cuida de uma arma com a qual é preciso defender a vida todos os dias —, essa moça que o amava mais que qualquer um poderia amá-lo, até mesmo o pai já morto que admirava aquele filho, que era grato àquele filho tão parceiro diante dos desafios que a existência modesta os condenara, essa moça que o amava mais que a mãe do moço, que tinha um carinho maternal extremo pelo rapaz, cuidando do seu último rebento como quem precisava salvar o mais frágil dos frutos, quase um milagre numa realidade em que três filhos anteriores haviam brotado entre muito sangue e muita dor e pouco futuro, essa moça, ela, como talvez alguma outra nas redondezas, murchava e florescia entre manhãs e tardes nas quais o tempo, secularmente, se dedica ao lugar comum de tentar dizer suas coisas mais definitivas.

Isso — o amor do pai já morto e o da mãe doente — podia parecer amor mais que suficiente. E suficiente era. Mas havia amor maior. O daquela moça que ainda não o havia embalado, não tinha sentido a sua carne dentro do caminho que conduzia até seu ventre, nem sequer tinha beijado sua face, face essa que a mãe, centenas, milhares de vezes, havia beijado, muitas vezes por puro costume.

A mãe também havia morrido em uma doce agonia — sim, uma agonia pode ser doce — que durou uma década inteira de cuidados do filho, daí a suavidade com que sua frágil saúde foi se apagando e a chama de seus olhos misturando-se à sombra que, numa tardinha de sábado, ficou intensa demais e ela então partiu para a zona indistinta e imensa que só os que permanecem sabem que existe, esse estranho e inominável lugar desde o qual mortos amados nos acenam e jogamos luz forte sobre ele, mas que nada o atravessa: nem luz, nem gritos, muito menos palavras sussurradas.

Ele já tinha 32 anos. Ela, 30. Nunca haviam namorado. Nem com outras pessoas. Cada um comprometido com coisas que a maioria costuma chamar de planejamento, mas a verdade é que poucos planejam, e, no fundo, sem nada de fato planejado, o acaso ganha uma força contra a qual ninguém pode ir contra. E nos arrasta. Melhor, deixa-nos imobilizados, paralisados, sem ao menos esperar pelo que tanto se almeja, porque o ritmo do existir vai engolindo quase tudo sem um ruído sequer (ou um ruído digno, senão os de sempre: o bocejo, o suspiro, o ranger de dentes, o arroto, o flato, os espirros, os pigarros).

O rapaz, homem feito, tinha duas irmãs casadas e um irmão mais velho que estava separado, mas disposto a não tentar mais uma outra união. A anterior, interrompida pela traição da parceira,

fizera com que ele se atirasse ao trabalho com a cara redonda e lustrosa de um sujeito de sucesso, um empreendedor esperto, atento, ágil, e com o coração de um ser que começava novamente a relembrar a falta do pai e da mãe, um ser sem outro ser a quem se agarrar. Quando lembrava do caçula era porque tinha bebido além da conta e o visitava para chorar de forma inconveniente.

O caçula, aos 32, era, como sempre fora, um decidido como o pai. Morreria jovem, quem sabe. Deixaria uma viúva arrastando-se através da cidade, provavelmente, por uma doença chamada saudade. E até conhecia a futura viúva, aquela moça que morava no centro e com a qual já havia trocado algumas dúzias de frases, umas cinco, seis vezes, na frente do salão paroquial que não freqüentavam, mas até aonde iam, acompanhando os irmãos mais velhos.

Ali ficavam, enquanto lá dentro pares quase se engalfinhavam. Com os dois, outros familiares (tios, primos, pais, avós) ocupavam as calçadas à espera de que alguém, afinal, retornasse cansado, e o cansaço deles, maior que o dos dançarinos, pudesse ir para casa receber seu abraço: o repouso.

Essa não era a espera da moça, agora mulher feita, que o olhava de soslaio e via que ele, vez ou outra, lhe dirigia um sorriso que ela não podia avaliar se de timidez ou de interesse.

Não esperou mais para avaliar. A espera faz da indecisão uma escolha, e essa escolha sempre diz não. Escreveu-lhe copiosa carta na qual dizia gostar dele há muito tempo.

Comovido com a extensão da carta e a dificuldade de tantas frases para chegar a uma única onde se podia ler o que havia para ser dito, ele aceitou o namoro.

Durou um ano, namoro tímido, com beijos tímidos, carícias que mais se procuravam que se encontravam, mas que nessa procura pareciam encontrar exatamente aquilo que buscavam. Não exatamente aquilo, mas algo próximo, o que já parecia um prêmio.

Em seguida houve o casamento, discreto apesar de não ser tempo de discrição. Tempo de total ausência de discrição nas festas, que festas há muito tomaram o lugar do que registram, e alardeiam mais que anunciam, colocando barulho sobre o que queremos ouvir: o que, afinal, está sendo festejado. E festas parecem ter nascido para serem festas. E apenas isso. Eles queriam uma cerimônia que lembrasse a todos os presentes que os dois estavam ali, unindo-se para sempre.

Talvez os dois não gostassem de festa. Talvez achassem que qualquer exultação traísse de alguma forma a gravidade do momento. Era, sim, algo muito grave. Casamento é como nascimento, tem parto e, se não tem sangue nem dor física, tem lágrimas, ainda que de outro tipo, e duas vidas que começam, ao invés de uma.

Assim, a festa foi pequena. Havia um violonista contratado que semeou alguns acordes pela sala impecavelmente arrumada pela noiva (que fora criada pela avó, morta dois anos antes de ela ter visto o noivo pela primeira vez). Tinha também dois colegas da marcenaria do noivo, um primo dele, os três irmãos, os dois cunhados, um sobrinho, dois casais de vizinhos sem filhos. E só.

Mas não foi uma festa ruim, mesmo para os adoradores de festa, essa espécie em franca progressão na atualidade. O violonista não era talentoso, mas esforçado. E embora sem talento quase nada dê resultado, o esforço impressiona à maioria, que se curva ao suor, à força, à profusão das batidas, seja de um martelo num prego, seja de uma palheta em sete cordas. E a torta era enorme, tão grande que todos levaram um bom pedaço para casa. E havia todo tipo de refrigerante que se pudesse pensar, e vinho, bastante vinho, e três garrafas de champanhe, gelada, de boa qualidade.

E era abril, e o clima estava agradável. E não ventava. E a memória dos mortos havia amainado.

Claro que houve lua-de-mel. Como não gostassem de praia, os noivos viajaram para a cidade natal do pai do noivo. Para a noiva, tratava-se de turismo; para o noivo, uma importante e adiada ocasião de homenagem. O corpo do pai havia sido enterrado na cidade onde moravam; mesmo assim, ele foi ao cemitério local, na cidadezinha, ver o túmulo dos avós. Não era saudade; era mais uma obrigação que lhe parecia uma atitude correta, algo que não se podia adiar.

Havia lá um hotel quatro estrelas. E, no primeiro dia, foi nele que se hospedaram. Mas o luxo ostensivo do lugar acabou deixando-os pouco à vontade, não porque não soubessem lidar com o aparato, com os instrumentos, mas porque o ambiente proporcionava uma frieza cujos freqüentadores exibiam com orgulho, mas que o casal recebia como uma ducha de água gelada na alegria que se achava na obrigação de sentir.

Mudaram-se para um hotel mais modesto. E neste havia falhas, pequenas, porém falhas. O homem da portaria contava histórias sempre três minutos antes de entregar a chave do quarto. E o próprio quarto tinha um ventilador de teto que mais fazia barulho que vento, e ele riam disso porque, para falarem um com o outro, quase tinham de gritar. E foi o que os deixou melhor.

Ficaram uma semana numa espécie de distração — não chegariam ao torpor, nunca —, distração a que poucas vezes na vida se haviam permitido, talvez apenas na infância.

Sexo foi algo menos difícil do que ela suspeitava e menos prazeroso do que ele desejava. Mas houve sexo, o suficiente para ocupá-los nas tardes de frio ameno antes de saírem com o sol se pondo e pegarem um cineminha e ela ver o marido cochilar antes da metade do filme.

Voltaram na semana seguinte, ela com algumas inquietações, ele com a certeza de que aquilo duraria até o dia em que caísse fulminado. Com ela por perto dificilmente cairia.

Instalada na casa ao lado do prédio onde moravam, um primeiro andar com luz fraca, corredores estreitos, tinta vermelha descascada nas paredes, ficava a oficina, um barracão sem divisórias, com diversos instrumentos e três homens — ele e os dois auxiliares (não se associara e nem se associaria a ninguém, mais por conselho paterno que por convicção) —, onde eram fabricados bancos, mesas, lustres, molduras, vasos, copos, canecos. Ele não tinha apenas instruções com variados moldes para forjar essa diversidade de fabrico, ele tinha inventividade e fazia de seus produtos algo que dava certo, muito certo, na cidade. Tinha uma clientela mais que fiel: crescente. E o dinheiro entrava, e era administrado pela mulher, que fazia a contabilidade, pagava regiamente os fornecedores, os funcionários, e economizava para a compra de um carro e uma casa, sonho antigo dele depois que os pais haviam morrido após terem vivido 40 anos numa casa alugada, dependendo, durante esse tempo todo, de linhas de ônibus cujo horário nunca era cumprido.

Ela o amava. Não o dizia. Nem a ele, nem às amigas, nem a si mesma. Amava-o como se ama àquilo que mal compreendemos e que por isso nos carrega, e com o que leva, sim leva, nossa alma e nosso discurso, leva o que poderíamos confessar.

Ele parecia nunca ter amado nada além do que fazia. Nem o cachorro que não quis ter mas teve, porque ela assim quis. Nem as sessões de cinema nas tardes de sábado, de que tanto ela gostava.

Filmes no meio dos quais ele ficava imaginando como poderia fazer uma mesa para oito pessoas que não fosse um trambolho.

Os dois saíam do cinema e iam para uma sorveteria — ele não gostava de sorvete, não gostava de nada gelado, nem de quente em demasia —, mas dava umas lambidinhas no sorvete dela porque isso causava tanto prazer à mulher que ela acabava dando gritinhos a cada careta com que ele fazia ao reagir ao gelado na ponta da língua.

Ela gostava de visitar as cunhadas, coisa de que ele não fazia questão, mas a acompanhava. Afinal, eram suas irmãs, e o sobrinho, o único filho da mais velha (temia-se que a mais moça fosse estéril), tinha mãos hábeis, admirava a arte do tio, e a lisonja não o deixava imune. Ele ia e demorava na casa da irmã mais velha.

A esposa não gostava das visitas do cunhado. Sobretudo porque ele chegava impelido pela terceira ou quarta dose de uísque, vá-se saber. Mas o marido acolhia o irmão, embora com mais paciência do que prazer. Nesse caso, paciência com os dois, com o irmão e com a mulher. Ela dormia no sofá da sala, embalada pelo tédio e uma certa irritação, porque vencida. O irmão cochilava várias vezes e acordava sobressaltado também várias vezes, e dizendo outras inúmeras: "Tenho que ir." Então, penalizado, ele o convencia a dormir no sofá.

"Um homem como eu? Num sofá?!"

"Não tenho quarto de hóspedes..."

"Ainda", bradava o irmão, como se prometesse um presente.

Minutos depois cochilava. Minutos depois acordava sobressaltado. E aí já se impacientava um pouco, pedia um café forte, iam para a cozinha, ele fazia o café para o irmão mais velho, que bebia num gole só queimando-se, derramando um pouco na camisa branca, manchando-a e nem se dando conta, tonto de sono. E depois ia embora.

Preocupava-se com o irmão dirigindo naquele estado. Mas nunca chegou a acontecer nada.

Aquilo não era uma fase. Era a vida de todos. A dele, a da mulher, a das irmãs, a que tentara e já não tentava mais ter filhos, a que tinha um que se encaminhava para os 14, a do irmão mais velho, sem filhos, sem mulher, com uma empresa saudável e um saldo bancário que gerava comentários. E nada mudava. Nada muda. As coisas continuam do mesmo jeito como estão, mesmo que alguém decida fazer algo diferente. A novidade será a extravagância numa regra que, mais que mandar na vida, é ela.

E houve a extravagância. A esposa engravidou. Ele recebeu a notícia com apreensão. Ela confundiu a preocupação constante dele — com a saúde dela, com o rumo das coisas dali para a frente, com a saúde do bebê, com o que podia significar um filho —, ela confundiu essa preocupação com encantamento, com entrega.

De fato, ele se entregou. Trabalhou como nunca e voltava cedo para casa, como sempre. E, em casa, crivava-a de cuidados, cuidados que ela recebia como acenos, aproximações, afagos, confissões de algum sonho realizado.

Só que ele nunca sonhara. Tinha a praticidade do pai. A correção do pai. Tomara-lhe o exemplo e tornara-se um homem exemplar, um espécime realmente raro, difícil de se achar, ao ponto de as amigas dela comentarem: "Um homem assim só no tempo do pai dele." "Hoje só tem guri", elas diziam. "Os caras têm quarenta nas costas e querem vida de adolescente."

Ela sempre soubera disso. Desde o primeiro instante. Daí, quem sabe, o calor com que o acompanhava em cada movimento e a gratidão que a movia cada vez que ele realizava em favor dela o mínimo que fosse. E sempre era em favor dela.

Dela e do filho, que ele habilmente deixava mais com ela para que o menino lhe fizesse companhia numa vida de mulher tão solitária, com duas ou três amigas que nem de amigas mereciam ser chamadas. Conhecidas, sim. Somente conhecidas.

Com ela, ele estava presente em todos os instantes em que não estivesse na oficina ou fazendo algum orçamento com algum cliente ou jogando — mal, mas engraçado, segundo o menino — futebol com o filho. Apenas cuidava para que esses momentos nunca fossem em horários comerciais.

Um parceiro, ela se dizia, aliviada mas com uma pequena ponta de frustração, como se os unisse, não o desejo, não a admiração, não a ternura — tríade com que ela sonhava —, mas o compromisso natural e imperdoável, se admitisse alguma quebra.

Ele nunca disse que a amava. Ele nunca disse que não a amava. Muito menos que qualquer jogo, menos que a pudicícia previsível numa alma leve como a dela, embora pesada pela ausência de memórias, ela nunca perguntou.

Era possível que tivesse medo da pergunta. Ou melhor, da resposta dele. Mesmo que ele dissesse que sim. Como crer diante de tamanha honradez?

Morreu sem saber. Como todos morrem, naturalmente, mas a morte dela, como de todos, é um episódio único, e para ela as lágrimas, quando a respiração mínima lhe faltou, fizeram luzir os olhos que pediam por socorro, que pediam que ele lhe dissesse algo que justificasse aquela união.

Transido pela dor de vê-la sofrendo, nem atinava em responder nada senão tentar socorrê-la. Junto a ele, o filho de 17 (estavam juntos há 20, e câncer no esôfago fora o mal que a cansara e vencera nos últimos três anos). O rapaz não reagia, embora reagisse, e ele se dividia entre ajudar o filho a dar um murro numa parede e ajeitar o cabelo morno e úmido da mulher cuja testa começava a ficar gelada como a manhã do lado de fora.

O único socorro de que ela precisava eram as palavras que ele transformara num esgar. Havia perdido o pai, a mãe, perdia agora a mulher que ele sabia tê-lo amado durante tanto tempo, mas o filho ali, tão próximo, pronto para fazer o quê?

O médico aproximou-se. E foi nessa hora a única decisão imprevista que ele tomou em toda a sua vida. Imprevista para ele mesmo, contra o que acharia mais adequado nos quarenta e dois anos de sua existência sem sobressaltos. As aplicações de morfina, a volta do hospital para casa, o retorno como uma sentença, tinham-no, obrigatório dizer, preparado para o pior. Afastou o médico com um gesto firme. Sabia que nada mais poderia ser feito. Que fazia ainda naquela casa aquela figura decorativa?

De certa forma tentara avisar o filho, e o fizera, mas com uma firmeza não isenta de doçura — doçura que o rapaz entendera como esperança. Essa mesma esperança foi-se esfarelando nos 15 dias em que a mãe ainda passou dentro de casa, respirando. E a cada dia, ela cedendo; era como se o pai tivesse errado e o filho se protegesse numa revolta muda.

Falavam pouco, e o homem imaginava que era simplesmente porque numa hora dessas nada mais há a dizer.

Quando a enterraram, o filho não foi ao cemitério. Partiu, avisando antes, como se acusasse todos e tudo, numa excursão com amigos. Fumou maconha além da conta (tinha fumado algumas vezes, mas poucas; nada que o tivesse tirado do ar), bebeu seis latas de cerveja, e, principalmente, teve a certeza do que estava aconte-

cendo naquele momento e que ele não podia carregar; fizeram-no passar a noite, a madrugada, o amanhecer e o dia seguinte todo com uma sensação estranha de que pedia respostas que só saberia muito mais tarde, de forma confusa, muito confusa.

No cemitério, na noite anterior, às nove da noite, quando a enterravam, as cunhadas choravam mas respeitavam uma certa distância. Os cunhados do homem cumprimentavam-no com um constrangimento que dava ares trágicos à tristeza. O irmão mais velho estava sóbrio e passou o tempo todo abraçado a ele, incomodante. O sobrinho veio abraçá-lo e beijou-o no rosto. Foi quando ele soluçou. Tão alto e tão forte que soou como um baque seco, uma tosse, algo que os presentes não compreenderam bem.

Quase amanhecendo, já na oficina, tomando um café preto, forte, ele confessaria a um dos auxiliares que entendera que só se atirando ao trabalho ele poderia ajudar-se, que ela havia sido a pessoa mais bondosa no mundo. E que o mundo não era lugar para pessoas boas.

O auxiliar, tímido, sempre achara que ele nunca a amara. Que ele não era um homem apaixonado. Mas entendeu aquela confissão como algo absurdamente profundo, acima dessas paixões que ganham nomes pomposos e cometem as maiores injustiças. Injustiça, ali, se havia — e havia — era da vida. Não daquele homem.

Um casamento

É..., meus dois filhos, principalmente o mais velho, não gostariam de saber que estou teclando com um homem casado. Para começar, morrem de raiva da atual mulher do pai deles, e justamente porque foi dessa forma que os dois se conheceram. Internet é isso. Terra sem dono.

Sim, em quinze dias o meu ex se apaixonou de tal maneira que entrou num surto, num sei lá o quê. Acabou por se tornar um monstro, não menos.

Claro que ele não era assim. As coisas mudam. Os empregos acabam. Ninguém mais escreve cartas. Já não ouvi esses dias que o futebol não é mais um bom negócio? O que é um bom negócio?

Os meninos presenciaram cenas terríveis.

Em uma semana eu descobri toda a história. E, claro, tentei acabar com aquele *affair* virtual, a 1.200 km de distância. Na verdade, acabei foi por acelerar a aproximação dos dois.

Ele sempre foi um maridão, um paizão, um sujeito caseiro e fiel. Éramos uma família padrão, fomos isso, penso, por quinze anos.

Não brinque comigo.

De fato, lembro que uma vez ele colecionou uns fascículos sobre a II Guerra Mundial. E outros sobre armas. Era — é — um bom motorista, ágil a ponto de me assustar, o que foi útil quando ganhei os meninos. Rebentava a bolsa e em 10 minutos estávamos no hospital, distante de casa uns vinte quilômetros. Ele cravava a mão na buzina, fincava o pé no acelerador, mordia o freio a todo instante, fechava a cara e pedia para eu me acalmar. Um homem prático e decidido, como poucos.

Do dia para a noite percebi algo de errado: ele deitava comigo, mas levantava logo depois, quando me imaginava dormindo, e se conectava. Morávamos em uma cobertura. O escritório ficava embaixo e nosso quarto em cima. Havia uma extensão telefônica e eu escutava o barulho do modem, aquele chiado feito um grilo sussurrando.

Descia, então, as escadas com todo o cuidado, bem quieta. No corredor, uma porta de vidro separava o restante do ambiente do escritório. Pela fresta da porta eu o via na frente do monitor, mas não entendia a sua expressão agitada. Subia para o quarto dez minutos depois, ficava pensando, olhando o teto, escutando o grilo secreto de vez em quando, até que o sono chegava antes de ele retornar do computador.

Em duas noites masturbou-se na frente da tela do computador. E isso depois de ter feito amor comigo e eu relaxar, e cochilar, e acordar sobressaltada com a sua ausência.

Surpreendi-me. Eu não conhecia nada de internet. Pensei que se tratasse de algum site erótico. Uma espiadela movida apenas pela curiosidade.

Claro que agora isso está óbvio para mim, mas na época não, entenda.

Observei-o, religiosamente, durante nove dias. O que mais me preocupou foi a constância, não faltava uma só noite. Assim como a um encontro. Decidi então romper com aquela insana vigília, e uma noite entrei de supetão no escritório. Ele nem pestanejou, desligou a máquina.

Estava me escondendo algo; algo que parecia sério.

Eu o fiz contar-me o que se passava. Acima de tudo éramos amigos. Sentamos na cozinha e ele me narrou tudinho, com detalhes. Meu chão se abriu.

Os meninos acordaram e ficaram escondidos ouvindo tudo.

Bem, a partir daí entrou numa... que palavra posso usar? O afeto que parecia demonstrar não surgia em mais nada e até fazia questão de deixar claro (não, deixar claro, nunca; de confundir, sim) que parecia não possuir mais nada de bom para mostrar. Mas também não queria me perder, até por uma elementar questão de posse, talvez a única coisa, pensava eu, a idiota!, que o acalmasse.

Eu ainda tinha forças para ser firme. Dei-lhe um prazo. Estávamos no começo do ano e disse-lhe que esperaria até a Páscoa — época em que ele pretendia ir a São Paulo, onde ela morava — para se decidir.

O problema é que não havia como ele tomar uma decisão antes disso, sem encontrá-la, sem conhecê-la de fato. Até ali se falavam apenas atráves de sites de bate-papo.

Falando nisso, quando vamos nos conhecer? Mas a sua esposa...

Começou a beber, e quando eu chegava do trabalho já o encontrava embriagado. Bebia, sim, durante os anos de casamento, mas com controle. Agora passava da conta, e a reação a qualquer coisa que eu dissesse era violenta. Uma violência que eu desconhecia.

A coleção de fascículos? Ora, curiosidade. Ele sempre quisera saber de tudo. É um homem inteligente que, num determinado momento, perdeu o rumo, admito, mas inteligente.

Meu filho mais velho tem um pôster na parede, uma bela ilustração de um caçador abatendo um elefante na África. O caçador, vestido a caráter, aponta o rifle e dispara. O elefante dobra as patas. O caçador está de costas para o espectador, que se sente o próprio caçador, olhando o elefante morrer. É bonito. Só isso. Certamente meu filho não quer matar ninguém.

Um homem pode mudar depois de tanto tempo? A rotina não faz com que a gente se torne algo imutável? Sempre se pensou assim. Que a rotina faz do sujeito alguém inofensivo, alguém absolutamente previsível. Nada de surpresas.

Começaram as aulas dele. Era o primeiro semestre da sua pós em informática. Eu deitava no quarto dos meninos e fingia que estava dormindo quando ele chegava da universidade.

Pela batida na porta eu já percebia a irritação. Mesmo na frente dos filhos, agora ele já não tomava cuidado. A violência passou de verbal a física em poucos dias.

Eu deveria ter previsto isso? Por quê?

Uma noite ele me arrancou da cama com colchão e tudo, atirou-me ao chão, gritou com os filhos para que se calassem, ameaçou-me. Disse que eu iria passar a noite inteira acordada. A raiva transfigurava-o. Era tanta...

Nesta noite rasgou a minha roupa. Nua e humilhada levou-me para debaixo do chuveiro e me deu um banho de água fria. Era março, o outono esfriava e naquelas circunstâncias gelava. Sob a mira de uma pistola engatilhada (até isso ele fazia agora, querendo me levar ao desespero e talvez fazer-me desistir de tudo, desistir dele e deixá-lo ir) vi que tentava rir. Era óbvio que ele não estava achando nenhuma graça, mas também não duvidava de que tinha vontade de atirar.

Eu não chorava. Tinha medo de que, chorando, sua raiva aumentasse. Quanto mais eu me mostrasse vítima, mais não duvidava de sua culpa grotesca e, sentindo-se acuado pela própria acusação, acabaria se defendendo investindo contra mim.

Ao mesmo tempo eu temia não chorar. Ele poderia interpretar aquilo como uma demonstração de força da minha parte, um desafio, quem sabe?

Mais uma noite de horror. Ele chegando em casa, acordando-me aos berros, exigindo que os meninos ficassem quietos, como se conseguissem... Pegou-me pelos cabelos e carregou-me para cima, arrastando-me pela escada em caracol.

Para meus filhos, aquela mulher havia sido a causadora de tudo, quem havia transformado o anjo em demônio. Ela sabia que o pai deles era casado. Um dia, ele próprio, fora de si, havia se referido a ela como uma "puta de internet".

Concordo com o que você diz, concordo. Você me alerta sobre isso como se eu fosse mais que ingênua. Se fui, hoje não sou mais. Não posso nem devo ser; hoje desconfio. Conto o que aconteceu, que inclui quem eu era antes da tragédia toda. Depois mudei; há situações em que a gente fica sem a mínima chance de continuar como era até então.

É provável. Vivi meio que cega esses anos todos — eu, minha família e todos que nos conheciam. Trata-se até de uma questão de formação. Educam-nos para isso mesmo, para não enxergarmos, para enxergamos aquilo com que sonhamos, por mais absurdo que seja o sonho. E aí a gente confunde pesadelo com sonho e, quando o pesadelo ganha a cara de pesadelo mesmo, fugimos pra outro sonho, e a vida continua.

Ele me ameaçava de todas as maneiras, exigindo, é bom frisar, o mais absoluto silêncio sobre o que acontecia. Eu já estava anoréxica, fraca, sem forças sequer para falar. Meu estado era de completa prostração. Ele não me deixava sair nem ligar para ninguém. Eu só usava o telefone diante dele, sob a mira de sua arma, que agora passara a usar como um distintivo do homem em que se havia transformado.

Transformação nenhuma? Você vai se surpreender, amigo, mas as pessoas se transformam, não é?

Quando eu falava com a minha família, ele me exibia o revólver, ou um objeto qualquer, contundente, como um extrator de grampos, e forçava um sorriso que não chegava a acontecer. Nunca, em tantos anos, eu o vira tão sério.

O mais curioso é o seguinte, quando penso agora: a idéia de ele se separar de nós, depois de tantos anos, de ir viver com outra mulher, parecia indicar que ele se sentia prisioneiro no casamento. Mas antes ele ria. Antes ele brincava. E agora tinha a impaciência de uma fera.

Eu mentia para a minha mãe, a custo engolia as lágrimas, dizia que estava tudo bem, que eu só estava muito ocupada, apenas isso. Que qualquer hora a gente faria uma visita a ela.

Foi assim que se passaram os quatro longos meses até abril e a tão esperada Páscoa. Ele foi para São Paulo, e eu e os meninos ficamos trancados, incomunicáveis, na cobertura. Ele tomou todas as medidas. Desligou telefones e interfones. Espalhou notícias falsas para os vizinhos, parentes, fazendo com que parecesse que estaríamos ausentes no feriadão.

Foram 84 horas (é claro, eu contei minuto a minuto) sem comer, sem dormir, prostrada numa cama, sem tomar banho, às vezes até sem respirar. Meus filhos viam tevê horas sem fim. Pela localização do nosso prédio, nem gritar adiantaria, e acho que nem desejávamos fazer isso naquele momento.

Sei, era só esmurrar a porta do apartamento. Mas eu já desconfiava até dos vizinhos, com alguma suposta cumplicidade. E também tinha uma coisa muito forte, uma indolência, uma entrega, uma ausência total de vontade, uma incapacidade impressionante de reagir. E os anos, os longos anos em que dividíramos teto, churrasco aos domingos, famílias, fofocas maldosas contra os vizinhos (o que parecia nos unir mais ainda, nós, uma secreta seita saudável contra a pequenez do resto da humanidade).

Havia, por mais louco que possa parecer (e nessas horas nada escapa de ser um pouco louco), uma centelha de esperança de que ele voltaria e tudo ficaria normal, quase como se nada tivesse acontecido. Era esse, no fundo, o meu propósito, e eu me agarrava a ele, e por isso não gritava, não reagia, não salvava nem mesmo meus filhos.

Ninguém se comporta assim? Ele ou eu? Eu me comportei assim; ele, daquele jeito.

No domingo, meia-noite, ele voltou para casa. Calmo, sereno, tranquilo. Sentamos na cozinha e mais uma vez ele me detalhou tudo, e mais uma vez caí na conversa. Ele a queria, mas não abriria mão daquela casa nem daqueles seres — eu e os filhos —, mesmo sem nenhum compromisso de amor, sequer de fidelidade.

Seus direitos não estavam em discussão naquele momento, apenas a sua vontade. E a ausência da minha. Fragilizada ao extremo, a partir daquele dia eu me despluguei da tomada, desliguei total. Era um espantalho desanimado, um fantoche mal manipulado. Então começaram as torturas, o terror de campo de concentração. Ele me odiava por não me amar e me agredia por não conseguir me dar um abraço.

Lembro, por exemplo, de uma noite em que chovia torrencial-mente e ele me colocou no carro para me levar para o IML a fim de que eu fizesse exame de corpo de delito. Eu tinha marcas horríveis em várias partes do corpo — aqueles hematomas me envergonhavam e me causavam uma raiva que não tinha espaço para se manifestar.

Acreditei que estávamos indo mesmo para o IML, mas ele me levou para a beira do Guaíba, colocou a pistola na minha mão e disse "atire" com tanta certeza de que eu jamais faria aquilo, que o que consegui fazer foi obedecer àquela certeza. Eram duas da manhã e ele ali, debaixo da chuva que me molhava e fazia com que os machucados doessem mais ainda. "Atire, atire", e eu atirei a arma longe, e pedi: "Pára". E ele correu, pegou a arma e disparou na minha direção.

Se tinha intenção de acertar? Claro que não, mas isso eu só sei hoje.

Foi terrível convencê-lo a voltar para o carro e depois ter de enfrentar as ruas de Porto Alegre a mais de cem por hora. Ele dirigia como um alucinado, gritava como um alucinado. E eu não era nem mesmo a mulher de um alucinado. A mulher dele era a de São Paulo. Mas para ela ele não era aquele alucinado... Ela que esperasse.

Um dia a mágoa foi tanta que venceu o medo e consegui, por um simples acaso, denunciá-lo. Eu mal acordara daquelas tardes em que o único desejo era morrer. Momentos raros, quando então eu me dava conta de que era tão fraca que nada faria por meus filhos e, por isso, o melhor seria desaparecer. Sem mim, ele os entregaria a meus pais e os meninos viveriam melhor do que naquela casa. Odiei os quinze anos limpos de qualquer marca de sofrimento.

Naquela tarde, recém-acordada, tonta ainda, cansada de tanta indignidade, avistei um operário que esfregava as paredes do prédio. Estava próximo da minha grade de proteção, na cobertura. Gritei. Chorei. O homem pediu calma, quase perdeu o equilíbrio, ainda que o cinto de segurança me desse a garantia da sobrevivência dele. Riu de nervoso. Chorei mais e continuei a chorar e a gritar, quando tocaram o interfone na portaria.

Não quis atender. Insistiram. Não atendi mesmo. Sentia alívio e pavor. Achava que fosse ele, não raciocinava que, tendo chave, não tocaria o interfone. Arrombaram a porta. Eram policiais militares.

Denunciei-o. Levaram-me — e ainda assim quase lutei contra eles — para a casa de meus pais. O mundo caiu mais uma vez. Minha família digladiou-se com a família dele, que queria abafar tudo para salvar a sua carreira. Eu só queria me salvar, e concordava com qualquer coisa. Pedia para meus pais pegarem leve. Pedia para o advogado pegar leve. Eu era boba, uma idiota, uma louca. E os meninos não diziam nada, jovens demais para reagir.

A separação, no entanto, ainda não estava concretizada. A partir dali ele passou a viajar todos os finais de semana para São Paulo de avião, endividando-nos.

Comecei a prestar atenção, mesmo em meio ao estado confuso em que me encontrava. Era preciso estar mais que atenta para entender algo inacreditável. Todos, todos, achavam que eu não havia feito nada para segurar o meu casamento. Casamento — essa praga, uma cultura que pega na gente como carrapato, um carma, um destino —, casamento é compromisso de mulher. Faziam-me entender que eu o entregava de mão beijada para a outra. Que eu não lutava, que era tolerante demais.

Apesar de eles espernearem — claro, não tinham passado pelo que eu havia passado —, a separação judicial aconteceu em novembro. Consensual, eu ia fazer o quê?

Resumo, informando que, em dezembro, ele foi transferido para São Paulo e onde hoje parece estar muito bem, obrigado... com a puta de internet, como ele mesmo dizia.

O que a gente não faz por amor...

Não é amor? Bom, não sei o que é amor. Pelo menos essa ilusão eu não tenho, a de saber.

Sei que ele não teve moral nem para pedir perdão, mas também sei que hoje se arrepende muito, muito. E espero, de coração, que a dor dele seja enorme e duradoura.

Ele foi a pessoa mais sensível que jamais havia conhecido.

Desculpe, até eu conhecer você...

Foi o meu primeiro namorado e sempre me tratou com carinho Até conhecer a mulher naquele site e mergulhar de cabeça no bate-papo, como a gente está agora.

... Era raro. Sim. Impossível alguém ser tão dissimulado. Eu, pelo menos, acho impossível.

Entendo isso. Você acha que, se eu espero que ele sofra lembrando-se do que fez, de certa forma ainda estou acreditando nele, dando-lhe uma chance, não é?

Não! Bem que eu quis, depois daquilo tudo, ainda retomar algum contato com o antigo homem que eu tinha certeza de que ele fora algum dia. Mas eu não estava louca; conseguia, sim, enxergar, ver que já não havia caminho de volta.

Entenda isso, não é banal como parece. A dor pequena de todos os dias acaba sendo maior do que a grande dor que acontece só uma vez ou outra.

Acabou. Hoje eu tenho plena certeza disso. Como as coisas demoram a ter um fim...

Olha, juro que acho isso improvável.

Pensei bem, pode ter certeza. Será que durante os anos "bons" do nosso casamento ele não era sensível, só que não havia tido uma oportunidade para demonstrar sua violência dos últimos dias?

Será que jamais me havia tratado com carinho, mas apenas sem frieza? No passado, eu estaria me contentando com tão pouco? Pode ser. Talvez você esteja certo. E, pior ainda, eu não queria aceitar essa idéia para não me sentir mais fracassada do que me sinto.

Eu já não lhe disse que monopolizo as conversas?

Acho que já o aborreci um bocado com essa história. Desculpe por hoje. Prometo que amanhã, quando a gente voltar ao nosso bate-papo, vou lhe dar mais oportunidade de falar. Quando penso no que os meus meninos passaram, quando penso no que a sua esposa poderá passar...

Olegário e as letras

Olegário chegava diante da Neuzinha e deitava o verbo, palavroso, solene, falso. A Neuzinha, humana, agüentou enquanto deu. Quando estava prestes a explodir em defesa da própria paz, um dia foi socorrida pelo Ênio, que observou, firme, apesar do constrangimento do irmão:

— Ô, homem, você está falando com uma mulher, não com um editor.

Olegário fazia coleção de dicionários que jamais lia. Ninguém lê dicionário; dicionário foi feito para ser consultado. Mas Olegário não se dava nem ao trabalho de consultá-los: vinha-lhe uma palavra à cabeça e ele mandava bala; na dúvida, mandava bala. Quem poderia corrigi-lo?

Gostava de conversar com Pedro, ou melhor, de escutá-lo. E Pedro atendia ao convite:

— Te pago um café, nefando refestelado.

Olegário era levado à cozinha, onde Pedro se sentava à mesa próxima de uma enorme janela. O céu branco fazia Pedro se mover entre uma idéia e outra.

Sabia que Olegário era ingênuo como uma pedra polida. A imagem era essa mesma. Uma pedra não pode ser salva, e seu polimento é uma mentira à forma natural da pedra. O polimento muda o desenho da pedra. O polimento mente; limpa de sua aspereza, a pedra é menos pedra.

Assim era o discurso empolado de Olegário, improvisando na hora, polindo a situação com expressões descabidas, com a violência do enfeite.

— Luizinha é célere, um primor de musa amigona.

Pedro aquiescia com um sorriso piedoso.

Não se sentia à vontade para falar absolutamente nada em cima do que Olegário dizia. Se abrisse a boca, o sentido lógico do que dizia lançaria uma luz denunciadora sobre a falta de jeito do discurso de Olegário.

A solução era mudar de assunto.

Sem desvios, o choque tornava-se iminente. Era preciso cuidado com aquele Dr. Olegário, irmão de Ênio, amicíssimo de Pedro, que visitava o irmão todo fim de mês: ele era capaz de tudo. Quem duvidar, que escute. "Pedagogia cítrica", por exemplo. Isso mesmo: "pedagogia cítrica" foi o que ele disse a uma mãe que, na fila do colégio, perguntou qual método educacional ele achava mais adequado.

"Tenho um primo que é campeão estudantil de poesia!", exclamou com orgulho. E completou, convicto: "E o cara é humilde, não é como aquele tal de Aristóteles, metido a absconso sabidão..."

Olegário embaralhava noções, conceitos, idéias, formas. Idades, raças, sexos. Misturando tudo, não de uma forma exatamente

democrática, livre, mas caótica mesmo, absurda, e, em muitos casos, engraçada.

— Sempre preferi o surrealismo na dança. Dança erudita, não esse sacolejo bagaceiro da mulherada com asa.

Ênio corrigiu-o, nesse ponto.

— "Mulherada com asa" você quer dizer as moças da praça ali em frente, que no fim de semana requebram no salão do Ismael? Vamos respeitar as gurias, que vivem na maior luta...

Olegário não perdeu a compostura, mas ficou visivelmente constrangido. Notário, trabalhava num cartório do Centro há quase trinta anos. Sofria com a aposentadoria próxima. Faria o quê depois?

Ganhava pouco, mas o suficiente. A timidez deixara-o órfão de qualquer amor. Quando recebia o salário, nos dias 30, adquiria alguma coragem e procurava um primo quase vinte anos mais moço, de quem fingia não se orgulhar. Uma indisfarçável inveja deixava-o inquieto diante desse primo que conhecia cada endereço, todos melhores e mais seguros que o salão do Ismael, que diria a praça em frente.

Numa casa de encontros, no Centro, nutria especial predileção por Luizinha, a veterana do grupo, com sardas na pele clara e cabelos quase cinza. A mulher não tinha muita paciência, mas relevava-a por algum tempo, o suficiente para dar alguma alegria ao primo, por quem Luizinha arrastava uma asa escondida.

Olegário escreveu o que chama de opúsculo e distribuiu na última Semana da Pátria entre os colegas do cartório. Um folhetinho rodado numa impressora a jato de tinta, 14 exemplares, 32 páginas,

20 poemas rimados em sete sílabas, reunidos em *Chorrilho de injúrias*. Quando escutou o título, Pedro não entendeu, pediu para Olegário repetir; Olegário repetiu, Pedro não entendeu ainda; pediu que Olegário repetisse, mas aí Olegário não repetiu mais, ofendido.

A sede e a morte

Depois que saiu de um emprego em que afundou muitos anos de sua vida e aprendeu o que se pode aprender vivendo oito horas diárias em contato com planilhas, Júlio andou tentando retomar algumas possibilidades que tinham ficado irremediavelmente para trás. Uma delas era a bebida, que na adolescência lhe parecera uma possibilidade devido à euforia que causava; aos 20 anos, um hábito perigoso; aos 23, o alcoolismo anunciado; aos 26, a imediata necessidade de parar — tendo-se tornado o emprego a estratégia que o ajudou no amordaçamento, na seca.

Os anos de trabalho assistiram a um consumo controlado, a muito custo, com pequenos porres curados apenas pela gravidade moral. No fundo, Júlio não chegara a temer pelo desfecho daquele hábito a que se conduzia. Não chegara a sofrer pela ameaça da ruína física e muito menos do aniquilamento mental. Seu cérebro ainda novo encontrava repouso na névoa.

Interrompera aquele processo penoso, e por isso menos penoso lhe parecera. O que o impulso na direção da bebida lhe causava parecia ser apenas a presença incômoda da empresa em sua vida. Aquele tempo todo trabalhando numa repetição que seria monótona, senão torturante, tomara o lugar reservado ao álcool.

Beber era a sentença que ele se havia dado, e esquecera-se dela. A sede o espreitava como um animal hostil preso numa jaula, descansando. O animal dormia. E, quando acordava, sabia que não poderia dar um salto, e ficava ali, e voltava a dormir.

— Tomo meus guaranás — disse Fábio, querendo dizer vinho em agosto e cervejinha aos domingos.

— Pois eu, é guaraná-guaraná.

Júlio se referia ao fato de a bebida que lhe coubera ser um refrigerante infantil, diante do qual uma Coca-Cola tinha lá a sua malícia, a sua periculosidade. Guaraná não ameaçava ninguém.

Depois que abusava, ficava uma semana ou quase isso sem procurar Fábio. Não tinha certeza do que havia feito ou dito. A bebida plantava sua confusão, sua pequena amnésia e o gosto acre na boca, a areia nos olhos o resto do dia, a cabeça flutuando numa região vaporosa — tudo auxiliava a que o processo se repetisse. Dois dias depois ia beber na casa de um primo que não bebia. Aproveitava-se do fato para beber pouco, mas era mais do que vinha bebendo.

Saiu de lá e foi direto a um bar, onde comprou um litro de conhaque — fazia o primeiro frio do ano; era uma tarde escura de maio.

Em casa, no apartamento de um quarto com uma sala apinhada de livros, destampou a garrafa, bebeu duas doses, e o sabor desagradou-lhe, como se uma mão subisse do esôfago e pressionasse sua garganta, diminuindo-lhe o ar. O estômago parecia encolher; foi ao banheiro e, antes de vomitar, chorou.

Lembrou-se do dia em que a mãe, com aquele olhão arregalado e a voz grossa quando embrabecia, ameaçou-o:

— Você vai beber todo o meu vidro de acetona se eu te pegar mais uma vez mexendo no xarope.

Aos nove anos, Júlio sentia uma espécie de febre, mas não tinha apenas sede de água. Além de líquido, precisava ser doce; o açúcar povoava sua sede constante. Comia pouco, quase não sentia fome, mas entupia-se de balas que lhe causavam coceira na garganta, e logo precisava beber algum suco, refrigerantes ou o suave e perfumado xarope contra tosse que tinham em casa.

A mãe não gostou nada daquele hábito: beber xarope. Podia ser exagero de criança, mas também podia ser algo pior. Na dúvida, ameaçou. — Se queres o fogo de um palito, dou-te, então, o de um lança-chamas. — Absurda, desmedida, não exatamente como uma mãe, e sim como uma mãe a quem o marido abandonara cedo, a quem a mãe — a avó de Júlio — já havia abandonado ("Você não é muito inteligente, minha filha"), uma mãe que tinha o amor necessário para persegui-lo e o desencanto suficiente para chantageá-lo.

Se pudesse compreender o drama da mãe, Júlio sentiria pena dela. Mas o que pode um menino de nove anos, precisando tanto da aposta da mãe, quando a própria avó jamais havia apostado nessa mãe? A mãe de Júlio deixou-o com uma prima, aposentada por distúrbios neurológicos. Primeiro, a prima apresentou sinais de dificuldades de convivência no banco onde trabalhava, depois revelou sofrer de síndrome do pânico e encostou-se, ficando seis meses em casa, até que requereu, e conseguiu, a aposentadoria.

A mãe de Júlio foi para Curitiba trabalhar com uma amiga: montaram um salão de beleza. A avó de Júlio morreu cedo, com 56 anos, desinteressada na filha e no neto. O avô era um velhinho encarquilhado no qual a esposa mandava e que morreu pouco mais de um mês depois da morte da mulher. A amiga da mãe de Júlio era empreendedora, abriu o salão em seu próprio nome, juntou clientela boa em pouco tempo, e logo pôs-se a observar a inoperância da sócia.

Antes do término do primeiro ano instalada naquele ponto, tomou a decisão de desfazer a sociedade, não o negócio, e a mãe de Júlio, que nessa ocasião já havia escrito três cartas para ele e telefonado outras três vezes, vagou ainda algum tempo por Curitiba, trabalhando em restaurantes como garçonete, num clube de futebol como recepcionista, até que foi vítima de um assalto com agressão — no qual nunca se esclareceu se houve ou não estupro — e de cujo episódio veio a ser hospitalizada, sendo liberada cinco dias depois.

A prima da mãe, doente, era afável, nada exigia, e embora instaurasse na cabeça do menino uma permanente frustração, dava-lhe mais que tudo: a liberdade que ele pedia. Podia beber xaropes, misturar xampus com mel (muito mel e algumas gotas de xampu), podia, logo no início, dez anos, onze, pegar várias colheres de café solúvel e outras tantas de açúcar e bater demoradamente, até lograr um creme amarelado que ele comia como quem come mousse. Aos doze, já se entregava a uma química secreta: cuspia no leite, depois provava, não sem nojo crescente.

Aos treze recebeu a visita do pai, que acabou sabendo que a ex-mulher havia morrido. Júlio nada viu no homem, senão o seu grande mal-estar por se ver diante de um menino estranho. O homem também era um estranho para ela, moreno, coisa que a mãe nunca havia dito, tinha sotaque abaianado, movimentos de quem não tinha pressa e seguia paixões fáceis. Não parecia sentir-se culpado, mas com alguma vergonha por nunca ter-se comunicado com o filho. Bebia cerveja como quem bebe chope: em doses seguidas, e falou sobre ela com uma admiração que Júlio já tinha visto nos pais dos colegas de escola quando eles falavam de carro, times de futebol e mulheres.

Uma possibilidade de aproximação seria beberem juntos, o que aconteceu. Júlio orgulhou-se de mostrar ao pai como podia ser resistente. Acabou bebendo três copos, e nem sabe como foi dormir. Acordou no começo da tarde do dia seguinte — nem sombra do pai, que havia ido embora e deixado algum dinheiro para ele. Aos treze anos o valor parecia um bom dinheiro.

Júlio nunca mais teve notícias paternas. Numa manhã de Quarta-Feira de Cinzas — havia completado 19 anos há dez dias —, recebeu uma carta. A letra era quase indecifrável, escrita por um tal de Jorge Luís, um nome banal, e anunciava a morte do pai num hospital público, em Salvador. Jorge Luís era meio-irmão de Júlio e aproveitava a oportunidade para pedir dinheiro emprestado. Quantia modesta, o enterro não tinha sido barato.

Júlio decidiu mandar. O nome do banco, a agência e o número da conta estavam legíveis, em caracteres destacados. Pensou, com acerto, que, mandando o valor (correspondia mais ou menos ao que o pai tinha deixado, seis anos antes), nunca mais receberia notícia qualquer notícia de Jorge Luís.

Logo buscou, sofregamente, a euforia para aplacar a frustração ou, no mínimo, a descrença, acachapante. Essa euforia, sendo ele um solitário, exigia-lhe que bebesse. Brindar virou um ritual quase tão constante quanto o vício banal do cafezinho, que o amigo Fábio cultivava.

Essa entrega, quase uma paixão, durou uns seis anos, até o emprego. A agilidade com os números tornou-o um sujeito competente, embora não confiável. A competência técnica era periodicamente perturbada pelo humor. Júlio funcionava, mas não tinha a mínima alegria naquele funcionamento. Nas festas do escritório era distante, quando não hostil. Essa dança de morte durou muito tempo, tempo demais. Quando ele acabou com ela, estava livre da prisão de ser uma pessoa saudável contra a própria vontade.

Saúde, para ele, era uma palavra que significava doença. Todos que tinham saúde lhe pareciam insuportáveis. Quando saiu da firma, tinha uma indenização que, segundo cálculos pessimistas, duraria dois anos. Não tinha projeto algum, só a antiga sede e nenhuma saudade.

Na fila

Roberto olha, e lá vem Sílvia, súbita, um raio, surpresa e ameaça, água salvadora — ele está seco, sozinho. Ela vem mesmo, as pernas arredondadas, decidida a cada metro, e vence todos que os separam. A multidão é inestancável na calçada, véspera de feriado.

Roberto está na frente, na fila do banco, ela vem para a fila; ele é o último quando ela chega; agora é o penúltimo e ela passa a ser a última.

— Olha só quem está aí!

Surda à exclamação dele, olha-o demoradamente, os olhos se arrastando. Custa a perceber que se trata de Roberto. (O que significa que não costuma pensar nele; a imagem do homem não está tão presente assim na vida dela. Parece burra, parece distraída demais, parece aturdida neste dia. Roberto sabe, porém, que é pior.)

— Você está mais magra...

Olha Sílvia, arisco: precisa avaliar o impacto da observação. Nem sabe se está mais magra ou mais gorda, nem sabe. Mas a deseja, a fêmea carne esponjosa ainda faz a dele latejar. Um vago cheiro de leite, de milho verde, algo que vinha do hálito e dos fundilhos de sua calcinha. Algo que não foi suficientemente devassado quando tiveram um caso, algo que na época ainda estava sendo construído, ou descoberto, ou inventado, ou mentido.

Até uma mentira merece um desfecho.

Tinha havido uma interrupção. Uma pausa, ele achava, porém para ela significava o fim. A derrocada já tinha começado e ela se negava a seguir para baixo. Ele ainda estava em ascensão, buscava achá-la em regiões que seu corpo parecia anunciar. Para ela tinha sido o fim da linha. Para ele, só um acidente logo recuperável mais à frente.

Por exemplo, um encontro casual dois anos depois.

Entretanto, ela o olha com demasiado vagar. Sorri com esforço. Nada lhe diz sobre o cavanhaque — uma novidade daquelas! Ele nunca havia deixado de fazer a barba um dia sequer no tempo em que eram amantes. Nem mesmo falava sobre seu peso. Depois dos quarenta é fatal: havia nascido nele uma tênue barriguinha. Ação do tempo, que se manifesta de tantas maneiras.

Ele chegou a pensar em abrir dois botões inferiores da camisa e expor a nova fase, recuperando, quem sabe, a intimidade perdida. Mas o olhar dela, agitado noutra direção, fez com que ele desistisse. Apressada demais — "que fila, pô" —, evita-o, mas não foge dali: ele já não tem importância.

Não sustenta o diálogo, não olha seu corpo, seu cabelo, sequer seu cavanhaque. Nenhum fiapo de curiosidade, nem mesmo social.

Amou-o tanto, e o suficiente, e sustentou aquele amor com tal entrega que, uma vez esgotado, foi-se com o prazo o afeto e, pior, até mesmo a esperança — sempre vã, ele sabia — de se achar que tudo é sempre mais do que promete.

Ela, ao contrário dele, sabia que havia tido tudo no passado, mas naquele momento ele não passava de apenas um homem na fila.

O Crítico

Não há nada mais a fazer. O livro foi lido. O homem — um crítico! — leu e releu, e pôs na leitura a atenção de que dispunha e o amor, isto é, alguma intolerância, alguma piedade, e sobretudo a sua severa disposição em compreender, acima de qualquer outro sentido social que acompanha a publicação de um livro e seguidamente a explica.

O homem — um crítico! — observa o livro que agora guarda na prateleira de sua biblioteca como um esquife (e dentro uma vida que já não pode se defender) sendo encaixado entre outros nas frias paredes do cemitério, paredes cheias de inscrições, nomes, datas. No caso deste homem, sendo o cemitério a sua biblioteca, as inscrições são do tipo: "literatura inglesa", "francesa", "alemã", "italiana", "norte-americana", "russa", "latino-americana", "brasileira", "filosofia" etc. E o livro guardado se perde numa dessas inscrições; mais um nome, mais um esquife que — surpresa — carrega um vivo enquanto o morto é que o enterra.

Sendo um crítico o homem que empareda o volume, o autor envelopado se safa e o crítico se condena. Tudo porque o autor, que em tese deveria expor-se no livro publicado, parece se proteger dentro dele. E o crítico, que deveria ser a chuva e a trovoada banhando de água e luz e muitas vezes barro (menos do que deveria) a obra que o livro representa, o crítico, esse, acaba sendo uma espécie de terra que, em vez de se fertilizar pela leitura (e se fertiliza), torna-se árida e estéril porque dela se afastam os que ela absorveu.

O mundo come mais, bebe mais. Poucos lêem, o mundo lê muito pouco, menos de 5% do que produz para ser lido. A comida excedente é mínima, a bebida excedente ainda menos. Mas o material para leitura que fica no aguardo de olhos boquiabertos é incalculável, e esse material (reconhecido praticamente apenas pelo crítico) prefere ser enterrado sem nenhum epitáfio. Tudo porque o epitáfio é a anunciação da sua morte, a prova de que o material era fraco para sobreviver. Pouco lhe importa a verdade sobre a sua saúde, mas muito lhe importa a atitude do crítico, que disse que ele (o autor do material) estava fragilizado. E então o crítico é visto como o anjo negro da anunciação do apocalipse, o que trouxe a má notícia, o autor do agravo, a carranca indesejável de uma notícia que não interessa a ninguém.

— Quem é?

Atendo ou não atendo?

— Quem é?

Neves dá um quase imperceptível suspiro antes de responder.

— O Crítico.

Ricardo fica sem saber o que dizer. Não vai deixar Neves enxergar o tamanho do seu desconforto.

— Diz que eu já ligo. Só uns minutinhos. Agora não dá.

— Alô, é o Crítico, não é? — É, reconheceu pela voz. — Tudo bem? Pois é, o Ricardo está meio atrapalhado agora, mas em seguida liga de volta, oquei?

Neves larga o fone no gancho, Ricardo fica pensando.

— Porra, por que você falou que eu estava "atrapalhado"?

— Qual o problema?

— É que... "atrapalhado" pega mal.

— Ricardo, o homem é só um crítico, não é Deus.

— Se fosse Deus seria mais fácil!

— Ele achou o livro tão ruim assim?

— Eu não sei o que ele achou.

— Então?

— Por isso mesmo.

— Ora, espera para ouvir o que ele tem a dizer. Depois você evita o cara. Mas se ele tiver gostado?

— Esse aí? Duvido...

— "Esse aí" o quê, o livro?

— O Crítico.

— Mas não é melhor saber logo a verdade?

— A verdade *dele*.

— E tem outra?

— Tem a minha, tem a do Mariano, a do Almeida, a do Guedes, a do João Batista; enfim, a de todos que fazem arte e a dos que fazem crítica.

— Bom, mas neste caso é a dele, e a *dele*, segundo me consta, é respeitável. O cara não brinca em serviço.

— Pois é...

— E você publicou um livro na esperança de que só falem dele aqueles sujeitos que não vão dizer nada que faça diferença?

— Não precisa fazer diferença.

— Precisa do quê, então?

— Pra você é fácil perguntar, você não publica nada.

O ruído do ar condicionado ocupa a sala toda.

— O telefone de novo.

— Atende, Neves. Ninguém está fugindo. Não roubei, não matei, não comi mulher casada.

— Bom, então vou atender.

— Espera.

— O que foi?

— E se for o Crítico?

Quando Ricardo de Alencar publicou seu primeiro livro, o medo era menor, bem menor do que quando publicou o quarto.

O primeiro livro era quase que só desejo. O que parecia medo era somente a inexperiência, a cara ainda verde do desconhecido que tanto amedronta quanto enche qualquer inocente de esperança.

Vai vender, não vai vender? Vai fazer sucesso, vai ser ignorado? Essas são as perguntas do estreante, exageradas e ingênuas perguntas, simplórias e descabidas para quem, já no quarto livro, sabe que tais questões são bem complicadas e não oferecem resposta num prazo menor que uma década.

Uma década, o tempo que Ricardo levou para publicar quatro livros.

O primeiro decepcionou-o logo com uma semana de lançamento, semana que para Ricardo pareceu um mês, e, logo, um mês lhe pareceu um ano. Tanto tempo transcorrido e nenhuma reação do público. E nenhuma reação da crítica.

Uma tia, professora numa escola pública de segundo grau, tratou de fazer o livro ser adotado na escola. Com isso, Ricardo vendeu 114 exemplares (três turmas) e foi lido por mais umas dezessete pessoas fora dali.

Foi à escola, deu palestras, trinta, quarenta autógrafos, por aí, segundo contou de memória.

E só. O livro sumiu como tinha aparecido, quase sem nenhum alarde além das pancadas do coração sôfrego de Ricardo.

Nesse tempo — ele chegava na casa dos trinta —, já não havia ilusões, claro, mas publicar era algo tão novo e inusitado que, diante de tal experiência, as ilusões aproveitavam a ocasião para mostrar seu rosto faceiro e apressado. Ricardo sempre havia tomado alguns cuidados como, por exemplo, não fazer parte daquelas horríveis antologias, ou melhor, coletâneas que nada trazem de antológico.

E tinha dado certo até então.

Ele fizera trinta anos, redondos e impunes. Trinta anos quase calmos, não tivesse sido um casamento que havia durado três anos. Ricardo não era bobo, e três anos era o seu limite para um tipo de casamento que a maioria suporta durante até uma década. E quando se vai cair fora, ou é tarde demais, ou as contas de todo tipo se avolumaram de tal jeito que a separação vira um pesadelo maior que o amor que o casal adora citar como algo doente, condenado, mas respeitável.

Ricardo não dava esse tipo de chance. Era decidido. Mesmo no sexo, uma eventual brochada não o deixava chateado. Era capaz de sorrir, paciente com o pau murcho e desinteressado. Alguma boa razão havia, consolava-se. Se não consolava a mulher, bom, isso eram outros quinhentos. E logo tratava de ajudá-la a consolar-se com os dedos, ou a língua, atencioso mas jamais culpado ou envergonhado.

Até que houve a estréia: o livro saiu da gráfica, e chegou na editora, e foi para algumas livrarias, poucas. E no dia da sessão de autógrafos apareceu menos gente do que ele desejava. E menos do que achava que podia aparecer. Conhecidos, tinha uns vinte. Amigos, três. Parentes, quinze. Colegas de trabalho, quarenta e oito. Quase noventa pessoas. Quantas na fila de autógrafo? Segundo Neves, que contara, apenas quatorze. Quatorze pessoas, o próprio Neves incluído.

A princípio, Ricardo ficou surpreso. Depois, decepcionado. Depois, constrangido.

Mas logo voltou para casa e ainda havia a expectativa com a imprensa, o que jornais e revistas diriam do livro. Essa expectativa durou um mês, ao fim do qual, afora uma nota rotineira registrando o lançamento, nada mais.

Ricardo teve então a idéia de mandar um exemplar ao Crítico.

— Tenho que saber por que não deu certo — comentou com o editor. Ao passo que este, compreensivo, respondeu-lhe:

— Isso é normal. Você ainda não tem cartaz. Leva tempo. Como em qualquer atividade.

— Quem é?

Neves suspira.

— Puxa, você suspira cada vez que eu pergunto "quem é"!

— Não. Suspiro cada vez que o Crítico liga.

— É ele?

— Claro.

— Podia ser outra pessoa.

— Podia.

— Bom...

— O cara está esperando na linha.

— Diz que estou numa outra ligação.

— Ele sabe que só temos uma linha.

— Que merda! Esse sujeito é detetive?

— Você conhece ele mais do que eu...

— Não me vem com deboche.

— Que deboche?

— Ora.

— Que deboche?

Ricardo não responde mais. Ergue-se quase num pulo e chega a assustar Neves. Faz pior: sai. Neves fica boquiaberto, olhando na direção da porta, sem saber o que dizer.

— Ele saiu. Por que demorei a falar? Bom, porque eu estava distraído aqui atendendo outra pessoa, um cliente. Não sei se ele vai demorar. Sim, eu sei que eu deveria saber, afinal, trabalho com ele, pois é, mas hoje não sei. Quer dizer, saber eu sei, ou melhor, desconfio, acho que ele vai demorar um pouco porque parece que ele ia ao banco, e o senhor sabe como andam os bancos hoje em dia, tudo automatizado e cada vez mais fila.

Neves desliga o telefone, incha as bochechas, assopra.

Ricardo retorna.

— Essa história parece até aquelas de caloteiro fugindo de cobrador.

— Escrever mal é uma forma de calote — diz Ricardo, orgulhoso da própria autocrítica.

Quando Ricardo de Alencar publicou o segundo livro, o medo ainda não existia, mas o orgulho era forte, cada vez mais forte. Como não tinham notado o anterior, lançado um ano antes? Agora tudo devia acontecer de forma diferente. Pelo menos Ricardo estava disposto a impedir que o fracasso da estréia se repetisse.

Primeira providência, entregou o livro anterior a dois professores de Letras e a três conhecidos que ele sabia figuras de extrema exigência diante de qualquer coisa que lhes caísse nas mãos. E também submeteu à leitura de um professor de português, um vizinho aposentado que lia até bula de remédio, e pediu — mais precisamente, implorou — a Neves que fosse franco:

— Dá pé ou não dá pé essa história?

Neves tinha lido a novelinha com a qual Ricardo se arriscara a perder a modéstia, a maior modéstia que pode existir: a decisão de nada fazer na vida além de criar e alimentar uma família. E depois de ter lido aquela história cheia de pretensões e fúrias e imprecações e exageros, o mais antigo e fiel amigo de Ricardo concluiu que o livro tinha valor, sim; tinha molho, e de sobra.

A primeira providência de Ricardo: encomendar algumas leituras de seu primeiro livro. A aprovação foi praticamente unânime, excetuando-se a do Crítico na ocasião do lançamento, que ele lembrava ainda, palavra a palavra, na carta que este lhe mandara, numa letra miúda de máquina de escrever, dizendo: "Não confunda com arte os monstros particulares que deixam a sua vida uma loucura. Você está mais atento às suas necessidades que às do leitor." Ricardo não achara aquilo nada justo. Mas, estranhamente, à medida que o tempo ia passando, todas as demais aprovações (e mesmo naquele momento, um ano depois, já quando lançava o segundo livro) pareciam-lhe inúteis diante das advertências do Crítico.

A segunda providência: remeter exemplares do novo livro para a imprensa em geral. O maior número possível de jornalistas, um *release* caprichado, convites às centenas, não sem antes ter providenciado um *mailing* comprado junto a uma agência publicitária especializada em eventos culturais. E o lançamento planejado com uma antecedência de três semanas. Poderia dar errado?

— Já sei: é o Crítico.

— Como é que você sabe, Ricardo?

— Você suspirou.

Neves suspira de novo, só que aliviado.

— Então pega. — Estende o fone até a mão hesitante de Ricardo.

Quando Ricardo publicou o terceiro livro, os dois primeiros eram um duplo motivo de arrependimento. Que vontade de estrear só agora, que vontade.

— Alô? Só um pouquinho.

Neves olha para Ricardo. Ricardo olha para a janela.

Quando Ricardo publicou o quarto livro, alguma coisa indefinível, mas muito clara, tomou conta dele. Indefinível porque a um escritor tudo parece sempre indefinível, sobretudo aos maus escritores, que se escondem atrás das palavras por desconhecerem-nas ou por preguiça de as enfrentarem com a astúcia de sabê-las mais fortes. E muito clara porque o desconforto é algo visível. O sangue pulsa mais forte, a pressão causa ferroadas na cabeça, olheiras, lassidão nos braços, moleza nas pernas e um cansaço de quem já sabe que é inútil o arrependimento.

— Alô?

— Não olha pra mim, Neves. Você está cansado de saber que não vou atender esse sujeito.

— Mas...

— Sei lá. Diz que... Diz que eu nunca mais vou publicar porra nenhuma!

— Pára de brincadeira.

— Não é brincadeira.

— Certo. Não quer mais publicar, não publica, mas já publicou. Está lá, em alguma livraria, pegando pó e mofo, e o Crítico quer falar sobre isso. Você vai ter que atendê-lo.

Quando Ricardo Alencar publicou o quinto livro, o Crítico estava morto. Havia morrido três meses antes, e afora os familiares (a filha única, muito bonita por sinal, os dois netos, a única irmã, três sobrinhos, cinco sobrinhos-netos e dois amigos de infância), Ricardo era o único presente.

Permaneceu no cemitério depois que todos se foram. E o que talvez tenha dito, não tanto para o Crítico, porém mais para si mesmo, nem Neves ficou sabendo.

O certo é que Ricardo saiu dali transformado ou transtornado, o que dá no mesmo. Quem não o conhecesse pensaria que aquela morte era a sua libertação. Que, com o fim do Crítico, Ricardo enfim poderia (seus livros poderiam) viver em paz.

Mas Ricardo — a despeito de resistir durante anos — não queria paz. Se quisesse, nunca teria escolhido escrever. Provavelmente depois do primeiro livro ele já havia entendido (ainda sem entender conscientemente, sem ver com clareza) que quem nos responde, ou é o silêncio, ou uma voz que não identificamos, ou uma resposta que é dirigida a outra pessoa que não nós, ou uma resposta que corrige nossa pergunta, e nossa dúvida, então, é condenada à morte, e o que queríamos saber já não se sustenta, e nossa ignorância recebe a última pá de cal e volta, não ao silêncio, que seria digno, mas ao aparente silêncio, que grita demais e sempre e só num lugar — em nós, sem ter com quem dividir sua solidão de voz que, no fundo, é um corpo vivo enterrado.

Uma fortuna num bolso

Pequenos pedaços de papel se acumulam nos meus bolsos. Nos das calças, no da camisa. Eu os retiro de quando em quando, releio e guardo. Mais tarde, esvazio os bolsos e logo já os encho com novos papéis, pequenas tiras recheadas de frases. São como bilhetes de suicida e de salvador. Bilhetes de amor e de vingança. Frases, enfim, frases que tentam conter em si a vida, o mundo. Pelo menos a minha vida, o meu mundo.

Meu nome é Jorge Caracciolo, com dois cês. Na verdade, meu nome todo é Jorge Jaime de Ávila Caracciolo, mas simplificar é a tônica deste mundo. Abro esta conversa declinando meu nome usual e meu nome completo, mais como uma forma de começar a merda toda com um mínimo de formalidade. Jaime Ávila já apareceu algumas vezes: é sobre isso que principalmente desejo falar.

Nasci em Bossoroca, terra do Jayme Caetano Braun, uma espécie de repentista, como os nordestinos, versão Rio Grande do Sul. Porém, mais literário, com ambições de vôo, quero-quero, chegando a criar versos aceitáveis, alguns até citáveis — regulares, naturalmente, no esquema sete sílabas, que é mais simples. Eis toda a biografia do lugar onde nasci: um lugar são as suas pessoas, e se uma delas sobressai, então o lugar existe. Não há casa sem gente.

Vamos aos fatos, ou melhor, às frases.

Primeiro as que levaram meu nome, nem sei por quê. Talvez não me restasse outra alternativa, talvez o nome de algum deles — Anselmo, Dom Leopoldo, Otília, Teófilo — estivesse excessivamente na vitrine. Sempre é aconselhável um recuo. Talvez algum sinal menos evidente a me ligar a essas frases. Enfim, assinei-as.

"Grandes ações não dependem apenas de coragem; pequenas ações, sim. Por tal constatação já se vê que a coragem não tem diante de si só os piores desafios, mas principalmente os menores. Daí concluir-se que a coragem nada mais é que o movimento que a razão imprime ao levantar-se, falar e gesticular."

"Coragem, coragem, onde estás que tardas

nesta tarde couraça,

quando o calor derrete minhas forças?

Coragem, que falta fazes ao meu lado nesta janela

diante do mundo, e mesmo aqui

neste quartinho assustado,

com tanto por fazer."

"Observe-se que La Bruyère — para quem o caráter é tudo — admira-se da escolha por um esforço extraordinário (*esforço*, note-se, e *extraordinário*) em prejuízo da perseverança, mais sábia, mais civilizada, e, no fim das contas, mais simples."

"Ser grato é saber esperar a hora, saber calar-se quando não nos é dada a oportunidade."

Particularmente gosto desta última de Jaime Ávila. O poeminha não me impressiona assinei-o porque alguém teria que assiná-lo e, em meio a tão pouco, fatalmente sumiria, como o pouco sumiu.

As idéias começam a tomar forma, vulto, isto é, rosto e linguagem, com Dom Leopoldo Lunaro, a quem citei umas quantas vezes sempre que meu irmão passava dos limites e merecia uns toques:

"E que é o amor senão o vislumbrar do halo através do qual nos unimos ao outro, numa comunhão que nos torna de indivíduos em humanidade e de humanos em obra de Deus?"

"A ilusão nada tem a ver com a fé. A ilusão é uma espécie de fé apressada, fé superficial, fé materialista. A fé de fato corrige na ilusão o sentido do que esta vê e faz com que a certeza fútil do iludir-se seja substituída pelo amor paciente de quem acredita mais além do que a maioria julga ver."

"Emerson observa que nada o desviará da crença de que todo homem é um amante da verdade. Completo essa idéia com a observação de que a verdade está mais alta do que poderíamos constatar sem a fé, apenas com o raciocínio lógico. Para alcançar essa verdade com a qual o homem sonha, só pela ascensão que a fé promove, dando-lhe asas para que voe até onde a verdade parecia escondida."

"Ser valente é, sobretudo, acolher a verdade que anuncia a derrota."

"Decidido a enfrentar sua hora, sua circunstância, o homem colhe nesse embate o maior dos prêmios: nova coragem para seguir adiante e fazer das horas vindouras e circunstâncias futuras não mais desafios, mas encontros desejados."

"Santo Agostinho faz sábia advertência: perseverar para não se perverter, porém com o cuidado de não insistir nos erros, sabendo desviar-se do caminho quando ele conduz a lugar nenhum, ou a um abismo."

"De fato, convém, e mais que convém é imperioso, que se procure o equilíbrio quando, sabendo-nos fortes, utilizamo-nos da

força. Nessas situações estaremos assediados pelo orgulho indomável de tudo vencer por nossa já testada imposição. Não será força, mas demonstração de força, exibicionismo de força, a revelar um amargo fundo de fraqueza, alimentado de vulgar e gratuita ostentação."

"À força é fundamental somar a consciência da força. Mas, se examinarmos a questão mais detidamente, veremos que não pode haver força sem consciência, apenas força física, o que é apenas um tipo de força, e não o mais forte."

"E sábio será escutar com a máxima atenção o preceito de que ao esforço do homem disposto soma-se a ajuda divina. Marcado pelo suor sem descanso, o homem que luta será, mais que qualquer outro, criatura de Deus."

"Ser grato é simplesmente saber ver que o fruto da terra nasce todos os dias, e estar no mundo é uma bênção para quem também foi tornado fruto, fruto feito de carne e sangue, além de uma alma a que a gratidão dá olhos."

"A soberba de quem possui cala seu coração na hora do reconhecimento; a humildade de quem não possui ergue a voz que reconhece uma conquista no deserto. O que possui não vê o que colhe, o que não possui, e que raramente colhe, vê quando a colheita acontece e a recebe com olhos de dono."

"O que é a gratidão senão o exercício incessante de restaurar o equilíbrio? Equilíbrio quebrado depois que um ato de bondade se realizou, e a partir desse instante uma resposta benfazeja tornou-se necessária para a nossa consciência."

Que alma caridosa a de Dom Leopoldo! A bondade turva-lhe a inteligência, como naquela do valente que acolhe sem estremecimentos o anúncio da derrota. Valente que é valente só é sábio na vitória; na derrota, emburrece, como prova, não de inconsciência, mas de derrotado mesmo.

Lunaro é um bom homem, de cultura mais que suficiente para fazê-lo dar voz aos anos que o levaram a observar com doce e paciente atenção a vida e seu tempo nervoso. Já Bicalho, como se poderá ver pelas frases a seguir, é um cínico, escreve sobre o que não crê, sobre o que não vê — embora essa relação seja encontrável em Shakespeare, em Cervantes, em Molière. É o que mais se aproxima de mim.

Tentei fazer de Bicalho um arrivista, frases nas quais talvez ele não apostasse, mas falhei no intento, e o conjunto modesto de sua produção provoca sempre e aponta na direção de uma verdade que nos alerta. Daí que, de todas essas personagens, talvez ele seja a mais vibrante, provando, apesar da inconsistência de sua obra, que todo homem tem um coração grave debaixo da garganta mais barulhenta e da arcada dentária mais risonha.

"Daí por que as sagradas escrituras nos alertam que crer é o primeiro passo e realizar é a continuação da caminhada. Acreditar somente é ver sob a capa da omissão. A fé pede uma resposta nossa, e essa resposta deve vir com nosso trabalho, unindo ao amor o suor."

"E, sobretudo, além da fé em Deus, é fundamental a fé no próprio homem: criatura falível, imperfeita, a caminho do abismo se não tiver fé."

"Esperança: palavra modesta que acorda distraída e, com o passar do tempo, alimentada pela coragem e sustentada pela perseverança, acaba em fé, numa coroação do que era simples espera em encontro pleno."

"A fé jamais pediu provas. Como o amor, ela torna real aquilo que aos olhos dos incrédulos pareceria uma miragem, um engano,

uma vã e absurda esperança. A fé torna-se fé em si mesma, e ela própria, no poderoso coração que possui e faz pulsar com força, encontra a imagem que aos céticos parecerá para sempre oculta."

Nesta última ele não resiste a ir além do que desejaria, e permite que escape uma confissão. E a seguir vai se aproximando gradativamente do que de fato pensa.

"Esforço não é coragem. Convém não confundir a disposição cega, inútil, com a decisão lúcida de que avançar é o mais produtivo."

"Se a coragem te leva, deixa que a leve a sensatez."

"Ousar é pular o muro diante do qual a maioria estaca e desiste. Para além do muro, entretanto, é onde geralmente o mundo começa."

"Firmeza? Palavra educada, porém inconfiável: trata-se de dura insistência, de implacável e inflexível postura a nada gerar. Obstinação? Confio plenamente nesse termo áspero: eis a energia de ir e permanecer indo na direção escolhida. O obstinado chega ao fim enquanto o firme finca o pé e não sai do lugar."

"O forte ameaça o forte, e ambos serão igualmente fortes se não se ajoelharem por temor ao outro ante a certeza do que vêem. Ser forte, de fato, é passar por cima do que parece superior a nós. Ser forte, numa certa medida, é ser por demais audacioso."

"Pensando junto com Carlyle, a força nos torna reis. Sem o ridículo da pompa, convém lembrar."

"Os mal-agradecidos vão na frente, sim, mas quando chegam já ninguém os espera. Os homens que carregam a gratidão na alma caminham mais devagar, mas são aguardados por onde passem."

"Cuidado deve ter quem serve com a recompensa que receber. Não para avaliá-la quanto ao que vale, mas quanto ao que representa. Algumas recompensas são mais uma ofensa que um prêmio a quem serviu."

"A ingratidão é uma insolência!"

Me parece evidente. Com as últimas, Bicalho permanece em cena, com vida própria, apesar de ter tentado matar-se através da dispersão, da incoerência.

Otília Meirelles é uma matrona, gorducha e ridente, que saiu de um casamento fracassado com um médico homossexual e dedicou-se a fundar uma academia de letras na cidade natal, para onde voltou depois do divórcio. Esta, pelo menos, é a versão que pude apurar, nem sei se é sustentável. Otília é tão generosa, disposta, apesar do peso, que custo a crer que não tenha lá os seus amantes — jovens, provavelmente.

"Fé não significa confiança fácil, leviana. Fé é ver com o arguto olhar da alma o que está acima do plano material e de suas fraquezas."

"Haverá maior fortuna do que a coragem? Os que não a possuem caem sob a sombra da covardia, da desistência, do desalento incalculável que produz ruínas em vidas abandonadas. Os que não a conhecem aprenderam desde cedo a carregar o pesado fardo da derrota antes mesmo de terem tentado."

"Eu sempre soube que entre a coragem de ter tomado uma decisão e a vitalidade de realizar essa decisão tomada, só mesmo a perseverança para tornar realização plena o que no início era só uma aposta."

"O homem está destinado a crescer, a crescer sempre, como uma árvore que aponta para o céu, como um amor que desabrocha, como um animal com seus passos trôpegos no início e o tropel faceiro mais tarde, como a própria eternidade, que sabe esperar porque é feita de amor, fé e confiança nesse crescimento."

"Jamais continuar por simples continuação: seria teimosia. Mas, sim, perseverar no que pede o alimento da fé e a companhia do amor."

"Que doce é o repouso de quem sabe olhar a tormenta sem temer os ventos apenas porque sopram. A paz nasce de saber esperar chegar o tempo em que os ventos acalmem e passem."

"Não poderia nascer a força legítima de quem não possuísse um coração capaz de carregá-la."

"Força se revela no detalhe, não no exagero; no sussurro, não no grito; na sustentação de um desafio proposto, nunca na imposição desnecessária."

"Força demonstra aquele que reconhece força no forte e até do fraco extrai força."

"Ser grato dá tanto trabalho para a maioria que, mesmo o sendo, muitos logo cansam da própria gratidão e a julgam demasiada. Nenhuma gratidão, por maior que seja, é suficiente. O autêntico reconhecimento jamais se julga cumpridor."

"Ser grato é merecer outro favor e nova oportunidade de gratidão."

Teófilo Lins de Albuquerque é o quê? Tentei várias vezes imaginá-lo. Ora era um major reformado que havia lido *Guerra e paz* (tinha tempo para isso) e nunca mais parara de escrever suas coisinhas. Ora era um magistrado com pretensões de literato, o que é rotina. Ora era um rico comerciante de couros que, com a crise da indústria calçadista, conheceu os maus tempos e isso o levou a escrever. O que também é rotina.

"O medo é filho do medo, assim como a coragem alimenta a si própria."

"Um ataque não representa necessariamente sabedoria de decisão. Corajoso mesmo é o observar que decifra o instante certo e aguarda a verdade escondida no tempo que se arrasta e tenta disfarçá-la. A coragem autêntica retira esse disfarce."

Comentando o trecho: "Serei como fui, viverei como tenho vivido", de Petrarca, Teófilo diz: "Naturalmente, Petrarca não se refere à imitação de si mesmo, à estreiteza de horizontes, ao vício da eterna repetição e incapacidade de renovar nossas aspirações. O que ele sublinha em seus versos leves é o fundamento humano de jamais nos afastarmos do centro no qual pulsa o coração de nossas vidas."

"Geralmente é nos momentos em que mais se vê ameaçado de crescer que o homem cresce. Seu caminhar firme é sempre uma resposta ao desafio posto à sua frente como um muro. Muro que ele acaba pulando."

"Força, carrega-me em meio ao medo que enxergo, mas não permito que diga a última palavra. Força, falas por mim, que te escuto e concordo, embora calado por dentro. Força, caminhas por mim, e meus pés parecem não ser meus, impelidos por algo que faz com que eles saibam o caminho que nunca trilharam antes."

Há uma frase de A. Kotzebue — "Às vezes confunde-se a tenacidade com a obstinação" — que provoca Teófilo. A ela ele responde: "O que quer Kotzebue com a sua advertência? Particularmente, creio que chamar atenção para o fato de que não basta ser tenaz. Eu acrescentaria que não basta ser obstinado. Perseverança é a soma das duas qualidades: energia e constância."

"A gratidão faz com que numa batalha, por exemplo, o homem ingrato apenas se dedique a matar o inimigo, e o homem que sabe

agradecer, além de um valente soldado, cuide também de enterrar seus companheiros que vão tombando e ficando para trás."

"Somente cumprido o severo ciclo da gratidão é possível seguir em frente. Saber doar, saber receber, saber agradecer e receber um agradecimento. Etapas que não convivem isoladas, valores que se somam para atingir um só e maior: o merecimento."

"Ajuda quem te ajuda, porque te ajudou; e ajuda quem não te ajudou, porque este, ou ajudará no futuro, ou fugirá enquanto não aprender a ajudar. E o terás ensinado, ou advertido."

Afora esses fantasmas — Anselmo, Dom Leopoldo, Otília, Teófilo, Jaime — sem passado e sem futuro, num presente ausente do qual nem o nome restou, andei enfiando algumas idéias em introduções anônimas que assinava, ora como "Os editores", ora não assinava. Nem cópia guardei, exceto esta sobre o tema coragem, que desembalsamo e extraio de um bolso ainda não abarrotado.

"Impelidos pelo amor, conduzidos pela razão. Certamente aí está uma combinação feliz para uma trajetória que se diria perfeita em nossas vidas. O que lhe falta? Nada, aparentemente, porém nem a razão conduz, em última instância, nem o amor impele. Ambos amparam, alimentam, convivem em nossa passagem pela Terra. Só a coragem, no fundo, é que pode decidir em favor do amor que sentimos e para o alvo que a razão nos aponta.

Mas onde encontrar coragem?

Para começar, é preciso saber bem o que é coragem. É ousadia? Sim, mas é mais. É valentia? Sim, mas é mais. Ousadia possui o insensato; valentia possui o violento. Coragem é a ousadia vestida com a farda da razão, arremetendo numa valentia, para se dizer o mínimo, amorosa. Coragem é a sábia decisão de ir em frente quando o melhor seria ir em frente mesmo, de avançar, quando recuar seria traição ou preguiça.

Coragem, enfim, é decidir pelo salto depois que o abismo foi visto e reconhecido, e o prêmio também (estava ali, um pouco adiante).

Mas coragem não é só avançar, às vezes é ficar onde o fogo irrompe, onde a cega fúria da injustiça desce seu pesado braço. Ficar nesse cenário iracundo, fábrica de cinzas, e procurar mudá-lo, acolher os aflitos que não o pressentiram.

Coragem, sim, é ficar para trás e recolher os feridos.

Coragem, sim, é, inclusive, recuar e avisar o que ainda brota e poderá ser ofendido no futuro.

Coragem é olhar sempre, firme, de olhos bem abertos, coração puro, franco, disposição legítima e total para abraçar o mundo e amparar os semelhantes.

Coragem é não ser apenas corajoso, mas piedoso."

Dobro o papel, que volta a meu bolso, de onde saiu e, sabemos, não fez diferença.

O mesmo ônibus

Um dia Angelina decidiu-se pelo suicídio. Era a saída: matar-se, e pronto. Matar-se dava-lhe, ironicamente, um poder maior. Não é pequena a força de quem tira uma vida, e logo de quem, do próprio autor da idéia.

"Acabo comigo e faço duas famas de uma só vez: a de piedosa e a de corajosa."

Diante do espelho do banheiro, ela gritou: "Chega!". Os olhos apertados, a boca entupida de saliva que cuspiu logo depois, respingando pra fora da pia, o fio de baba descendo em direção ao piso como uma teia grossa, mas, ao contrário da teia, interrompendo-se no meio do caminho, pesando e caindo de súbito. Uma poça de saliva no chão do banheiro. O vapor no ar; a casa era muito úmida. O chiado do chuveiro ligado, esperando. O sangue socando a pele. "Estou muito nervosa. Sérgio tá puto: 'Nunca dá para contar contigo'."

Angelina saiu às pressas. Podia ir até o Centro, entrar na livraria da Leocádia, encontrar Sérgio enfiado lá dentro e dizer tudo que ele não queria ouvir. Mas o que ele não queria ouvir era também o que ela não queria dizer. Angelina não tinha nada a dizer a não ser: "'Me fala alguma coisa, Sérgio; porra, me fala alguma coisa. Esse teu silêncio não é como o meu silêncio. Esse teu silêncio é palavra roubada.' Eu, quando calo, é porque parei de verdade. O meu silêncio não esconde nada. Sabe quando não tem vento algum? Quando o ar fica parado? As pessoas se inquietam, olham para os lados, esperam algo, um prenúncio, uma expectativa louca. Fico como essas pessoas diante de Sérgio. Mas ele não é como o dia sem vento. Eu sou."

Angelina cruza a avenida, tonta. Sabe o que vai fazer, apenas ganha um pouco de tempo. Vai fazer, sim. Já vai fazer. Lá vem vindo um baita ônibus lotado. Ela olha, avança, mas estaca. "Muita gente: o ônibus pesa, verga, e esse pessoal todo vai se esborrachar se acontecer algo ao ônibus." Sua dor ainda inclui os outros. Mas a dor aumenta, e se continuar não vindo nenhum ônibus vazio, logo, logo, não vai mais incluir ninguém.

Dois ou três minutos, e Angelina, fora de si a tal ponto que já não importa o veículo que venha, agora navega indiferente num mar dentro do qual busca — como quem quer respirar — afogar-se.

Entra num estado de aparente insensibilidade. Observa. Carros, carros, uma ambulância, motos, motos, uma bicicleta, o tráfego, o zunido, o ouvido coçando, ela espeta um dedo no canal auricular, que diferença vai fazer daqui a pouco, quando nada mais existir para ela? Vai se matar, decidiu, pronto. Lá vem outro ônibus, enfim praticamente vazio. Ela avança na frente quase correndo.

Pneus guincham no asfalto, marcas negras das rodas no pavimento, gritos, Angelina resvala, a lataria não a toca. O motorista conseguiu frear a tempo.

— Filha-da-puta! — o homem grita.

Angelina não escuta. Está surda, zonza, quase cega como uma criança que tivesse acabado de nascer.

Ergue-se a custo, ajudada por um vendedor ambulante que, enquanto a conduz para a calçada, observa atento sua banquinha para que não o roubem. O motorista ainda tem os olhos fixos em Angelina. Ela pensa: "Sérgio está lá, com Leocádia. Vou falar com ele. E é agora. Traição tem limite. Tudo tem limite. Ele podia ser mais discreto, não me expor desse jeito, numa demonstração do mais absoluto desprezo, porra."

Angelina faz um sinal para o motorista, que a olha e se pergunta: "O que esta louca quer agora?" Ela vai até a porta de entrada do veículo e sobe. Aproveita o mesmo ônibus. Se não a matou, que ao menos a leve até o Centro.

Depois da janela

Rui inventa desculpas, está ocupado, ocupado demais. Deixo pra lá esse miserável, espertalhão e espantalho; santo no inferno! Ele cuida dessas gurias sem remendo. "Cumpre teu papel, amigo desconfiado. Cuida desse trabalho de fingir remendos de realidades." Que posso dizer a ele que já não tenha escutado um milhão de vezes?

A vida crua, sem truques, cheirando adocicada a absorvente velho. Num primeiro momento eu sempre penso que sei, mas não sei o que sei, embora saiba que não sei que sei. E Rui, ausculta-se dessa forma, vasculha seu espírito corrompido?

Vidinha porra que nem quer papo se tem sangue à mão, se tem sêmen, se tem salário. Basta estar quicando na grande área um favorzinho fácil, uma recompensa, uma propina legal, uma bucetinha quente, um cuzinho enfim liberto; basta qualquer facilidade que faça o cara esquecer as contas, a verruga que cresce assustadoramente no púbis; basta uma moleza — desde que não seja no pau — que a turma sai atrás numa marcha firme de quem está decidido a seguir adiante sem admitir uma interrupção.

Falar é interromper. As pessoas não estão a fim de te dar nem as horas.

Querem samba no breque, sorvete com cobertura de chantilly, cerveja gelada, bundinha dura, redonda, olhos verdes, pele lisinha, musculatura, grana, grana, sexo sem encheção de saco, grana, aplauso pra besteirada, jurando que não é besteirada, mas aplauso mesmo, e grana, e mais grana.

Não engolem que você diga que o buraco é mais embaixo, que a verdade dói como sexo anal, que o mundo não tem vergonha, e, quando tem vergonha, não tem arte.

Desde quando Manuela não voltou da consulta, Rui pôs as manguinhas de fora e ficou me desafiando. Nunca vi ódio com cara de tristeza como naquele sujeito.

Ela estava grávida, e grávida de mim. Ela queria o filho, acho. Ela acalentou durante três meses a esperança. Aí foi na porra do laboratório e fez o tal do exame de translucência nucal e deu que o feto tinha uma anomalia, e então ela saiu dali, ou melhor, nem chegou a sair, ficou no mesmo andar, e já no corredor tomou a decisão, ou nem houve decisão, só uma canseira, quem sabe?, ou uma vertigem, porque ela detestava andares altos, e era oitavo andar, e o prédio era retinho como um poço de elevador, e ela chegou na janela, ou correu?, não deve ter corrido, caiu, sei que caiu, foi caindo, não, não foi, não imagino uma queda assim — "foi caindo" —, é lento demais, ela caiu, vidro caindo, pedaço de pau da janela, *crashfff*, e já o chão, *paflh*, qual o som?, ela gritou?, engoliu muito ar?, doeu como?, e o filho, e o filho, o que viu no seu cerebrozinho?

Rui reage como uma mãe. Como um pai, se os pais valessem meio ovo dos dois que a natureza lhes concedeu. Como um irmão, talvez. Afinal, era um irmão: não dava muita bola pra irmã, mas no fundo se preocupava com ela.

Não a amava o suficiente para sujar as mãos por ela, para gastar seu tempo com ela, mas quando um vagabundo como eu se aproximava para alugar a menina, aí o maninho Rui não gostava nem um pouco. Manuela tinha mais o que fazer, ia se ralar da primeira à última comigo. Se ralou, eu sei.

— Quero ficar no quarto dela, dormir umas duas noites ali antes de ir embora.

— Lá você não entra... — ele me ameaça. É outro homem; mal consigo identificar se ele está brincando ou falando sério.

Está querendo impor respeito à memória da defunta?

Não respeito a morte. Não posso ter a mínima consideração pelo que acaba com tudo sem uma segunda chance, uma segunda chancezinha apenas. Como respeitar o que nada respeita, nem mesmo um amor que era débil, fraquinho e que tinha demasiada dificuldade em nascer?

A morte, que contemplamos quase embevecidos, não contempla nada que fazemos ou que somos. A morte é cega, é impaciente, e, sabemos, fria.

Olho ao redor: a saleta, vultos distantes, o quadro com o anjo anunciador que a prima de Manuela havia pregado na parede, tendo colocado três pregos para isso, a cadeira quebrada esquecida num canto, a mesinha com jornais de uma semana, revistas de três meses.

Um suicídio não é a mesma coisa que uma morte involuntária. O suicida detém poder demais, torna tudo mais trágico porque soma perda com acusação, como se fosse um pouco da resposta que a morte involuntária jamais teria.

Terrível deve ser a consciência do suicida, mas preferimos pensar que ele não possui muita clareza de pensamento quando decide

se suicidar. No caso de Manuela, a decisão deve ter sido repentina. Isso a salvou da tragédia que teria sido continuar vivendo.

Saio daquela casa — deveria ter entrado? — onde ela viveu nos últimos seis anos com pessoas que a reconheceram como eu não consegui reconhecer.

Saio. Sem despedida, e é inacreditável que paire com um peso insustentável o espectro de um tchau para sempre. Manuela não está mais ali nem em lugar nenhum. Rui é o desalento, é só ver-lhe a roupa que já não convence nem ao dono; que, de repente, quase sem notar, se olha num espelho qualquer e se diz: "Porra, meu nego, você tá um escroncho!"

Meu casaco é o mesmo de quando Manuela fez aquela salada de palmito, o mesmo que nunca tirei pra nada, nem pra namorar em alguns momentos de menos calor. Meu casaco já puído, mas quem notava?, tecido grosso, cotovelos protegidos por uma rodela de couro, uma roupa forte.

"Se não tivesse errado, teria feito muito menos." Eta frasezinha de um tal de Marcial, autor fora de moda. Essa me salva. Mas me salva apenas diante de mim; os demais não estão nem aí pro Marcial, pro Shakespeare; e, até do Roberto Carlos, eles cansaram.

Ação, ação, ação. Um mundo sem falas, como um teatro mudo; na verdade, os fatos são apenas pantomima, e a trilha sonora, só imprecações, o feijão com arroz do dia-a-dia, tipo "Você tá legal?", "Vamos lá dar uma espairecida", "Obrigado", "Você me deve", "Podia me emprestar...?"

Eu dizia pro Rui, depois da maioria das conversas nas manhãs sem movimento, em que parecia que a falta de perspectiva da população estava denunciada naquele desinteresse em ver a sorte nas cartas, cartas que nas mãos de Manuela e da prima viravam quase o truque dos bons mágicos:

"Põe umas revistas de qualidade na saleta de entrada. Pode ser que a clientela se instrua um pouco enquanto espera. As pessoas não falam coisa com coisa pras gurias. Não sei como elas agüentam. É preciso muita imaginação pra inventar futuros diante de gente tão sem passado, sem presente, sem porra nenhuma."

Rui prometia:

"Vou pôr, vou pôr."

Mas não botava nada; às vezes aparecia em cima da mesinha uma *Seleções*, vê se eu posso!, no meio dos exemplares surrados do *Correio do Povo*, da *Zero Hora*.

Sem Manuela, tudo ia continuar igual? Em tese, sim, e talvez na prática, também. Nos dias imediatamente após o enterro, com a ausência definitiva de uma das duas, um cliente que perguntasse por seu nome, a memória involuntária na hora da tevê quando a prima súbito recordaria de sua risada agora impossível, aquela falta, aquela falha, criariam primeiro, um indistinto mal-estar, e, por fim, uma tristeza resignada só até certo ponto.

Agora a casa era um cabungo, pouco mais que um antro, uma cidadela saqueada.

"Se não tivesse errado, teria feito muito menos." É isso, eu sei. Rui também. Quem não sabe? Mas erro é um termo escuro, pesado, ninguém topa dizer: "Fui eu que o cometi."

Lembro de um centroavante pra lá de lamentável. Qual a resposta? Trinta chutes por jogo e nenhum gol? Não. Três chutes por jogo, quatro chutes; no máximo, cinco. Chutasse trinta vezes e um gol saía, não tinha como ser diferente. E se não fizesse nenhum,

abria o precedente para um rebote amigo. Tropeçai, tropeçai, porém não interrompei a caminhada.

Claro, só soma de erros, nada feito. E o contrário, um acerto empilhado sobre o outro, é sonho de adolescente. Sem medo de tentar, o cara chega, ou belisca, chama a atenção, flerta com a sorte. Rui, por exemplo, nem quis saber, assestou o chapeuzinho sobre a cabeça cor de cuia e mandou ver. "Como é? Você, menina, sabe pôr cartas?", "E aí, qualéquideu?, futuro, presente e até passado dá alguma grana, é apostar...", "Tá fazendo o que no momento, dá pra comprar um brinquinho de verdade? Não dá, não é?"

Cheio de perguntas, naturalmente. Pra nada prometer e pouco cumprir. Só indo devagar, sestroso, mas em frente, às apalpadelas, mas que não notem pra evitar ser desmoralizado.

Tento olhar para essa coisa invisível: o futuro. Olhar o que pode ser visto é olhar o passado, lá atrás, não tão visível, é claro (a memória mente, quando não inventa). Mas o passado tem mais de repetição, de gagueira, de olhar a superfície. Pra frente é que se olha quando se quer ir.

Em São Paulo mora Sofia, a filha que tive com Letícia. Letícia foi embora porque jamais admitiu que eu atrapalhasse a sua arte, a sua pedagogia. Manuela nunca soube: se nosso filho nascesse, ele teria uma irmã. Posso parecer tanta coisa — uma bicha, um cafetão, um jogador, um esotérico, um mágico, menos um pai. Isso não abranda o destino perverso de uma má-formação fetal e o fato de Manuela ter chegado perto daquela janela e decidido sair por ali mesmo, na hora. Será que Letícia terá capacidade de escutar essa história? Será que, antes de eu ter chance de contá-la, ela abrirá a porta para mim?

É só dar a saída

—Tem homem aí por perto? Homem mesmo, isto é, macho, não homem no sentido de ser humano — se bem que atualmente até mulher está encarando a atividade... Tem homem? Tem? Quantos?

"Menos de onze? Claro, não são necessários onze. Nem seria possível. O ginásio tem uma quadra de parquê onde podem correr, com algum conforto, dez atletas no total, cinco de cada lado da quadra, postados com uma tensa atenção, fixa à frente, antes do começo.

"Então, é só observar o movimento, nem precisa vasculhar, recolher quase ao acaso os cinco de olho mais vidrado e convidá-los a irem para a quadra. Vai ter futsal daqui a alguns minutos."

Rápido, rápido aparecem cinco fominhas com a cara mais circunstancial do mundo. É a chance da redenção, claro, mas agem como se nada de importante estivesse acontecendo.

Um deles, Ioiô, é um guri espinhento, aloprado, duns dezessete, dezoito anos. Compensa a demasiada ânsia com o grande fôlego. Supera a afoiteza com a persistência, a teimosa perseguição a um futebol talvez inalcansável. De algum modo será útil.

Outro, Vinícius, que sabe bem ter existido um poeta chamado Vinícius (parceiro do Toquinho, violonista e compositor, em muito sucesso de música popular). Não joga porra nenhuma, mas é viril como o saudoso Ortunho, do Grêmio de Porto Alegre, obsessivo como o Caçapava, do grande time que o Internacional, também de Porto Alegre, montou em 1975, e já não agüenta mais a mulher, com quem está casado há mais de quinze anos, daí por que um joguinho aos domingos se torna uma boa desculpa para conseguir a paz, a suprema paz.

Vinícius será o goleiro.

Há um que impõe respeito. Não se sabe ao certo se é craque ou se a determinação e a gravidade com que fita a bola e, sobretudo, o adversário, fazem-no um atleta decisivo. Alex Sander — assim mesmo —, que a mãe não passou das primeiras letras e reproduziu o nome de um galã mencionado nas radionovelas que a Itaí, popular emissora AM já extinta, punha no ar em 1969.

Dar nome a um filho não é tarefa tão fácil assim. Aléquis. Alécs. Alequisander. Uma prima deu um palpite. Um vizinho também. Venceu o vizinho, que menos letras possuía. A mãe achou que o vizinho tinha razão, e Alex, como herança, recebeu o nome dividido em dois.

E um outro se apresenta, Alaor, pinta de veterano, serenidade estampada na cara bovina. Ou é estupefaciente estado pós-alcoólico?

Alaor deve ter uns 45. É um negro com a carapinha prematuramente branca, o que é raro em sujeitos de sua raça. Ou ele passou água oxigenada, e o amarelo, com o tempo, virou talco? Alaor boceja. Superioridade? Tédio? Ou imperdoável distração?

E surge ainda um quinto e complementar jogador: Sérgio.

Sérgio foi bancário. Saiu do banco. Foi professor. Fugiu dos adolescentes desinteressados em suas aulas.

Foi livreiro. Cansou dos baixos índices nas vendas de livros num país que não lê e só compra o livro da moda para fingir que lê. Fechou a livraria. Hoje ninguém sabe o que ele faz.

Foi casado. Separou-se; a esposa, com o tempo, converteu-se numa amiguinha que apenas fazia a contabilidade do casal e à noite dormia cedo e acordava tarde, quando ele já enfrentava filas de bancos em busca de empréstimos.

Sérgio vai jogar no meio, fazendo a ligação entre defesa e ataque. Vai municiar Ioiô, encarregado de bombardear o inimigo.

Alaor e Alex Sander seguram lá atrás. Vinícius, mais atrás ainda, a derradeira barreira, tentará segurar algum chute menos ambicioso do oponente.

O oponente.

É um time experimentado. Não exatamente excepcional. Joga há dois anos e meio na mesma quadra, no mesmo dia — sempre aos domingos —, entregue a um ritual indissociável de suas cinco vidas (os titulares). Oito atletas o compõem: os de escalação garantida, Badico, Hélio, Walter (que adora que o chamem de Uálter e não de Valter), Bolita e Odd; e os reservas André, Niltinho e Marcelo.

Badico é goleiro e técnico do Mandinga, e faz a preleção. Há dois anos e meio essa preleção era um desafio frente à incontornável arte da retórica. Tanto tempo depois e muitos adversários precários encarados e superados, a preleção virou uma quase enfadonha repetição de seis frases básicas.

"Começamos tocando a bola para ver quem eles são."

"Não vamos acreditar que são ruins só porque aparentam isso." (A outra opção é: "Não vamos acreditar que são uns craques só porque aparentam isso, embora seja bom não facilitar.")

"Se levarmos um gol logo de saída, teremos de tocar a bola mais ainda para esfriá-los. Um gol a gente busca; dois ou mais já fica difícil."

"Se estiver fácil, não convém humilhá-los. Ninguém gosta e eles poderão querer briga."

"Tentem esquecer a torcida, seja a favor ou contra. A favor é pressão na certa, a gente se sente obrigado a ganhar e se precipita e faz cagada. Contra, a gente se encolhe e acaba aceitando firula de qualquer merdinha."

"Sem discussões com o juiz. Juiz é pior que o adversário. Contra o adversário a gente pode jogar; contra o juiz não tem jogo."

Alex Sander e Sérgio puxam a palavra que pretende uni-los — melhor seria dizer "batizar" — a Ioiô, Vinícius e Alaor. Anônimos, encararão o Mandinga.

A tradição do time da vila se sente um tanto desrespeitada pela total ausência de berço dessa equipe montada às pressas, adotada pela necessidade, sem registro entre si, que dirá na memória dos papos recheados de lendas, exageros, legitimados pela risada ou o severo olhar ao longe de freqüentadores de mesas de sinuca, em volta das quais também se comentam outros esportes, incluindo-se, sim, o futsal, tão freqüente, e eventos ainda frescos, alguns da semana anterior.

Pois nada consta sobre esses cinco personagens que agora se examinam mais que ao adversário, talvez porque, em primeiro lugar, sejam eles mesmos os seus próprios adversários, e só depois então possam tentar fazer alguma frente a quem rigorosamente pertence a um espaço que naquele momento eles estão infestando como moscas indesejáveis.

Vinícius, resignado.

Alaor, bonachão.

Ioiô, com a previsível e juvenil displicência.

Sérgio, diligente.

Alex Sander, concentrado.

Não há torcedores nas carcomidas seis arquibancadas da quadra que serve para vôlei, basquete e futsal do Ginásio Dr. Anthero Luz do município de Alvorada, 105.784 habitantes, conforme o último censo. Se estivessem lá, entretanto, os torcedores seriam ignorados. Ao menos pelo time que vai estrear nesse momento e cujos integrantes mal sabem nome e apelido um do outro.

Alguém bate na bola. Alguém recebe. É o jogo, tensão e prazer.

O rapaz que cuida do bar, ao fundo, um ruivo magrinho, à falta de um mísero freguês, contorna o balcão e vai se encostar à rede de proteção que fica atrás do gol. Uma espécie de tontura se instala nos presentes. É preciso, aos poucos, forçar uma gradativa fixação das imagens, da compreensão sem armadilhas do que acontece de real. Como quando entramos num estádio de futebol e a multidão — a gigantesca onda sonora que vem de todas as direções da arena ovalada — soma-se ao espaço enorme, e a distância entre cimento e campo, e mais a profundidade deste na relação com o nível em que o torcedor costuma se sentar, tudo isso nos rouba as referências, e vagamos num agitado mar onde só na metade do primeiro tempo conseguimos, enfim, enfrentar a corrente de emoções e já nos sentimos em casa, e então pulamos.

É quando acontece o fenômeno semelhante. O rapaz do bar sente isso. E é tão insignificante o que está ocorrendo: um joguinho amistoso entre desconhecidos amadores; e alguns, nem isso. Mas o ar está pesado, um chumbo, e é difícil atravessá-lo. E futsal exige rapidez, quase o vôo das pernas seguindo o vôo da bola.

No primeiro lance (quem lembra de um "primeiro lance"?, os jogos, em regra, só se revelam a partir do décimo, vigésimo lance), o Mandinga troca passes, cinco, seis, nove, doze, até atrasar ao goleiro. Imagina, com tal procedimento, esmagar o adversário ante o controle que o time da vila pressupõe ter sobre a partida.

Essa troca improdutiva de passes repete-se no lance seguinte, assim que a bola é libertada das mãos de Badico.

No lance seguinte, uma disputa no ataque do Mandinga; afinal, o primeiro lance do time improvisado: Ioiô, tentando ajudar na marcação, recuado, se machuca, afoito, imprevidente. Alex Sander se irrita, mas não aceita a oferta do adversário: um reserva do Mandinga para completar a equipe desfalcada.

Jogarão com quatro.

Sérgio olha Alex de relance, atônito.

"Quer bancar o herói?", pergunta-se.

Claro que Alex quer.

Ioiô quis.

Vinícius, se derem chance...

Só Alaor parece que não, sorrindo às divididas propostas pelo time inimigo. Divididas, aliás, que ele ganha sem esforço.

Sérgio não acredita em vitória, muito menos em heroísmo. Não recusa, porém, um joguinho mesmo improvisado, mesmo sem aviso, mesmo precário no plano e na execução.

A equipe, cuja biografia possui apenas uns vinte minutos, começa a escrever seu primeiro capítulo. Alex entra com a dureza que Alaor, por exemplo, dispensa e consegue o mesmo resultado do negrão: derruba dois adversários sem falta, e avança, célere. Bola na rede. Começam os problemas para o Mandinga, acostumado a eles, poder-se-ia dizer, mas quando se joga não há costume, não na hora do jogo.

Finda a disputa uma hora depois (viram de lado em trinta minutos), conversando sobre o que tinha havido, tudo acabaria sendo encarado como normal. No entanto, no calor da hora, na febre do quique da bola, os incidentes trazem a velocidade atordoadora da tragédia ou da glória.

E, mesmo, de nenhuma delas. Dói reduzir um domingo a um jogo empatado e morno.

Sérgio põe a casa em ordem, embora estejam ganhando. Grita com Alex. Este sabe o que faz, só que às vezes faz em demasia. É preciso calma.

Não necessariamente a de Alaor, perfeito na sua quase imersão budista da qual sai para resolver um lance mais espinhoso.

A ameaça é Vinícius, digladiando-se bem mais com a lembrança da mulher do que com o Mandinga.

A primeira bola mais forte que chega ao gol é gol.

A segunda bate na trave.

A terceira é salva na linha por Alaor.

Na quarta, enfim, Vinícius intervém.

Ainda bem que Alex já fez três. E Sérgio, um. E Alaor, mais um, do meio da quadra, surpreendendo o rotineiro Badico.

Bolita dispara dois petardos e Vinícius nem vê. E fica nisso, 5 x 3.

— Só falta um nome! — exulta Alex Sander, gozando o alívio de quem não perdeu.

O alívio de quem não perdeu! Sensação às vezes superior à da vitória. Quem ali compartilhará com ele de tal sentimento? Ninguém. Cada um é um estranho ligado agora pelo episódio. A humilhação imposta ao Mandinga.

Que nome dar a esse episódio? Para Sérgio é apenas a primeira partida e ele não sabe se haverá uma segunda. E tenta adverti-los. Atenção, a segunda será pior, independente do adversário. Talvez tenhamos ganhado porque, inocentes, não tivemos o terror do qual não se foge quando se vive uma pressão constante. Talvez tenhamos ganhado também porque nos concentramos com a facilidade de um início, quando tudo é novidade e dúvidas graves e necessárias passam despercebidas, e então superamos o obstáculo que não reconhecíamos. Não por vaidade ou autoconfiança, mas por leveza mesmo.

Para Vinícius, o pior vem agora: a volta para casa, a mulher.

Alaor considera que o Mandinga é um blefe. Ri deles, fingindo sorrir para eles.

Ioiô, na margem da quadra, massageando o calcanhar, está inconsolável, certamente muito mais machucado pela ausência na vitória do que pela dor da lesão.

— Pô, cara, que sujeira entrar daquele jeito! — reclama para Odd, que vai saindo, indiferente aos apelos do outro.

O ruivinho volta os olhos esperançosos para o bar, já vira cem jogos assim, mas o principal vem agora: consumidores de refrigerante e cerveja. Alex e Ioiô, os que têm mais sede, garantem-lhe a féria do fim de semana.

Alaor observa o engradado de cerveja. Mais tarde, em casa, agarrado ao espeto de salsichão, esvaziará três ou quadro geladinhas.

Vinícius encara uma água mineral.

Sérgio vela a sede de todos e pergunta, como se ignorasse a resposta:

— Semana que vem vamos repetir a dose?

Os integrantes do Mandinga encaram:

— O raio não cai duas vezes no mesmo lugar...

Ioiô avisa:

— E não vai ser com quatro, vai ser com cinco.

Alex pensa: "Vamos piorar."

Faltam sete dias para o próximo domingo.

É muito tempo.

Sempre

É sempre assim, e quase nunca queremos saber. Só interessa que horas são, quanto a porra do extrato do banco denunciou como saldo, o que vai passar na televisão depois do jantar, qual é, afinal, a nota em Português de Patrícia, a filha adolescente, bastando que seja o maldito sete, o mínimo — é o que basta — exigido como média na escola cada vez mais cara e inútil.

É sempre assim, e quase nunca queremos saber. A não ser que Luciana tenha, enfim, negociado com o clube a merda da dívida acumulada de exatos dois anos (não o freqüentavam mesmo!), se cessaram os telefonemas anônimos a cobrir o sacrossanto tugúrio do lar com uma névoa de mútua desconfiança.

— Alguma vizinha curiosa por você? — pergunta Luciana, óbvia e ao mesmo tempo causando sobressalto em Hermínio.

— Algum vizinho a quem você teve a má idéia de cumprimentar sorrindo? — devolve Hermínio, irritando Luciana, que acha que o marido sabe perfeitamente bem que ela até cumprimenta, mas jamais sorri.

É sempre assim. E quase sempre queremos não saber, e sim escapar, fugir à surpresa, presos no medo de deserdados do prazer e da alegria, escolher o alívio, rezar (sem nenhuma fé) para que nos esqueçam.

O tempo

A primeira cena que recordo é uma revista de moda de minha mãe, grandes fotos em sépia, poucas, quase nenhuma legenda. E se tivessem legenda não faria diferença. Ainda não sei ler nesse momento em que meus olhos ficam pregados nas roupas, remotas, quase bizarras daquelas mulheres distantes, inacessíveis. Também a cor das fotos contribui para essa sensação de estranhamento, de júbilo infantil. A revista é maçuda, deve ter umas duzentas páginas, talvez seja um almanaque anual, uma seleção de modelos daquele ano (1958, 1959?).

Nessa ocasião as perguntas não representam desconforto. Tudo é dúvida, e por ser tudo, ou quase tudo, interrogação atrás de interrogação, o que no presente do adulto causaria desconforto (ah, a intolerância exigindo resposta), ali na infância se contenta em ser o mais plenamente possível o que pode ser — uma revista sem capa (quem ligaria?), numa língua que talvez não seja a nossa, atirada, esquecida, inútil porque não a procuravam, necessária porque se constituía no maior espetáculo visível à disposição.

A timidez e a falta de dinheiro inibem as idas ao cinema do bairro, que exibe semanalmente filmes sem importância cheios de problemas técnicos, com cortes, com falta de foco na projeção, com um chuvisco na imagem e um chiado no som que me fazem imaginar que lá fora é inverno e o cinema é a grande caverna onde vim me proteger, como um homem primitivo e prático.

O rádio, quem o escuta são os homens da casa, o pai e o avô, em busca de notícias e jogos de futebol. Às vezes a mãe pára, o pé estaca no pedal da máquina de costura, e ela escuta Omar Cardoso saudando, "bom-dia, bom-dia messssmo!", logo a seguir passando a falar da vida de qualquer um associada aos astros.

Folheio a revista. Pequenas pontes servindo de cenário enjambrado são logradouros exóticos. Portas altas, corredores que mais parecem de mosteiros austeros e silenciosos. E, apesar do marrom das fotos, há uma primavera evidente ali, com pétalas brotando por todo lado, arbustos floridos próximos às modelos recatadas, elegantes, feitas para eu casar com elas, se conseguir sair daquela condição humilde de menino assombrado e pobre, e um dia virar um homem poderoso, capaz de interessar-lhes.

É nessa hora que conto com o tempo. Ele está a meu favor, embora pareça contra mim. São mulheres; eu, uma criança. São enormes; eu, minúsculo. São sábias; eu, inexperiente. São de um dourado que o marrom disfarça. Eu, verde. Mas facilmente prevejo meu crescimento, aumentando em altura, em músculos, em beleza, em sabedoria. E não consigo imaginá-las caindo em ruína, murchando, envelhecendo, encolhendo. Logo adiante eu as alcançarei. O tempo me promete isso. E espero com emocionada e inquieta confiança.

O homem sem voz

A nossa é uma família de faladores. Foi meu pai quem disse, e eu sempre concordei.

Tia Neca, por exemplo, passa o dia escutando em ondas curtas intermináveis programas radiofônicos em que Jesus é a salvação e, nos intervalos entre as transmissões, sempre comenta sobre os casos que acabou de escutar, como se fôssemos surdos ou estivéssemos interessados.

Meu irmão Nestor é um sujeito irado, explode por qualquer coisinha, geralmente com discursos que se arrastam até perdermos a paciência e ficarmos tão bravos quanto ele. Minha irmã Juliana é gaga. Tímida e gaga, acho que dá no mesmo. Meu pai está levando-a a um psicólogo.

Tem meu tio Alberto, que é rico e possui nada mais nada menos que uma fazenda, três casas na praia (uma casa em cada praia, claro), quatro carros, e um papo fácil. Sabe como é, rico ri à toa. E fala à toa. Chama meu pai de cunhadinho pobre, mas emenda, causando aquela comoção em nossa casa, o único dos seus cunhados que tem valor.

Mamãe é daquele tipo que mede o que vai dizer. Ao contrário de tio Alberto, não pode falar o que quer. Ela é da opinião que as pessoas não podem ficar simplesmente por aí dizendo coisas em vão, e quem escuta isso e a vê concentrada, pensando, imagina que ela vai até desistir de emitir qualquer som. Que nada. Logo em seguida acha a coisa certa, outras vezes nem tão certa assim, mas diz. Se fizermos as contas direitinho, ela fala tanto quanto os outros, só que se prepara melhor antes. Imagino que aprendeu com meu pai — ela é apaixonada por ele —, esse, antes silencioso.

Talvez minha irmã Juliana não seja tão falante quanto o resto da família. Talvez a gagueira, que a excessiva timidez provoca até a exaustão, cause a sensação — falsa — de que ela fala bastante. A gente fica cansado ao escutá-la, tentando entender a palavra que sobrou depois das sílabas repetidas. Nestor é um que desiste de ouvi-la já na metade do caminho.

Mamãe é a que a compreende melhor e, inclusive, ajuda-a, sem pressioná-la. Meu avô materno — que se mudou aqui para casa depois que vovó morreu — preocupa-se muito com Juliana, gosta dela, mas, em vez de escutá-la, acaba falando por ela, e isso não está certo. Mamãe observou-lhe o erro, alertada por meu pai.

Tia Neca não quer saber de diminuir o som do rádio, Nestor prepara-se para afogá-la numa enxurrada de insultos, quando minha mãe é obrigada a intervir com um brando, porém suficiente, "por favor". Nestor pula da frente do videogame, "que porra!", e vai para o quarto que divide comigo. Vovô pergunta para Juliana se ela sabe se papai virá direto do trabalho ou se ainda vai passar antes no supermercado. Juliana começa com a-a-ch-ch-o, e meu avô, sorrindo, atalha:

— Tua mãe deve saber. Afinal, é ela quem dá as ordens por aqui.

Tio Alberto atende o telefone em sua casa, embora possua dois empregados. Do outro lado da linha, meu avô pede notícias de Vilma, a esposa de tio Alberto, e dos netos Amílcar e Sula. Ontem mesmo viu todo mundo; era domingo e almoçaram neste sacrossanto lar, como diria tia Neca. Hoje liga para um dos três filhos, o único com quem não mora (minha mãe e tia Neca estão debaixo de suas asas), e quer saber de novidades em menos de 24 horas.

Meus avós paternos eram amicíssimos de Dorival, o pai de minha mãe, que agora, com a morte de meus três outros avós, encarnou para si a figura do único predecessor. Penso que essa nova solidão, viúvo e sem os contemporâneos para matar a fome de papo, empurrou-o para o inacabável teatro da conversa fiada. Penso que foi ele o fundador final desta família de faladores.

Meu pai não chega a falar nunca, mas sabe ouvir de uma tal maneira que é como se falasse. Ri muitas vezes. Arregala os olhos noutras. Noutras, ainda, bate na mesa, vermelho. Participa ativamente de todas as notícias, envolve-se. Se não transforma isso em palavras, é detalhe.

A testemunha

Os eventos que fazem a vida de um homem são sempre extraordinários. Não tanto diante dos outros, que costumam não se impressionar com o que nos acontece, ocupados em demasia com suas pequenas contas, as discretas porém dolorosas ascensões e quedas de seus reichs particulares. Ele estava convencido de que havia cometido um enorme engano. Com que razão reclamava para si melhor sorte?

Considerava sua vida uma espécie de limbo, um estado permanente de suspensão, uma ante-sala para o espetáculo alheio. Como se nada protagonizasse. Porém, à medida que o tempo ia dando oportunidade para se acumular o pó de tudo aquilo, à medida que as manhãs anunciavam mais um sono daquelas guerreiras com as quais cruzava nas calçadas irregulares e estreitas da parte podre do Centro, mulheres nada desejáveis, aproveitando-se do sono e da saturada tristeza dos empregados da metalúrgica ali perto, corpos descuidados ironicamente em exibição, sob o comando de um general bizarro, homem que falava pouco, que olhava pouco e que decidia tudo, ele ia se dando conta de que lhe havia sido destinada alguma coisa não específica, mas, ao contrário, ampla, geral e incalculável.

Bastava pensar. O zelador do prédio, sempre cansado, fazia a mulher trabalhar. O ex-colega que, numa promoção, havia tirado um carro zero, último modelo, a troco de uma frase boba. O carro valia dois anos do salário de ambos. O colégio em que ele havia estudado e tinha sido demolido. Agora era um terreno baldio. O cenário de suas primeiras letras havia dado lugar a um mato alto com fezes de mendigos e onde cachorros com sarna dormiam, quando não chovia. Na chuva, iam pra debaixo de alguma marquise. Bastava pensar.

Centenas de ônibus, milhares de carros. Gente, gente, gente. O movimento das ruas, os assaltos, os namoros, as insinuações, o atropelo do trabalho. Era o mundo inteiro, mundo que não lhe dava conversa, mas que também, por ignorá-lo, não escondia seu espetáculo, mesmo quando deprimente. Aquela constante exposição — era isso, era isso.

Ele ia se dando conta de que lhe havia sido destinado muito, que possuía o privilégio de contemplar campanhas e batalhas e eventos talvez únicos, que até mesmo espantava-o a natureza vertiginosamente móvel das coisas. Num minuto, a capa da rotina; no minuto seguinte, a grandeza épica da tragédia, do fato extraordinário. Olhar aquilo tudo, gravar com força não só na retina, mas na alma. E ser, afinal, parte daquilo tudo. Reconhecer.

Ser, ele era, sempre havia sido. Mas nunca tinha tido forças para aceitar a própria natureza, e assim a humanidade que, se o consumia, poderia também salvá-lo.

Concluiu que o grande mal consiste na capacidade de reconhecimento das testemunhas. O mundo é sempre um lugar onde tudo acontece, e mesmo o menor lance contém a sua dose, talvez não de arte, mas certamente de... O desafio é reconhecê-lo. Ele tinha sido má testemunha.

A legião

Fernanda olhou. Uma cabeça recortou-se do fundo negro das árvores cravadas no meio da noite. E, junto com a cabeça, um corpanzil e, ao lado, outra cabeça e outro corpo. Instintivamente Fernanda se voltou e viu outras cabeças avançando, como se estivessem no ar, o escuro opressivo escondendo seus corpos. Os olhos apertados, fixos na presa, as caras manchadas de sombra, avançavam, todas no mesmo passo, e isso era o mais assustador: que andassem no mesmo passo. E cada cabeça trazia um corpo compacto, decidido. Eram vários homens, e embora fossem apenas cinco, Fernanda não saberia quantos, não chegaria nunca à soma final, mesmo depois de o último deles tê-la soltado.

Quando chegaram perto demais, de tal forma que um grito se tornaria algo mais que inútil, ridículo mesmo, ela pensou que o melhor seria tentar esquecer que era mulher; assim, não se sentiria tão ofendida. E imaginou, enquanto era penetrada, a cama de um faquir, aborígenes pisando em brasas vivas, o sacrifício de uma virgem num altar maia, cenas que vira em filmes, em documentários, ou que simplesmente fantasiaria num passado em que a realidade ameaçava menos, e por isso sua imaginação podia avançar, livre.

Aquela era uma noite em que sexo não servia para nomear aquilo que faziam nela, e o horror, a possibilidade de irem além dele, buscando um prazer sádico de quebrar-lhe um dedo, por exemplo; outro, a alegria raivosa de arrancar-lhe um dente. Mas nada fizeram além de exigir de sua vagina, sua boca e seu ânus a imediata condução daqueles vários pênis a um estado de absoluto repouso. Demorou muito para terminar, e nessa demora a dor física no ânus causou-lhe náusea; chegou a grunhir, a soltar golfejos de vômito iminente, mas o estômago — no que ela se convertera — segurou tudo.

Era um brinquedo, ou mesmo uma arma (um reles canivete) na mão daqueles sujeitos fodidos. Nenhum tinha a barba feita, nenhum cheirava minimamente o suportável, nenhum era cuidadoso. Pareciam meninos — eram meninos — brincando de guerra covardemente, de caçadores num banquete, mas essa leitura era demasiadamente moral e se tornou uma futilidade quando foram embora, e ela teve certeza de que meia bisnaga de Hipoglós e 40 gotas de Novalgina seriam o bastante para recompor algo que havia sido perturbado, bastante perturbado, é certo, mas não além dos limites de quem bebia, drogava-se, nem tinha uma família para chorar num colo.

Triste seria alguém passar por ali e vê-la. A pena que sentiria, ou a raiva, ou a vergonha, ou o medo. Tudo aquilo era a pena em Fernanda. A raiva em Fernanda. A vergonha em Fernanda. O medo em Fernanda. Mas ninguém passou naquele trecho, eles cuidaram de levá-la prum canto, atrás dum muro de uma grande casa e, devido à hora adiantada, ninguém havia passado, nenhuma testemunha, e Fernanda tinha ficado só com Fernanda, e, como nunca se havia prometido nada, nem se perguntado acerca de um monte de baboseiras que as moças de sua idade se perguntavam, aceitou quase resignada a sua impotência, sabendo que a violência daqueles

homens era também a impotência deles, a sua miséria, e ela não era melhor nem pior que eles. Fodidos todos. Ela também. Agora, então, literalmente fodida.

Pelo menos podia levantar-se libertada do olhar idiota de algum vizinho compassivo. Podia caminhar, devagar, a dor obrigando-a a dobrar-se levemente, e ir para casa. Lá chegando, bastaria ir para o banheiro, tomar um banho demorado, passar pomada e mais pomada, tomar as miraculosas 40 gotas do analgésico: a cabeça tinha começado a doer assim que o primeiro rosto se destacou das árvores.

Só na manhã seguinte ele se crispou: haviam ejaculado dentro dela. E se um deles estivesse infectado com alguma merda? Pensou logo em AIDS, e às 7 da manhã já estava na fila do Hospital de Clínicas. Fez o exame às 9h30min. De que adiantava aquela pressa toda? O resultado só sairia dali a dez dias. Se ficasse esse tempo todo pensando, certamente adoeceria, uma espera dessas não é para alguém minimamente ansioso. Fernanda, porém, sabia tentar esquecer.

Viveu os dez dias, apesar de tudo. Às vezes, ao se recordar daquela noite, ficava seriamente preocupada: até que ponto não havia sido permissiva além do sensato? Até que ponto não havia sido sangue de barata? Até que ponto havia chegado?

Durante esse período ela não transou, claro, mas não porque sentisse alguma espécie de trauma ligado ao sexo — o que houvera aquela noite não podia ser chamado de sexo —, não transou porque havia optado estrategicamente por relaxar tanto física quanto emocionalmente enquanto o resultado não saía. Quando saiu, ela o recebeu sem emoção alguma.

Negativo. E daí? Se tivesse dado positivo talvez ela reagisse. Evidente, reagiria, e mal. Mas tendo dado negativo, era compreensível que sacudisse os ombros e dissesse consigo mesma: que perda de tempo estes últimos dez dias, de molho. Que perda de tempo essa dor inútil. Que perda de tempo a daqueles bostas atacando o que eles não haviam conseguido destruir. Que perda de tempo.

Muitas semanas depois cruzou com um deles na rua, teve certeza. O que sentiu foi um desprezo no qual o cansaço vencia a raiva. Um inútil. Um coitado. Um reles idiota sem força o bastante para acabar com ela. Se o denunciasse, talvez emprestasse algum sentido àquela noite. Uma vingancinha? Seria pouco. Tudo era pouco. Ele, eles não tinham como tirar muito dela, de muitos. Sentiu-se uma poeta quando pensou: "E se encontrassem alguém que tivesse o céu, eles não saberiam achá-lo." Nem o céu e nem mesmo esse alguém...

Deixou-o ir. Depois deixou-se ir ao ritmo bêbado da multidão na calçada da avenida. Uma legião de pessoas entrava numa igreja. Iam gritar lá dentro, uivar, ser exorcizadas pelos pastores. E, então, ela entrou direto, indiferente aos suaves empurrões, levada pela total ausência de fé, a que nos abre mais caminhos que para os que crêem conseguir vislumbrá-la.

Assédio

— **M**ãe...

Palavrinha forte esta, "mãe", parece mais uma sentença que uma palavra.

— Mãe...

É praticamente inútil eu insistir. Quer dizer, insistir com uma só palavra, e uma palavrinha tão curta assim, "mãe"...

— Ô, surda...

— O que é, Inês?

Ela parece fazer de propósito: só me responde quando já estou a ponto de perder a paciência.

— Ô, porra de mãe!

Essa foi forte... Daqui a pouco descubro que a surdez é mais uma tática dela e vou ficar com a cara no chão.

— Sim, Inês?

— Eu vou sair.

Já passei dos 30, mas ajo como se tivesse 15. Não que eu precise pedir a permissão dela, é óbvio, mas, sei lá, sinto pena.

— Vai o quê?

— Sair, mãe.

— Que que tem a Nair?

— Tia Nair está na praia, mãe, de férias.

— Ela telefonou?

— Nãããããooooo, mãe. Eu disse que eu vou saaaaiiiiirrrrrrr!

— Pra que ficar espichando assim as palavras?

— Porque você não escutou!

— Eu não sou surda...

Faz cara de indignação.

Quem nos vê assim, as duas, vai logo pensando: "Coitadas." E estão certos. Sozinhas. E distantes uma da outra. Mas não tem jeito. E quanto maior a distância, mais temos que nos unir. Unir sem estar próximas. Unir sem confiar uma na outra. Unir para, ao menos, uma tirar o cadáver da outra do chão...

Cara de contrariada, ela diz:

— A Nair não gosta de mim.

— Você vive dizendo isso, mãe.

— Ela não gosta mesmo!

— E você, gosta dela?

— Tenho motivos para gostar?

Sempre foi assim, desde que me lembro. Desde os banhos, perto do meio-dia e de tardezinha. Dois banhos por dia. Ela me colocava debaixo do chuveiro e ficava me ensaboando, ficava...

— Que que você tá fazendo?

— Pensando, mãe.

— Você não faz outra coisa?

Não faço outra coisa. Os malditos banhos. Ela me alisava, me enchia o saco, me desrespeitava. Aliás, quem é que respeita criança?, quem é que leva em consideração o que criança está pensando?

Criança é gracinha, coisa que enfeitam; o pessoal usa e trata com diminutivo, e pronto, acham que é carinho.

— Mãe, eu vou sair!

— Aonde vai?

— Na casa da Selma.

— Quem?

— Seeeeelllmaaaaaaaa!

Essa surdez, não sei não...

— Quem é Selma?

— Ué, você não conhece?

— Claro que não.

— Minha colega do curso.

— Não entendi ainda para que você está fazendo esse curso.

Não é curso. É terapia. A Selma é a recepcionista do consultório da doutora Clara, a terapeuta. Se não fosse a terapia eu dava um tiro nos cornos. Não nos meus, mas nos dela, na mãe.

— Esse curso é o quê mesmo?

— Valorização da vida.

— Que babaquice, o que falta no mundo é trabalho.

Não deixa de ser verdade. Minha vida tem-se valorizado depois que comecei o tratamento com a doutora Clara. E a amizade com a Selma nasceu meio sem querer. Nas férias da doutora, que duraram exatos 30 dias, foi um horror, eu me sentia órfã. Aí ligava pra Selma que, em vez de me dizer simplesmente que a doutora ia voltar logo, que 30 dias não são um século, ficava puxando conversa, falando dos problemas dela também. Da mãe também.

— Você vai demorar?

— Não.

— Quanto tempo?

— Não sei cronometrar uma visita.

— Meia hora dá pra pôr as fofocas em dia.

Fofocas! Como se ela não soubesse do que se trata. Como se não soubesse o que fez... Será que não sabe?

— Bom, vou saindo.

— Não demora, tá?

Tá um pouco frio aqui fora, mas é melhor.

Os malditos banhos.

Duravam horas. Talvez alguns minutos, sim, mas pareciam horas. Ela não me respeitava.

Tia Nair disse que ela foi abusada por um primo quando tinha doze anos. Só que ela amava o primo. E, pelo jeito, sempre o amou. Anos depois, com uma certa cumplicidade do meu pai, que não pára em casa e acho que ele faz bem, ela ficava examinando meu corpo. Eu odiava aquilo!

Se eu contasse para alguém, o que diriam? Que isso é abuso sexual, e da própria mãe? Trânsito louco. A esta hora, e as ruas com esse movimento...

Eu tinha oito, nove anos. Já sabia que iam nascer pêlos, que ia menstruar. Já sabia de muitas coisas que nessa idade a gente sabe de uma forma vaga, próxima à esperança e ao medo.

Ela faz que não sabe de nada, que nunca se deu conta do que aprontou. Pô, era o MEU corpo, devagar lá!

Às vezes acho que o meu pai sempre soube e fugiu daquilo tudo. Percebeu a loucura ou a tara da mulher e, em vez de me defender, preferiu se afastar. E eu, que certeza eu podia ter com aquela idade? Desconfiava, mas não podia reclamar. Não tinha certeza, não tinha força.

Também não tenho agora, só que agora ela já não tem a força que tinha. Ou cometeu o erro de acreditar que cresci como deveria e precisava.

A mentira
(Drama em um ato)

*N*um shopping. Escada rolante por perto, muitas pessoas passando.

O MENTIROSO e JOEL descem a escada rolante.

JOEL veste-se a caráter, conforme a época, a moda, a hora. Sem caricatura.

O MENTIROSO também se veste quase igual, mas algum detalhe não lhe assenta bem.

Algo na sua indumentária, no cabelo e na expressão não funciona. Tem o ar desamparado, não muito. Sem caricatura.

O MENTIROSO — Olha lá o mundo.

JOEL — Onde?

O MENTIROSO — Ali. Ali, ó, bem perto de você.

JOEL — Nada vejo, meu bom homem.

O MENTIROSO — Obrigado pelo "bom homem". É bom ser reconhecido. Mas, olhe, olhe. Vidros limpos, total transparência.

JOEL — Gosto disso. Posso confiar no que está por trás.

O MENTIROSO — Não haveria mais coisas por trás?

JOEL — Não sonhe, meu caro. O sonho é caro e não deixa você ver direito.

O MENTIROSO — Isso é verdade. Não consigo chegar, ver e seguir em frente como se não tivesse sido atropelado...

JOEL (*rindo*) — Você é estranho, mas, admito, engraçado. "Atropelado..." Não é para tanto!

O MENTIROSO parece mergulhado em si mesmo. Volta o rosto algumas vezes para os lados, demonstrando estar atento, sim, mas olha como se tivesse sido golpeado. Golpe que tenta não denunciar, mascarando um pouco a inquietação que sente.

JOEL caminha fácil. Seu rosto luminoso, decidido, nada mascara. É confiança. Não pura — nenhuma confiança é tão pura —, mas confiança.

Ambos tentam continuar o diálogo; entretanto, são interrompidos pela massa de pessoas que passa entre eles. Caminham agora separados por uma turma ruidosa. Falam, mas não se ouve o que dizem.

Aos poucos, vão conseguindo reaproximar-se — diminui o grupo de pessoas entre os dois. Um silêncio aceitável volta a se instalar.

O MENTIROSO (*atordoado*) — Quanta gente!

JOEL (*contente*) — Quanta gente!

O MENTIROSO — Cegos e surdos. Lamentavelmente, não mudos.

JOEL — É gente! Gosto de ver gente. Dá a sensação de que há tanta coisa no mundo...

O MENTIROSO — Há tanta coisa no mundo! Coisas demais.

JOEL — Coisas de menos, meu velho. Sempre está faltando. Eu nunca me dou por satisfeito.

O MENTIROSO — E aí... Uma multidão barulhenta atropelando você o faz feliz?

JOEL (*rindo*) — Gente, gente! Quer coisa melhor?

O MENTIROSO — Quero.

JOEL — O quê?

O MENTIROSO — Gente!

Novamente são interrompidos por um grupo que passa entre eles. Vão às gargalhadas, alguns. Outros, às turras. Alguns passam pelos dois e viram-se para trás, observando-os de forma acintosa. A dupla fala, mas não se ouve o que dizem.

Aos poucos o silêncio volta.

O MENTIROSO — É disso que eu falava...

JOEL — Estão tentando se divertir.

O MENTIROSO — Eu também estou.

JOEL — Você não está.

O MENTIROSO — Como sabe?

JOEL — Porque não parece.

O MENTIROSO — Parece o quê, então?

JOEL — Sei lá... Parece até que você não gosta da vida.

O MENTIROSO — Pois se enganou, Joel. Enganou-se redondamente. Gosto tanto da vida que me escandalizo com tudo isso aqui.

JOEL — O que há de tão escandaloso?

O MENTIROSO — Para alguém contente, até que você faz muitas perguntas...

JOEL — Você não respondeu. O que há de tão escandaloso?

O MENTIROSO — Não sei... Só sei que me escandalizo.

JOEL — Ué? Você não tem uma resposta melhor?

O MENTIROSO — Vamos tomar um cafezinho. De cafezinho eu sei tudo.

JOEL movimenta-se no palco com destreza. O MENTIROSO anda devagar, como se se arrastasse.

JOEL (*olhando para trás*) — Anda, tartaruga!

O MENTIROSO — É que me pesa este mundo.

JOEL (*olhando para trás*) — Anda, ruminante!

O MENTIROSO — É que este mundo ruim não me pensa.

JOEL (*olhando para trás*) — Anda, monstro com pinta de médico!

O MENTIROSO — É que o mundo que me chega é chaga.

JOEL (*olhando para trás*) — Anda, doutorzinho do discurso, figura solitária vestida de poeta!

O MENTIROSO — É que a palavra é a brecha, único lugar onde esse mundo não me fecha.

JOEL (*apoiando-se no balcão, sacudindo a cabeça*) — Quanta desolação nesse papo, quanta vontade de cuspir lava pela boca...

O MENTIROSO (*chega arfante, com expressão cansada*) — Ufa! O café agora apaziguará este momento doloroso.

JOEL — Diga, afinal, o que você tira disso tudo.

O MENTIROSO — Não tiro.

JOEL — Sente-se roubado, então?

O MENTIROSO — Nem isso. Não querem o que possuo.

JOEL — Então, por que tanto cuidado?

O MENTIROSO — É valioso para mim.

JOEL — Mas você não parece ter prazer com isso.

O MENTIROSO — Como ter? Um tesouro que pesa mais do que posso carregar e que ninguém vê?

JOEL — Tesouro?

O MENTIROSO — Joel...

JOEL (*interessado*) — Sim?

O MENTIROSO — Quando eu tinha oito anos de idade e contava pra minha mãe as coisas que havia acontecido comigo, ela sempre achava que eu estava mentindo.

JOEL — ... E o chamava de mentiroso!

O MENTIROSO — Aí é que está: não. Não dizia nada, ficava quieta, e eu sabia que, no fundo, ela sentia tristeza por eu não levar a vida como meus primos levavam, meus colegas de aula levavam.

JOEL — Você já era complicadinho, meu...

O MENTIROSO — Já, evidente. E mais complicado ainda era tentar explicar a ela que eu estava falando a verdade, especialmente para quem tudo era mais difícil do que para os outros.

JOEL — Não era você quem estava tornando tudo mais difícil?

O MENTIROSO — Não. Eram os outros que tornavam tudo mais fácil.

JOEL — Não é melhor assim?

O MENTIROSO — Negativo, Joel, negativo. O fácil ao qual eles queriam se abraçar era o difícil jogado pra debaixo do tapete. Ficava só o tapete, no qual eles pisavam em cima. A maioria, com o tempo, acostumada a esse jogo, esquecia que virava um jogo e passava a enxergar só o tapete. Aí ficava de fato tudo mais fácil.

JOEL (*faz um gesto enérgico, defendendo-se*) — Sem essa de sujeira pra debaixo do tapete! Eu tenho vergonha na cara! O que você está insinuando?

O MENTIROSO — Não precisa se defender, homem! Ou, se não considerar um ataque pessoal, considere-se no mesmo barco, tá legal? A maioria dos enigmas desta vida vira mistério porque renunciamos cedo a olhar a sombra.

JOEL — Você parece um juiz, e um juiz carrasco, poderoso demais! Cuidado onde pisa.

O MENTIROSO — Ser homem é ser ninguém, e pior ainda é ter de viver para prová-lo.

JOEL — Não tem sol nesse seu mundo?

O MENTIROSO — Tem. Só que no mundo em que você está ele vai explodir daqui a um milhão de anos, e no meu eu antecipei a explosão.

JOEL — Não é uma idéia muito esperta...

O MENTIROSO — Claro que não é. Mas a esperteza, nem o sol tem. Nem estrela nenhuma. Qual bicho é esperto senão para salvar a própria pele?

JOEL — E não é o bastante?

O MENTIROSO — Para salvar a pele, é. Mas estamos num shopping e há muito já passamos do estágio em que sair da caverna e utilizar o fogo significavam cair no espaço aberto dos tigres dente-de-sabre.

Subindo a rua

Era a casa mais feia da rua, do bairro, da cidade, descontando as três vilas com malocas que, cá pra nós, não dava pra levar em conta. A casa era de madeira pintada de verde-escuro. A cor havia enegrecido com o tempo, com a umidade do lugar, com a pobreza dos donos — que nunca tinham passado uma outra demão de tinta nas tábuas apodrecidas na base, porque provavelmente nem sequer podiam parar para pensar nisso, gente como a maioria, que passa 14 horas por dia vendendo bolinho de chuva numa esquina, mesmo no verão. Se fossem vender aquela casa, comprariam, no máximo, uma quitinete no Parque dos Maias.

Luís subia a rua de bicicleta, de um amarelo horroroso, mas que ele não trocava por duas razões: porque tinha uma aparência alegre e porque não havia dinheiro para outra nova. Todas as manhãs, menos aos domingos, pedalando com esforço, numa velocidade arrastada, ele subia a rua até o serviço. Passava em frente à casa feia, na esquina com uma das travessas menos movimentadas da ladeira. Quase sempre a garota estava no pátio e ele olhava de refilão. Era a mais bonita que já tinha visto, sem contar, naturalmente, as mulheres da televisão e as das revistas.

Luís tinha 17 anos e trabalhava na Vila Floresta, bairro que, rápido, rápido, com a saída das Carrocerias Eliziário, na virada dos anos 70 para os 80, tinha evoluído com a construção de um condomínio de luxo, com o crescimento do Hospital Cristo Redentor, e virava, então, outra coisa, perdendo território e ganhando novos bairros, como o Jardim São Pedro, onde ficava a rua que Luís subia toda manhã.

A crescente agitação do bairro às vezes perturbava-o. Criado pelo pai caladão e habituado à cisma paterna com a morte da mãe há dez anos, Luís havia entrado na adolescência ocupado demais com as exigências práticas, de tal forma que alguns mistérios e delícias da vida foram se instalando nele sem que tivesse tempo para atendê-los, sem nem ao menos prestar-lhes atenção direito. Tinha virado um tímido, quase um desinteressado.

Subindo a rua, vendo a garota por dois, três minutos, o tempo que durava a sua passagem — a cada dia mais arrastada — defronte do portão e da cerca-viva da casinhola dela, sentia uma comoção difícil, algo que o fazia esforçar-se ainda mais na subida.

Logo reconheceu-se apaixonado, o que era péssimo. Tinha as suas obrigações, e não eram poucas. Uma delas, não menos importante: cumprir horário, tanto ao chegar na empresa quanto ao chegar em casa. O pai era motorista de ônibus, saía às cinco da manhã, noite ainda, e voltava às onze da noite. O jantar era com Luís, que saía da firma às seis da tarde, pedalava como um bólido, preparava um arroz, um guisado com couve, deixava em cima do fogão e voava até a escola noturna, a dois quilômetros de casa.

Na manhã seguinte, a esperança e a parte mais difícil do dia. Quando a garota não estava no pátio, por exemplo. Um pouco menos pior, mas também ruim: quando ela estava e nem olhava, nem que fosse por olhar simplesmente, como as pessoas olham umas

às outras, por olhar. Mas quando ela olhava e até o cumprimentava, como já havia acontecido umas duas vezes, seguir até o trabalho e passar dez horas lá dentro, e quando sair não vê-la mais, e ainda à noite, e o sono mais tarde — tudo isso mostrava, mais que qualquer coisa, que a vida de Luís não era fácil.

Na aula, cabeceando de sono, às vezes era sacudido por uma colega mais velha, bem mais velha, que ele já havia acompanhado até em casa por pura educação e em cuja casa tinha entrado, também por educação, e em quem já havia dado um beijo, delicado, que quase o havia acendido pelo que representava de novo em sua vida. Mas depois do beijo houve mais oferta, e o que se descortinou diante dele foi como a casa da esquina, não quem a habitava. E surpreendeu-se em como um corpo pode ser triste, assim como um outro pode ser lindo.

A colega continuava insistindo e isso o levava a encolher-se mais. Na manhã seguinte, quando nem lembrava da aula, ele subia a rua e, já meia quadra antes, adivinhava a garota lá no tanque. Isso no verão, numa areazinha descoberta, ela batendo roupa, o vestido molhado, grudado nas costas, mais ainda a partir da cintura, e se esgarçando nos quadris e para baixo, até terminar nas coxas firmes, talvez grossas.

Em alguns momentos ele se perguntava: será que ela estava sempre por ali a espreitá-lo? Impossível. Ela era o quê, naquela família, a gata borralheira? Devia ser. E sorria nessas horas, sentindo-se infantil demais. A vida era dura para todos, e com ela não seria diferente. Tinha que mostrar mais a cara, aparecer mais, passar noutros horários.

Começou a ir aos domingos, subir e descer a rua. Isso durante dois meses, tempo em que nunca topou com ela. Aos domingos, será que dormia até tarde? Ia a festas nos sábados, pensou, mordido.

Num domingo finalmente se encontraram. Ele, sem a bicicleta, caminhava com alguma pressa, vindo da avenida e subindo a rua em que, a três quadras, chegaria na frente da casa. Ela vinha descendo a rua, sozinha. Não havia tempo, ela caminhava depressa demais.

Estacou diante da garota, que não parou e quase o derrubou, apressando mais ainda o passo.

— Posso? — ele perguntou.

— O quê?! — ela praticamente gritou.

Ele ficou ofendido com a desconfiança; ela percebeu, ficou sem jeito, mas reclamou: — Isso é jeito? — puxando conversa...

Ele disse que passava por ali todos os dias e quis saber aonde ela estava indo, daquela maneira, correndo? Ela respondeu que a mãe estava doente, que ia na farmácia, que estava cheia de engraçadinhos. Ele protestou de novo. E ela: — Quem me garante?

E ele, os olhos vermelhos: — Eu admiro você há muito tempo.

— Prova — ela desafiou, já meio rindo. E disse o nome, que ele se esquecera de perguntar: Flávia.

Ele contou dos meses em que a via. Descreveu roupas, penteados, pequenas ações, como ela varrendo, o movimento largo com a vassoura, lento pela força que imprimia contra o chão de terra.

Ela cortou: — Tá, mas amanhã a gente conversa.

— Amanhã eu não posso; amanhã eu trabalho.

— Vem mais cedo.

Na segunda, ele chegou uma hora antes do horário habitual de passar por ali, e Flávia, quinze minutos antes. Sentia-se inseguro na frente da casa, como um ladrão, quarenta e cinco minutos espiando para dentro; quem passava ia pensar o quê? E o pior: e se ela não viesse? Mas veio e falou fininho: — Você é legal. Passa uma hora aqui e toma um café. Quero apresentar a minha mãe a você.

Combinaram para o outro domingo. De tarde. Ele contou do serviço, da mãe que havia perdido cedo. Ela, do pai que as havia deixado e da mãe que estava doente. Muito doente, pelo que tinha notado. A mulher estava magra, magra. Quase não falava. E ele não sabia se por antipatia a ele ou por causa da doença.

Uma certa hora Luís se levantou de repente: — Vou indo.

— Que é isso? — Flávia alarmou-se.

Ele achava que seria mais delicado ir.

Ela ficou constrangida em insistir demais.

Acompanhou-o até o meio do pátio, onde um cinamomo parou-os. Ali ficaram se olhando. Ele pediu: — Deixa eu lhe dar um abraço. — Ela não respondeu. Ele, então, deu. E ficou um tempão agarrado, como que chorando. Só que feliz.

No dia seguinte, subindo a rua, não a viu. Teria feito algo errado? Temia tê-la perdido e, ao mesmo tempo, ficava aliviado. Precisava ganhar tempo. Tinha vontade de tanto. Içá-la no ar e vê-la como uma santa levitando. Deitar-se com ela no sofá da casa quando o pai não estivesse, e comê-la com as mãos, a boca e tudo quanto soubesse, assim como a comia com os olhos.

Isso o perturbava — a vontade de salvá-la e o desejo de perder-se. Como salvá-la, se diante dela ele virava um louco?

Na quarta-feira ela estava lá. — Vem hoje de noite?

— Tá — ele disse, sem comentar sobre a aula que iria perder.

De noite, no meio do pátio, para a mãe dela não ver, abraçaram-se novamente. Nem precisaram do cinamomo; a noite estava escura e o movimento da rua não trazia tantas luzes assim.

— Eu... nunca fiz isso! — ela sussurrou, sentindo ele se encostando.

— ... Eu também nunca — tranqüilizou-a. Nem sabia se a tranqüilizava ou a deixava ainda mais preocupada. — Não tem problema — ele disse, tentando ajudar, a voz falhando. — A gente faz como der, eu cuido de você.

Mas ela não quis. Quer dizer, nessa primeira vez não quis. Talvez quisesse, talvez sempre tivesse desejado, desde o dia em que o havia cumprimentado lá do tanque, desde dias atrás, quando tinha sentido o quanto ele poderia ficar grande, duro, fora de controle. Desde o dia em que, mesmo depois, mesmo demonstrando respeitá-la acima da vontade e até da resistência de jovem, ele se mostrou, na forma quase assustada e assustadora de respirar, um ser de outra espécie, que queria conquistá-la de forma inédita, invadi-la como talvez um alienígena invada um dia a Terra (ou a água) e descubra que o novo mundo é um paraíso e que ele quer ficar ali dentro, perdido, sem possibilidade de resgate, para sempre.

Ele a soltou. Ela continuou ali, sem se mexer.

Uma estrela só

Não posso olhar para cima. A estrada está deserta demais, isso é um perigo. Silêncio tão absoluto a esta hora nos acorda para o menor ruído. Uma luzinha ali na frente. A lâmpada amarelada, recoberta pela nata seca da poeira erguida pelos caminhões que passam, pelo vento que sopra quase sempre, e pelos poucos watts.

Mas dá pra ver que é um hotel, ou que pretende ser. Pretende, já basta. Deve ter uma cama, de solteiro, naturalmente. Espero na soleira da porta, que tem a maçaneta quebrada. Não encontro a campainha; bato, chamo, grito. Por fim, empurro a porta. Ela cede quase fácil, resistindo porque emperra no chão de cimento. Faz frio.

Já estou dentro e não há recepção, só a peça de entrada, um cubículo totalmente vazio, não fosse um suporte de madeira que pende meio de lado na parede, com 12 chaves, algumas enferrujadas. Só tem um andar, além do térreo, e os quartos, todos com uma cama de solteiro.

Bocejando, olhos injetados pelo cansaço ou pelo desinteresse, o homem que me atende murmura, quase com irritação, que eu passe logo. Escolhe um quarto pra mim, não me dá uma segunda chance. Quero lá em cima. O último, o mais próximo de uma janela por onde eu possa saltar.

Cheguei a isso. Mal posso acreditar que cheguei a isso. E, ao mesmo tempo, considero inevitável. Não estudei. Não comi verduras, não bebi leite, cedo não acreditei em Deus. Lembro, uma vez, de ter beijado uma menina à força. Ela chorou e eu senti raiva. "Idiota", pensei com desprezo.

O sujeito me larga a chave na mão, não me diz nada. Não sei quanto vou pagar por esse muquifo, não sei se servem café, não sei se tem despertador, banho quente, não sei se vão me acordar no meio da noite para me roubarem a carteira.

Acho o quarto depois de uma escada crepitante e um corredor com luz de boate da pior espécie. Não aquela luz colorida, mas uma luz quase apagada, tornando-os mais cansados e mais tristes. Demoro para abrir a porta. Primeiro, a chave emperra; depois, a porta resiste, emperrando no chão como a da entrada, lá embaixo.

Entro no quarto. É mais um cubículo com cara de despensa esvaziada, ocupado por uma cama de solteiro com dois cobertores fininhos que não valem um edredom, e um lençol cinza, cuja cor desconfio não ser natural. Deve ser originalmente branco, manchado depois de algumas lavadas.

Olho o relógio: três horas. Fossem dez da noite e, no máximo, o que se ouviria seriam, quando muito, um violão mal tocado e uma risada de bêbado. Pela meia-noite a coisa deve serenar. Miseráveis dormem cedo. Apagam cedo. Não exatamente cedo, mas não agüentam o que um filhinho de papai agüenta, turbinado, levado por boa comida, boa bebida e bom sexo até o céu clarear. Mas num lugar desses não tem filhinho de papai. Se um dia teve, esse dia já vai longe, atrás de um conforto que aqui, em cada canto — e este hotelzinho não é o pior de todos —, ele não vai encontrar.

Trabalho nisso já tem quatro anos. Cobro empresinhas de fundo de quintal. Gente que se fode com os bancos e que quer arre-

glo. Não têm poder de crédito e precisam arranjar as coisas, precisam de quem os ouça. Ouço-os.

Viajei por mais de 100 cidades do Rio Grande do Sul, por umas 30 de Santa Catarina, e por mais de 50, 60 no Paraná. Algumas grandes, ótimas cidades, com enormes avenidas e ruas transversais asfaltadas. Habitadas por gente que dá bom-dia, não fica olhando demoradamente, como que à espreita.

Nessas cidades faço questão de chegar de manhã, aproveitar o dia todo, caminhar por elas, visitar lojas, cinemas, namorar alguém. Mesmo que a noite delas seja iluminada, movimentada. Mas não há muitas cidades assim.

Aqui onde estou agora, além da cama de madeira carunchada, rangendo sob o meu peso desprezível, magro que sou, há uma folhinha de besteiras na parede, um calendário com cenas de gatinhos de raça rolando numa relva tão perfeita que não existe por aqui mesmo — nem a relva, nem os gatinhos, nem o reconhecimento dessa paz doméstica.

E não consigo dormir. Uma aranha de pernas compridas passeia pelo teto. Tão lenta que parece imóvel, mas passeia. É a velocidade deste lugar. A aranha não me intimida, claro, mas me irrita. Se houvesse uma vassoura à mão eu a esmagaria. Mas não há, e não durmo.

Levanto-me. 4h15min. Acho uma revista amassada num canto do cubículo. Atiro-a com impaciência contra o teto. Erro; atiro de novo e dessa vez pega na aranha, que cai no chão sobre a revista, o inseto encolhido sobre si mesmo como se fosse uma concha frágil. Piso-a, limpo o sapato na revista, pego pela ponta a revista com a gosma discreta da aranha e jogo-a pela minúscula janela com vidros rachados e que dá para um matinho despovoado, sem nenhuma árvore, senão a grama alta e seca corroída pelo sol e pela geada, um e outro a cada estação.

Penso no meu cunhado, acostumado a hotéis de quatro estrelas em São Paulo.

"Cinco estrelas é um absurdo!", ele costuma dizer. Tem razão. Nem imagino como é.

A questão nem são os hotéis, são os lugares. O cara tá em São Paulo. Pode até ficar num hotel de uma estrela. São Paulo tem hotel de uma estrela só?

Se tiver, o cara fica ali sem problema algum, até com gosto. Pode ir até a janelinha e ver a cidade sem fim. As luzes brancas, vermelhas, azuis, verdes, o ruído como o de um maremoto, mesmo vindo de longe.

Qual o nome deste lugar? São José do Milagre? É certo que aqui só milagre mesmo. E quem acredita em milagre num buraco onde nem o tempo existe mais? Ou vão me dizer que aqui as épocas ainda correm, os séculos avançam, o progresso dá as cartas, os homens jogam seus interesses na mesa?

Acabo dormindo. Um galo canta quando já são oito horas. Tenho que levantar e visitar a dona da lojinha. Não vou ficar aqui até de tarde, que dirá à noite. Uma noite aqui é como dormir no cemitério em cima do túmulo de um desconhecido. Pulo da cama, nem pergunto pelo café, que não deve ter. Saio sem nem falar com o dono do lugar, chego num posto de gasolina que tem duas bombas apenas e um atendente tão idoso que precisa pôr os óculos, acho, para saber que fala com um homem. Não basta a minha voz?

O homem me examina sem interesse. Para morar aqui, para ficar aqui, só mesmo perdendo o interesse por tudo. Pergunto pela

lojinha. Fácil: é só ir na rua de trás. Aqui todos se conhecem, embora sem profundidade. Aqui todos se falam, embora seja "vai chover", "vai ventar", "vai fazer calor", "não sei", "pois é", "uahn".

É cedo ainda. É sempre cedo nessa porrinha de vila. Cidade não pode se chamar. Mas chamam, naturalmente. Chego na lojinha e a dona está lá. Olho-a com distração calculada, como se não quisesse nada especial. Pergunto como estão os negócios. Pra quê! Ela começa uma ladainha, depois pára, como se, no fundo — acostumada ao negócio fraco —, não estivesse tão preocupada em vender pouco.

E não deve estar mesmo. Nem sonha que estou ali para cobrar o que ela deve há três meses para a nossa firma. Meia hora depois de arrodear a dona, de puxar assunto que rende, acabo dizendo a verdade: não dá pra esperar.

Ela me pede: — Só mais um dia.

— Um dia? Um dia inteiro aqui?

— Que que tem, o senhor não está hospedado no hotel?

"Hotel?!", penso. Praguejo quieto, mas logo em seguida me animo. Olhando tudo isso aqui não dá pra imaginar que o cara consiga arrancar uma moeda de 25 centavos de ninguém. Imagina eu levar o pagamento total da dívida.

É o que ela promete.

É uma mulher duns 50 anos, maltratada — pela vida ou pelo marido, o que dá no mesmo num lugar assim —, mas se vê que já foi bonita. E ainda é, se a falta de esperança num buraco desses não acabasse por murchar qualquer um.

Pergunto por que até amanhã? Ela responde que o sogro tá chegando e vai trazer os recursos que o casal pediu e foi atendido. Vão pagar tudo que nos devem e ainda renovar o estoque. E pôr um letreiro luminoso, que à noite a lojinha some na escuridão, reduzida a uma lâmpada fluorescente que não tem nada de especial.

Dou parabéns pela sorte de ter um sogro generoso e, o mais difícil, com recursos. Ela sorri, envaidecida. Poderia envaidecê-la mais, se estivesse com humor para tanto.

O problema é que são dez da manhã e tenho 24 horas de espera pela frente.

Parecendo ouvir-me, os mosquitos aparecem. Perto dali montanhas escuras, num verde musgoso, tornam o horizonte pesado, opressivo, ameaçador.

Não quero voltar para o hotel. Pergunto a ela o que posso fazer enquanto espero um dia inteiro. Ela diz que o marido foi pescar; pergunta se eu não gosto de pescar. Digo que não. — Nem gosto de comer carne de peixe. — Ela ri. Pergunta que carne como. — De galinha, de gado, de porco. De peixe, não.

— Vai almoçar onde?

— Não sei, tem restaurante por aqui?

— Tem um bar, eles servem a minuta.

Imagino o ovo com a clara de uma gordura rançosa, a gema de um amarelo pálido de tão passada, o bife fininho, duro e seco, o arroz requentado.

Ela parece adivinhar o que penso. Sorrio pra ela quase sem pensar. É uma mulher agradável, apesar de a sorte não tê-la ajudado.

— Almoça aqui. Tô sozinha e o Armando chega de noite.

— Agradeço, não quero incomodar — digo da boca pra fora. Ela fecha a loja, almoçamos e, mal limpo os lábios com um pano de prato encardido que ela me alcança, um beijo estala no meu rosto, numa inocência de desespero muito próxima daqueles pecados que um ser de um mundo assim nunca mais esquece.

Sento-a no meu colo, toco seus seios fartos, evito tocar sua barriga, que sei abaulada, e fico passando a mão em suas pernas, onde o tempo fez menos estragos.

Ela só quer carinho, e eu dou. Começo a abrir a minha braguilha e logo me arrependo. Imagino assustá-la, ou decepcioná-la. No mínimo, constrangê-la. Não sou um pobre-diabo que, com isso, perdoará a dívida. E nem ela parece, nessa ação, incluir algum cálculo. Precisa dos inadiáveis cuidados do afeto, e me ocupo disso.

Acabo tirando sua roupa: a vagina é bonita, delicada, pequena. Beijo-a por longos minutos. Ela não consegue gozar; não tem o hábito.

Pede que eu a penetre, sem falar, só com os olhos. Faço-o, com alguma dificuldade. Mas gozo logo, contra a minha vontade. O inusitado me excita além da conta, e meu pau logo amolece, talvez entregue à melancolia.

Assim que gozo quero sair dali correndo. Digo que volto mais tarde. Ela insiste, o marido só virá à noite e o movimento àquela hora é nulo.

— Não convém arriscar, o lugar é pequeno, todos falam.

Ela não concorda, mas submete-se à minha vontade. Entende que não quero mais.

Não quero mesmo. Mais nada. Saio dali e vou até a rodoviária. Não esperarei a noite. A dívida é administrável. Posso pagá-la à empresa e dizer que me foi paga. Tenho algum sobrando, o suficiente para tirar a coitada, não do fosso onde vive, mas do fosso em que talvez fosse cair junto comigo.

O marido, ao menos, fala a mesma língua que ela fala, ainda que mais rude.

O lugarejo não lhe dá a alegria que, no fundo, ela não conhece. Largá-la em São Paulo, por exemplo, seria largá-la ao próprio azar, peixe pequeno, de água doce, no mar salgado em dia de tempestade. Passarinho fêmea voando num céu negro rajado de raios.

"Deixe-a", digo para mim mesmo. E deixo-as, cidade e mulher; são a mesma coisa.

De qualquer forma, o ônibus só saíra à noite. Sou obrigado a esperar a tarde toda e mais o crepúsculo insuportável. Não gosto do entardecer no campo. Não há expectativas, de nada. É preciso ser um animal, puro e simples, para aceitar que o sol se ponha, que o vulto das montanhas cresça sobre nós, que minúsculas, insuficientes luzinhas se acendam aqui e ali, e que no escuro não se desenhe uma cidade, mas pequenos e isolados pontos onde uma vida ou duas respiram, e só.

Afinal, são nove horas, algum televisor ainda a válvula espalha pelo ar parado o som de uma novela, e o ônibus, vindo de uma cidade maior, em direção a Porto Alegre, faz escala ali, uma simples parada, onde embarco. Antes de subir, ainda olho para cima. O céu é uma espécie de enxame de vaga-lumes, com suas estrelas que, nos lugares mais ermos, se tornam visíveis como uma rede de milhares de pontos. Coalhado de luzes distantes, inalcançáveis, inúteis. Não vivemos mais o tempo de achá-las belas. Depende-se, agora, de luzes, como a dessa lâmpada fraca no bar da rodoviária, lâmpada que agora pisca, pisca, "ai, meu Deus!, acho que vai queimar".

O que é uma vida

Ele tinha lido uma frase do Kafka que dizia que tudo que não fosse literatura aborrecia-o. Ao Kafka, naturalmente. E a ele, que tinha lido isso também.

Mas tinha uma vida, claro. Com duas ex-mulheres, olhem só. E uma terceira, agora, que não desgrudava de seu pé. E dois filhos, dois! Um casal.

E vida é isso. A menina tinha treze anos e menstruara na semana anterior. Não eram uns ignorantes, mas Sílvia havia se assustado com o sangramento, embora tivesse recebido explicações para o acontecimento. A mãe já havia falado, até o pai, assim como as revistas dedicadas ao público juvenil que ela lia, os programas de tevê, as amigas, a cidade, o país; o mundo inteiro falava em menstruação como se estivesse falando em gripe. Mas a primeira vez, assim, sem nenhum aviso...

O menino tinha dez e se achava mais velho que a irmã. Não gostava de ela ser maior, inclusive na altura. E agia como se tivesse treze e ela dez, e até esse negócio da menstruação humilhava-o. "Porra, isso é coisa de mulher, não de menina."

O homem assistia com enfado a partidas de futebol pela tevê. Os vinte primeiros minutos eram suportáveis, sobretudo pelo café, bom, preparado pela esposa. Depois mudava de canal com uma agilidade nervosa.

Uma vez por semana encontrava um filme assistível. Mas uma vez por semana era muito pouco para se assistir a um filme em casa, no sofá manchado.

O sogro não discutia, ordenava. E embora ninguém seguisse suas ordens, elas eram dadas, quase aos brados, e o som e a forma tiravam qualquer um do sério. Tanta empáfia vinha de tanta derrota. E assistir regularmente a um sujeito chorar as pitangas, não como um coitado, mas como um tirano, tornara-se um espetáculo deprimente.

A sogra, fiel escudeira, seguia o marido. Não tinha a mesma agressividade e, pateticamente, tentava ameaçar o mundo como se tivesse uma crista semelhante à de um galo velho.

A mãe dele havia morrido por causa de erro médico, e não tinha sido um erro daqueles que até um profissional da saúde poderia, por piedade, ser perdoado. Não, tinha sido um erro por puro desleixo, um descuido que parecia indicar o próprio descuido da família. Como se o médico tivesse errado porque havia sido autorizado pelo acaso e pelos familiares.

A vida, no fundo — e até na superfície —, não lhe interessava.

Naturalmente havia momentos em que alguma coisa quebrava a casca, saía para o mundo, acontecia. E ele, como qualquer um, até mesmo os insistentes, os interessados na vida, se envolvia. No entanto, esses momentos eram raríssimos, tão raros ao ponto de não se poder evitar esquecê-los. E o resíduo da vida ficava como fica um resíduo, pouco mais que poeira que mal se nota e nem vale a pena limpar.

Estava com quarenta anos. Treze ainda o separavam da aposentadoria, época que imaginava poder encontrar uma paz praticá-

vel, poder andar pelo bairro a passos lentos, com um desinteresse brotado do alívio, não da desesperança.

Por enquanto, tudo era precário, pobre, e nem a grandeza do trágico parecia possuir. Bem que ele tentava achá-la, essa miséria épica, marca de um desespero que tanto condena quando condecora, que nos derruba mas nos destaca.

E os dias passavam, as semanas, os meses, e nada era feito que pudesse merecer uma citação. Fora arrancar dinheiro de empresas que arrancavam dinheiro de gente como ele ou pior, e com esse dinheiro poder adiar a trágica derrocada, em teoria até admirável, mas que na prática ele não queria ver nem de longe.

No verão, as praias sujas, abarrotadas; o mar, convivido daquele jeito, de longe, como um menino olhava certos eventos naturais, era coisa para crianças ou idiotas. No inverno, os papos bobos sobre a rápida e rala neve no Brasil. De resto, as outras duas estações, que pareciam morrer irremediavelmente desde o desastre de Chernobyl, ou antes.

Pensava, às vezes, numa espécie de crise da meia-idade. Mas recém batera nos quarenta. Estava inteiro. Fígado, rins, pulmão, coração, próstata. Apenas um joelho fizera com que abandonasse o bate-bola com os amigos aos domingos.

Sexo, apenas na fantasia óbvia das aberrações — à qual passara a apelar — que estimulam dez minutos e entristecem o cara segundos antes da tímida ejaculada. O resto do dia era um cansaço dessa fantasia que, afinal, não funcionava. Da denúncia que ela podia apresentar. Do amor como algo verdadeiro, mas insuficiente, para salvar-nos.

O único jeito era a boa e velha amizade, mas os amigos estavam sempre ocupados, precisando ganhar dinheiro, e ultimamente competitivos uns com os outros; e ser amigo pro que der e vier é uma experiência que funciona dos quatro aos doze, depois é um salve-se-quem-puder.

A mulher, de quem ele até que era um bom companheiro, já havia se acostumado com seu jeito previsível, porém seguro, de quem não vai pôr o barco à deriva. Ele não gritava, ele não ria, ele não se surpreendia, ele não levava sustos, ele não praguejava, ele não prometia. E, se não cumpria com os objetivos necessários — como não cumpria —, também não podia ser acusado de nada. Estava ali, continuaria a estar, numa permanência, não de pedra, que, enfim, não se tratava de literatura, mas de um homem para o qual todos os demais nada têm a revelar além do fato de já terem nascido condenados e não saberem disso ou se negarem a admitir a irrecusável verdade.

Seu único prazer — e ele nem parecia percebê-lo — era ficar sozinho quando os filhos estavam no colégio, e a mulher, no supermercado. Nessa solidão sentia-se vagamente familiar, como se uma lenta metamorfose o tivesse tornado irmão de si mesmo. Só um outro, o irmão criado no espaço vago que sua renúncia ou resignação deixava, é que podia achar a força essencial para abrir a boca assim que os filhos e a mulher retornavam.

E perguntar-lhes coisas. E demonstrar alguma curiosidade.

"O que é uma vida?", ele já se perguntara tantas vezes. Mas essa pergunta ele costumava fazê-la desde os dez, treze anos, a idade dos filhos. Há muito tempo deixara de fazê-la.

Papai

Ela estava sempre pronta. Eu vinha como dava, quando dava, e até ficava pensando que era o tal, o fodão, o cara, não da vez, mas de sempre. O sorriso dela brotava fácil, não tão fácil, claro, ela não era uma imbecil; ao contrário, era uma mulher — e quem é que pode resumir o que é uma mulher?

Homem eu resumo. Um galo depenado que, mesmo fervendo na panela, assopra o fogo como se fosse dele. Eu assoprava. Assim que parava de fazer o meu desconexo discurso de desculpas.

Ela sorria.

Devia sorrir da minha precariedade, achar graça naquilo tudo, na minha ingenuidade em acreditar que a enrolava. Ou sorria de tristeza mesmo, por ser grande, por ser honesta nos seus propósitos, e o pobre-diabo aqui achando que enxergava alguma coisa. Tirando as coxas dela, eu não enxergava nada.

Ela fazia um café maravilhoso. Mas o bosta aqui até que fazia um café muito bom também. Ela dormia suave. Eu, não. Meu ronco chegava a me acordar e aí eu ficava vigiando o teto, as tabuinhas recortadas pelos fachos de luz dos faróis do lado de fora, na madrugada, vindos através das persianas entreabertas. De vez em quando eu espiava sua boca levemente entreaberta. Mas a respiração saía pelo nariz, e o ronronar era doce, tépido.

Parecia que ela descobria, mesmo no sono, que eu não dormia, quem sabe movido por alguma obscura culpa. Paciente, mesmo com olheiras do sono merecido, ela aturava meus movimentos de bicho noturno pronto para algum bote.

Aturava até por lá.

Quando vinha o bote, ela sorria, e então eu entendia o quão enigmático aquele sorriso podia ser. E ela me dizia:

— Calma...

E eu fingia uma calma que não suportava. Que não tinha. Que seria incapaz, por toda a vida, de alcançar.

Freava meus movimentos, mascarava minha tensão. E até melhorava meu humor movido pela doçura irremediável daquele ser que era capaz, sim, de ser enérgico e de me aconselhar:

— Agora vê se dorme...

Ela estava mais que satisfeita, antes mesmo daquela segunda vez na madrugada. E logo dormia. Não que eu a satisfizesse — isso fui entender muito depois, anos depois —, ela própria dava conta do recado, pronta para si mesma, atenta a si mesma, justa consigo mesma (e, dessa forma, com os demais). Chegava ao sono que parece eterno nas oito horas que dura para gente como ela. Quanto a mim, o pobre teto continuava a ser, até que amanhecesse, uma espécie de espelho com um único reflexo: o da rua, que não se importava nada conosco.

Ela trabalhava em três turnos. Dois empregos. Um pela manhã, onde chegava cedíssimo, seis horas, e saía ao meio-dia, mal dando

tempo para um lanche rápido, e logo entrava no segundo expediente, das 14h às 20h. Chegava em casa quando o jogo estava começando.

Ia preparar um jantarzinho a jato, só ela!, e eu, que tinha a chave do seu apartamento (até o dia em que ela, sem sobressaltos, tirou-a de mim, pedindo-a com educação), nunca lhe havia proporcionado nada de meu, sequer uma camiseta velha para ela usar de recordação, que dirá a chave do apartamento no qual, às vezes, eu enfiava gente que não valia o chulé que ela, para falar a verdade, nem tinha.

Eu passava o dia no apartamento alugado em nome de um primo, que tinha o nome limpo no SPC (vou viver três encarnações sem atingir esse nível), e à noitinha pegava a outra chave e ia para a casa dela. Às vezes, depois de ter feito uma festinha de tarde Chegava sem forças, mas ela era uma força só. E se eu falhava, ela parecia não se importar, parecia compreender que um homem pode falhar, o que me deixava um tanto humilhado.

Ela não ligava mesmo. Um abraço, dois beijos e parecia o suficiente. Mais tarde fui rever isso tudo e entendi que o abraço era ela quem dava, os beijos eram dela, e eu era a carcaça que ela salvava do auto-extermínio e, além disso, ela, a salvadora, era quem se mostrava mais grata que o salvo.

Quem compreende as mulheres?

Eu sempre soube que são o máximo e nunca disse isso nem pra ela nem pros amigos nem pra mim. Um pouco, reconheço, porque esse máximo me soava meio estranho. Num mundo assim, gente assim? Não acho que vivamos no apocalipse, não sou um amargo incorrigível, e sei rir, sim. Mas meu riso, reconheço hoje, tem mais de dentes arreganhados do que uma alegria legítima poderia aceitar. Meu riso é uma advertência. O dela, um som confortável para qualquer ouvido cansado da merda espirrada por um dia inteiro que o cara teve que atravessar.

Não sei, nunca soube, de onde tirou tanta força. E nem parecia fazer força. E com aquele rosto belo, de uma beleza cujo primeiro sinal parecia ser o de não sofrer agressões. Como?

E cheirava bem, tinha gestos, não controlados, de uma dureza áspera que as pessoas que cuidam demais de tudo que fazem parecem possuir e com eles nos advertir; não, seus gestos pareciam apenas conhecer a medida correta que nos separava e nos aproximava, quando nos aproximava.

Eu achava que tudo podia ser aproximação, e ia em frente, ia fundo, e quando ela engravidou não senti meu ser tomado por inteiro como ela disse que sentiu (disso eu lembro claramente); tomei umas cinco cervejas, falei para os discretos e para os indiscretos, concluí que tava no mundo para fazer a coisa certa, e esperei a hora do parto como se se tratasse apenas de medicina, a hora de ir para casa como uma medida prática e só, o crescimento da criança como um ciclo da vida que o pediatra acompanhava com mais amor do que eu, embora o dinheiro que ele ganhasse não o corrompesse tanto quanto a falta desse mesmo dinheiro me corrompia.

Mas era papai, o papai era eu. A menina — era uma menina, e tinha o nome que eu escolhera, Luísa — gostava de mim. Ria pra mim como as crianças riem, sem defesa. Eu ria de empáfia, desconfio. Ou por obrigação em corresponder a um sorriso de criança; tem obrigação maior que essa?

Ficava, no entanto, só na obrigação, e assim que a criança dormia eu ia para a internet, para um chat de bate-papo, ou pra frente

da tevê ver o Inter deixar-se envolver facilmente pelo adversário, e ela ali por perto, vendo tudo e me dizendo quase nada.

Imagino, agora, que foi esse quase nada que me deu aquele toque.

O pai dela era um cara legal. O meu pai não era dos piores. O meu avô paterno tinha sido, quando vivo, um sujeito divertido e amigo das mulheres.

Ela parecia ter essa mesma energia masculina. Ou feminina, cuja natureza só muito depois eu identificava.

Segurava a filha, todas as broncas de ter bebê em casa e dois empregos e administrar isso tudo e ainda segurar as minhas hesitações.

— Vê o que você quer. Se já sabe do que precisa, me avisa. E sem muita demora. Vai fazer bem pra nós dois a verdade, não importa qual ela seja. Eu tenho muito com o que me preocupar pra ficar te dando colinho ou jorrando lágrimas de arrependimento, de pedidos que não funcionam, de adeus, seja do que for.

O homem aqui chegou ao ponto de julgá-la fria. Dizer aquilo na minha cara?

Que cara? Olhei no espelho e até barba de três dias eu tinha, e o rosto da Luísa certamente estaria irritado não fossem os cuidados da mãe e a ausência dos beijos do papai.

Pensei em pedir um tempo. Nem eu acreditava nisso. Não ia ser o tempo que ia ficar do meu lado. Sem tempo, como ficar com uma filha e uma mulher daquelas?

Sem tempo, não me sobrava nada. Sobrar do quê? Eu tinha tido o quê?

Percebi, com um pouco de atenção, que ela não parecia lamentar nada. Provavelmente era porque, para variar, já tinha chegado na minha frente e concluído que nada tinha havido entre nós dois além de meses de cópula, um espermatozóide furando um óvulo, e eu, felizmente, não sei se compreendendo, e nem mesmo se aceitando, mas fazendo o que o ritmo daqueles dias me ditava: "Entrega a chave que ela não é sua, entrega a chave que ela não é sua."

Era o fim. Ela estava pronta, mais do que eu. Tinha agora uma criança a exigir-lhe milhões de coisas. E ainda um sorriso, no mínimo de piedade — não sei por quem: se por mim, se por ela, se pela filha. O orgulho me levava a não suportar que fosse por mim. Mas a vergonha me exigia que eu entendesse que não seria nem por ela e muito menos pela filha.

Com um sujeito como eu fora do caminho, a criança cresceria com uma lenda incômoda, mas com uma realidade a protegê-la e a ajudá-la a tornar-se parecida com a mãe. Descobri, então, que era fácil amar as duas. Facílimo. Mas há pessoas para as quais até o fácil é difícil; impossível mesmo.

E eu sempre havia sido uma dessas pessoas.

Droga

Orgulha-se ao encher a boca e dizer:

— Não bebo, não fumo, não fod...

O último verbo é só charme. Apronta, que não é mole numa cama. Tem uma cadernetinha na qual uns quinze nomes atendem a seus chamados. Nomes não muito ilustres, nomes que ele não ostentaria diante dos amigos. Mas nomes. Gente viva, gente que geme, que goza, que morde, que sente saudade, que se decepciona com ele e desiste e volta depois de algumas semanas a atender sua insistência.

Embora insista mais por testemunhar a teimosia alheia do que a sua. Prefere abrir mão dessas companhias que, além de secreções, exibem palavras gastas e projetos mais gastos ainda.

Ele é um orgulho só. Da solidão que vive enquanto milhões não admitem não ter uma família presente e grupos por perto.

Da sobriedade. Não bebe uma gota nem de cerveja há uns quatro anos. Maconha o faz rir, como se fosse algo tão inocente que já virou um ato datado (anos 70, 80, no máximo) ou típico de personalidades infantis, risíveis.

Coca é patético. E perigoso. O mesmo para o resto das drogas.

— Alugar o cu ou a alma dá no mesmo.

E não se trata de saúde, estratégia de sobrevivência que despreza. Não bebe água faz quase seis meses. Não gosta de pão nem de salada. Só café, um refrigerante pra matar a sede e nada de palavras como "prazer", "relaxar", "alegria" — sai pra lá, fraqueza, sai pra lá, vício; vício de conforto que seja, mas vício.

Parece estar acima, não do bem, mas do mal.

— Grande bosta o êxtase, acho débil esse negócio de um cérebro virando parque de diversões. Se nem na infância eu vibrava com um parquinho...

E não vibra. E não aposta. Nem mesmo reconhece o hálito do vento, o aroma que as árvores próximas estendem até as narinas dispostas daqueles que, mais que aceitarem o mundo, desejam-no.

— Piada essa gurizada infame em filas na madruga, na frente de danceterias. Depois são roubados ali mesmo, ou na volta pra casa, quando não estuprados, e as famílias tratam o troço como se fossem vítimas.

Acha que acabam vítimas, mas a culpa é grande de quem não consegue fincar o rabo num sofá em casa, agüentando uma televisão.

— É a saída: não sair. O mundo tá de um jeito que não é mais pra ninguém.

E ele fica à janela, espreitando os movimentos das vizinhas, dos 14 aos 50 anos de idade, já que seus limites morais existem, afinal de contas, e a faixa etária é extensa, dependendo da forma das vizinhas e do ritmo de seu dia.

Manipula-se como uma rotina inevitável, a mesma que o leva às vezes a apelar para 6 miligramas de Lexotan a fim de pegar no sono. E antes disso pega no pau, pela quarta, quinta vez no dia, e cria situações imaginárias com toda a população feminina por que cruza

na rua, desconhecidas e conhecidas, tímidas e ousadas, bonitas, claro, e até feinhas.

Não é de ferro, desculpa-se ante a auto-acusação, a cada dia crescente, de que se submete a uma dependência infernal.

As quantidades de café aumentam, visando dar-lhe a disposição que o Lexotan tira. O Lexotan fica mais freqüente, para levá-lo ao sono que o café afasta.

O mundo é inconvivível, a não ser que o sujeito faça como todo mundo que se droga: aluga seu espírito (para ficar sem nenhum). Não é dessa forma que suportará continuar acordado. Sem ver sentido em absolutamente nada, atravessa um dia inteiro revelando uma capacidade assombrosa de impedir que tragédias aconteçam.

Tragédias são irmãs de festas. Ele se recusa a rir para não chorar. E vice-versa.

Vê o afã com que se jogam à cerveja, ao cigarro, à charanga, às bandeiras, às recepções, aos churrascos de domingo, às esperanças, como se elas fossem o cocô dos pardais que caem a toda hora do céu baixo, à mão.

Teme ter virado um dependente de algum tipo de antidependência, o que, afinal, dá no mesmo. E café é droga, punheta é droga, esse desejo repetido à exaustão toda noite e tardes mormacentas por mulher de quase tudo que é idade e até mulher feia, pô, esse desejo é droga pura.

Mas um dia ele deve brochar, e, se não brochar, ainda estará com ele seu maior trunfo, que exibe com o orgulho dos fortes: nunca perdeu a consciência de que não há salvação possível, de que nem mesmo é um triste, porque a tristeza é própria dos drogados, dos que acreditam em tomar porres de alegria, e com o fim desta — que dura a duração do porre — caem na mais intolerável depressão.

Só mais droga para içá-los de tal poço. Para a corda, fraca, rebentar logo depois.

Ele não reconhece a realidade da alegria, nem do poço, nem da corda. Não merece os tapinhas nas costas, mas também não agride ninguém (talvez decepcione, embora decepcione pelo que não promete). E não é um réptil: seu sangue é quente, as ereções insistentes provam isso, e se sua tese se resume à insuficiência do real, ele olha a todos com a impaciência dos que suportam uma criança teimosa, mas também com a humanidade dos que nunca a incriminariam.

Quando conhece alguém, em poucos minutos ouve a famosa frase:

— Como você é estranho!

Declara que só tem raiva da raiva. Irritar-se não é com ele.

É um ser imune às emoções? Não, óbvio que não. Mas acha que deve dominá-las e só ser dominado por elas em ocasiões especiais. Quando acontecem ocasiões especiais na vida de uma pessoa? Meia dúzia de vezes, se tanto, em toda uma existência. Mas enfiados no ralo de suas vidinhas ralas os caras ostentam emoção a torto e a direito, emoção barata que eles tentam tornar cara através de palavras, muitas palavras (quando têm talento verbal), desenhos, dança, um teatro admirável, de parar os próximos quando o próprio ator amanhã já estará noutra.

Tem amigos que não visita. Mas falam-se ao telefone. Trocam cartas, e-mails, e quase todos afirmam que já o viram acusar os golpes da sorte (sobretudo os da má sorte), sempre com discrição. Quando nasceram as filhas. Quando perdeu a mãe. Quando lhe perguntam:

— Mas você não gosta de viver a vida?

O que dizer para quem faz uma pergunta dessas, alguém enterrado num simplismo do qual só muita droga para distrair?

Dá para se distrair? Em frente ao portão de entrada no prédio onde mora, olha para cima. Aquele fio ali mesmo, de alta tensão. Pode estourar a qualquer instante. E o prédio, de dez andares, que pode desabar. E o cruzamento ali na esquina, onde à noite ele, de sua cama, pode escutar freadas repetidas madrugada adentro? Quantas mortes ocorrerão ainda, antes que o mundo acabe e essa droga toda se torne desnecessária?

Equilíbrio

Olhando assim, na superfície de cada ato daquele homem, parecia fácil conviver com suas ações, sua companhia. Na superfície existia exatamente o que cada um poderia admitir: a extrema correção de suas atitudes. Demonstrava uma evidente sensatez ao ser ágil quando necessário, antecipando-se aos possíveis desastres iminentes na rotina dos descuidados. Jamais dava chance ao mínimo azar. Além disso, sabia como poucos resistir diante das explosões de momentos que, com freqüência, ameaçam a calmaria displicente de uma família.

Isso na superfície. Mais ao fundo, o que ele pretendia? Era a pergunta que a mulher se fazia. As duas, aliás, a esposa e a irmã.

Ele não tinha a placidez de um padre nem a sangüínea reação de um homem cuja normalidade costuma expor a maioria a surpresas desagradáveis. Não sorria com a doçura dos complacentes quando confrontados com tormentas — não era um santo — nem bramia a fúria comum e compreensível naqueles dias em que tudo parece contrariar-nos.

Era um frio? Não, não. Sabia dizer não quando a filha de quatro anos mostrava (e mostrava isso quase todos os dias) seu lento e difícil aprendizado dos limites. E mesmo quando a filha, tão amada, reagia diante dos nãos com choros e gritos e, às vezes, até pontapés, ele atingia aquele limite delicado no qual o basta inadiável tinha de ser exposto com sua exata mistura de indignação moral e terno consolo para que a criança freasse seu impulso inocente (e por isso quase irrefreável) e também pudesse amparar-se na fortaleza do muro que a impedia, mas não a derrubava.

Era um cínico? A irmã talvez achasse, sorrindo da ironia daquele irmão que nem buscava disfarçar seu ceticismo e, banhado em águas agitadas por tantos ventos e correntes, ora acalmava os mais irritados, ora insuflava os mais resignados. A fé parecia ser uma profissão que ele reservara ao futuro um futuro, porém muito remoto, no qual já nada mais restasse senão dela, e sua única ferramenta: a esperança. No caso específico dele, pelo jeito, a esperança num fim sem sofrimento.

Ele respondia segundo os movimentos da vida e seus dias sempre iguais ou eventualmente diferentes. Ele respondia sem exaltação. Ele respondia sem desânimo. Ele respondia fazendo absoluta questão de responder. Tudo menos o silêncio e a indiferença, e menos ainda o grito dos feridos. Essa a razão de ela desconfiar de algum cinismo: como não se sentir atingido, quebrado ao meio? Ela, que já morrera, e já ressuscitara, e morrera de novo, e se salvara outra vez?

Era um monstro? Nalgumas madrugadas, quando perdia o sono — madrugadas ultimamente freqüentes —, a esposa desconfiava de que algo de muito grave estava acontecendo com ele. Temia, ou por alguma reação adiada para uma hora qualquer exibir sua face horrenda, ou, no mínimo, pela saúde do marido, que podia cair fulminado por um enfarte causado por sua louca resistência.

Os meses, os anos se passavam. A família crescia, dividia-se, sobrinhos mudavam de cidade, empregos mostravam-se insuficientes, projetos caíam como a pele sob os braços, como os cabelos, como os dentes, como os planos que antes haviam envolvido entidades supremas na juventude — o time, o partido, a carreira.

Tudo isso ia caindo, e ele, do mesmo jeito, sem cair.

Não aparentava nem a tristeza que provavelmente sentia. Ou sentia essa tristeza daquele jeito tão dele que nem ela resistira e caíra também. Quanto à alegria, raras vezes tinha dado seu testemunho, sobretudo porque ser alegre parecia-lhe uma forma tão plena de pureza, pureza que ele identificava em tudo e em todos, que se entregar a ela seria como um retorno à infância, algo agora impossível.

E dessa espécie de pureza, tão encantadora para as duas — esposa e irmã —, ele, suspeitavam, queria salvar todos com que se defrontava, como se dessa forma emitisse um sinal salvador contra uma condenação fatal. Achavam que ele via a realidade como uma constante execução na qual os condenados sorriam enquanto iam sendo exterminados.

Eram hipóteses. Ele não semeava as dele. Agia tanto, que parecia não dar tempo nem a si mesmo para pensar ou para noticiar aos demais o que pensava. Agia, rapidamente. Agia como um raio, antes que alguém se machucasse, física ou moralmente.

Alcançava um copo, de água ou de refrigerante, na direção de alguém que não chegara ainda a manifestar nem a sede, nem a preferência. Errava de vez em quando. Mas só de vez em quando. E essa fulminação certeira no alvo das intenções que mal chegavam a dizer seu nome não o tornava um profeta, claro, mas algo além do

neurótico, um ser com o qual conviver tinha virado um inferno. Um inferno feito de coisas tão perfeitas.

A esposa chegava a desejar, ardentemente, que ele se esquecesse de reuniões, que esbarrasse em alguém no corredor, que não fosse tão solícito, tão mortalmente atencioso, que não agisse daquela forma insuportável: correr antes de qualquer um, quando era preciso, mais que tudo, correr; apagar os pequenos, mas incômodos, incêndios inapelavelmente deflagrados pelo funcionamento normal e contínuo da casa ou da empresa, e apagá-los tão prontamente, tão definitivamente, que as labaredas terminariam na mente de cada um que as testemunhasse como línguas encolhidas pela vergonha da inútil insistência e não pelo fim de um desastre impedido.

Tinha alguns amigos. Até que bastante, se somados. Seis. Nunca chegou a reuni-los, nem a dois deles. Convivia a distância, entre telefonemas, e-mails, poucos encontros, sempre visando à necessidade do contato se ela se apresentasse, o grau de intensidade dessa urgência em falar-lhes. Se era alto esse grau, procurava-os. E os atendia sempre que buscavam notícia. Atendia-os como um raio, com gestos e palavras eletrizados por aquela espécie de urgência que tinha — que ele jurava não ser urgência, mas um cuidado indispensável para que o mundo não ruísse, o mundo tão frágil, segundo ele.

Excesso de pudor? Achava que não merecia nem um grama de comida a mais? E que consumir cada grama excessivo ou gota de água que não fosse fundamental, e fitar o teto como se tivesse direito a fazer, por instantes que fosse, parte da paisagem do mundo, era um luxo vergonhoso e indesculpável, porque a vida caminhava inexoravelmente para o fim? E se achava isso, achava o mesmo dos demais. Se sim, julgavam-se condenados por ele ao mesmo regime severo que escolhera para si: dormir poucas horas; só deitar quando tinha sono (rolar na cama era uma forma primária de ignorar-se); atenção permanente e total diante de cada situação da qual fizesse parte, e não só dela, mas diante de cada situação que presenciasse; antecipar cada ação, sobretudo as corriqueiras (as que, segundo a mulher e a irmã, podiam esperar), exatamente porque as corriqueiras não valiam risco algum.

Não tinha raiva? Não tinha saudade? Não tinha inveja? Não tinha gula? E luxúria, não tinha?

O corpo parecia-lhe um envólucro que não valia a alma que carregava. E a alma parecia-lhe uma desorientação enjaulada num esqueleto recoberto de carne.

Ninguém pôde afirmar que fossem essas as idéias que o animaram (ou desanimaram) enquanto viveu. Ou algo parecido. Ou algo bem diferente e que infelizmente fugiu à compreensão das duas, a esposa e a irmã.

Da filha não fugiu. Entendera sempre o pai naquela vigília quase insana, homem incapaz de distrações confrontado com o desafio do crescimento da filha, da sua descoberta e apreensão da existência. Entendera-o talvez porque tivesse herdado dele exatamente o direito a elas, às distrações, direito só sustentado por quem as recusara, para plantar o tempo no qual elas poderiam frutificar.

Morreu quando a filha tinha doze anos, e ele, 53. Morreu cedo demais, sim, mas doenças nem sempre são uma explicação. Geralmente são o contrário, são a prova de que as coisas dão errado, quase sempre, a não ser que alguém intervenha, que se tome uma atitude.

A esposa, embora lavada em lágrimas, pensou, consternada, que assim como ele agora podia descansar da eterna vigilância a que se exigira, ela também poderia descansar daquele tipo de humilha-

ção a que ele a submetera a vida toda, como se ela fizesse tudo errado, ou não fizesse nunca o suficiente.

A irmã, secando lágrimas que brotavam rápido, pareciam esgotar-se, brotavam de novo e ficavam nesse verter e secar enquanto durou o velório e depois a cerimônia melancólica do enterro, comentou, amarga, que por culpa dele nem de tragédia podia-se chamar aquela morte. Adotando a ótica que ele adotara enquanto viveu, parecia, de fato, o desfecho previsível e medíocre de uma perda que devia ser calculada sem sobressaltos. Pensou na sobrinha, pré-adolescente. Viu o semblante da menina incrustado por memórias que a tia não tinha como sondar.

Na parede, assim que fecharam com cimento fresco a cova onde o caixão de pinho foi colocado com cuidado, como se o corpo pudesse machucar-se, fixaram uma tampa de mármore negro. Uma formiga, que caminhava perto dali, atravessou a tampa lisa, lustrosa, brilhante. Sem cair. Com um equilíbrio admirável, mas não infalível. Ainda mais para quem não possui ninguém que possa protegê-la.

Mínima memória

— **C**omo é o seu nome?

— Paulo, minha velha — responde o homem, apontando o filho que a mãe não reconhece.

— Paulo?! — ela sorri, os olhos quase brilhando.

O marido não sabe se é da memória recuperada do nome do rapaz ou se aquele brilho é mais uma das manifestações imprevisíveis depois da isquemia de janeiro.

Estamos em junho. Cinco meses se passaram. Assim que ela tivera o AVC, perdera a visão do olho direito, os movimentos do braço, da mão e da perna do mesmo lado.

O marido contratou uma fisioterapeuta. A esposa tornou a caminhar sem auxílio. Consegue segurar talheres sem derrubá-los. Mas enxerga com os dois olhos? O neurologista ainda não confirmou.

O tratamento à base de tantos remédios controla a circulação, a densidade adequada e fornece as vitaminas necessárias ao sangue. Se ele afinar, ocorrerá hemorragia; se engrossar, coágulos poderão entupir artérias, comprometer reações do cérebro e, assim, funções motoras como a fala e os movimentos, definitivamente comprometidos.

A fala menos. Sua dicção ainda está boa. Mas a memória...

— Me alcança um..

— O que, Sirley? — pergunta, com um misto de paciência e curiosa expectativa, o marido.

Ela tem um prato à frente, a comida, os talheres. Falta um copo.

— Um vaso? — solta a pergunta na tentativa de acertar.

— Um copo!

— Isso — ela suspira —, um copo. Um copo.

O marido enche o copo de suco natural e lhe entrega.

Ela prova e reclama da falta de açúcar.

— Não é aconselhável, minha velha.

Ela prova os primeiros bocados do almoço. Reclama também.

— Não tem açúcar!

— Não tem sal, Sirley. Também não é aconselhável. Principalmente sal não deve ser usado. Sua hipertensão exige que o sal seja evitado.

— Mas assim não tem gosto.

— Tem sim — insiste o marido. — E é importante que coma desse jeito. Funciona como um remédio para você.

Ela olha para o filho. O rapaz, sentado à mesa, observa-a, fingindo uma desatenção que busca inutilmente tranqüilizá-la.

— Quem foi o Teixeirinha? — pergunta a ele.

— Que importa, mãe?

— Como, que importa? Importa, sim. Quem foi? Eu não lembro de mais nada!

— Lembra, sim — o rapaz mente. — E o Teixeirinha nem foi tão famoso.

— Ele é ator de telenovela?

— Cantor, mãe. E morreu.

— Coitado!... Não sirvo para mais nada, não é? — A mulher se volta, triste, para o marido.

— Como assim? — ele se faz de desentendido.

— Ora, para nada! — Ela pensa um pouco. — Vamos transar?

O filho fica entre consternado, constrangido e arrasado. O que fizera com a mãe a destruição de neurônios! A memória afetada incluía noções de moral, de sensatez, de espaço, de tempo, e não apenas de um nome, fosse de uma pessoa ou de um objeto.

Às vezes, o marido fica a testá-la, para ver se, com isso, exercita a mente da mulher.

— Quantos filhos você tem?

— Quatro! — ela responde rápido.

Tem um casal, mas os quatro em que pensa, se é que chega a pensar neles em detalhes, talvez sejam, todos eles, diferentes de seus dois verdadeiros.

— Quem são os quatro?

— Ah, os nomes eu não sei.

— Diz um ao menos — pede o marido.

— Marcelo! — ela pronuncia bem alto o nome do neto.

— E quantos netos você tem?

— Netos?

— Sim. Netos.

Ela não recorda com clareza o que sejam netos.

Responde com o nome do sogro, já morto há vinte anos.

— Um. O Gilberto.

O marido não sabe se é inútil ou se ajudará a aquecer sua memória congelada. Mas resolve relembrar a lista toda.

— Quatro netos, Sirley. A Paula e o Marcelo, filhos da sua filha Regina. E a Maria e a Laura, filhas do seu filho Paulo, que é este rapaz aqui, sentado à mesa, olhando para você.

A mulher fica muda, baixa a cabeça. O filho sente a dor. Entende que ela está entendendo que já não entende coisa alguma, que já esqueceu demais.

O pai não deveria parar com aqueles questionamentos? Pegar leve? Fazê-los só de vez em quando, como a fisioterapeuta, que vem... todos os dias!

Ou então como o neurologista, que a examina e faz exames uma vez por semana, quem sabe?

A mulher vai dormir. O filho aproveita e fala com o pai.

— Não é exigir demais dela?

— Não. O neurologista aconselhou mantê-la sempre em atividade mental.

— Mas, pai, ela está percebendo que não sabe mais nada.

— Sabe. Alguma coisa ela ainda sabe.

O filho também sente pena do pai.

Vai ao quarto. Vê a mãe estendida na cama, dormindo de um jeito diferente, como nunca a vira dormir. Quando estava saudável, seu sono era agitado. Agora, depois da isquemia, está calmo, sem forças, decerto, para movê-la dentro do repouso. Ela já nem deve conseguir sonhar mais.

— Cinco meses, pai.

— É. E ela melhorou muito nesse pouco tempo.

— Muito?! Pouco tempo?

— Claro, Paulo. Ela ficou paralisada do lado direito. Viu como ela até consegue tomar banho sozinha?

— Leva uma hora, toma banho mal e porcamente, já andou caindo, e várias vezes você interferiu, alcançando o xampu que ela nem reconheceu para que servia, a toalha que não usava, para secar-se com a própria roupa que estava usando...

— Que exagero! Caiu, mas foi no início, quando ainda se apoiava a cada passo. O xampu foi só duas vezes. A toalha é que ela ainda tem dificuldade em reconhecer. Mas isso eu já resolvi. Faço ela entrar pelada no banheiro, já sem a roupa, e deixo apenas a toalha colocada no suporte da parede.

— E aí ela usa a toalha sem perguntar nada?

— Quase sempre usa.

— *Quase*, pai!

— Ah, você está querendo demais. Sabe o que é uma isquemia?

— Sei. Tem de diversos tipos, intensidades. E a que ela teve foi das brabas.

— Pois é, há que se ter paciência.

— Morro de pena ao vê-la assim.

— Eu também — o pai murmura, os olhos úmidos refletindo a luz suave da tardezinha.

— Só que o pior não é esse estado lastimável de amnésia em que ela se encontra. O pior é ela saber o que está se passando com ela. Ter consciência de que já não é a mesma. Ela sempre foi orgulhosa, pai, lembra-se?

— Lembro.

O pai faz uma careta. E diz:

— Eu espero que, quanto a isso, cada dia ela saiba menos.

Exercício de morte

Adeus. Qualquer palavra serve. Na derradeira hora, deixar todos para trás, deixar tudo para trás, deixar tudo para todos, que palavra terá importância, seja ela de despedida, de repúdio, de arrependimento?

É certo que se olhará para o céu como uma espécie de futuro no qual nunca acreditamos. O céu é falho. Sua primeira camada foi poluída pelo homem. Sua segunda camada está assombrada pelos espectros da Terra e da Lua. E a terceira já é o Incognoscível.

E, baixando um pouco a cabeça, olhar-se-á a terra mesma, os campos, o derredor. O espaço físico disponível que, quando crianças, parecia infinito e hoje não passa de um caixão indiferente à nossa sorte. O espaço carnívoro que admite buracos, os grãos de terra que apoiam nossos pés, mas logo sufocarão nossa boca e nosso nariz, e taparão nossos olhos, e enregelarão nossa pele.

E, baixando mais ainda a cabeça, deparamo-nos com o próprio corpo: a barriga, o sexo tornado quase uma ironia nesse instante, as pernas interrompidas fealmente pelos joelhos, e os pés, tristes como raízes que não vingaram.

Está dado o cenário. Pessoas passam. Pessoas cruzam as ruas, emergem nas janelas, tocam seu ombro com seu toque tardio.

Rostos olham você e, diante deles, vê sua morte sendo desenhada. Sua boca é uma cripta da qual não sai som algum. Seus olhos fixam o que sua mente não traduz. Você já não compreende como compreende um jovem, que soma ao que enxerga o desejo, a esperança e até a saudade. Você é uma estátua de sal, um fantasma de carne e osso, um objeto paralisando sua agitação e escondendo, como insetos bizarros, suas idéias dentro da caixa craniana.

Então, adeus. A todos. A tudo. A você mesmo, de quem se despede insatisfeito como com os demais, estranho como os outros. Algum dia você tomou posse plena da sua carne, já nem se diga do seu espírito?

Não, é claro.

Mas agora dessa carne tomarão posse minúsculos animais. Febris e decididos como nunca você foi. E quanto a seu espírito, diz, algum dia ele se manifestou?

É de se duvidar. Mesmo nesta hora derradeira ele nem aprendeu ainda a dizer a palavra que, embora não o salve (isso é impossível), ao menos anuncie a sua extinção. A palavra que os demais possam entender. A palavra que encerre tudo, como uma herança, uma chave ou um consolo.

O trabalho dos animaizinhos já deve ter começado, e nada foi dito. E sua chance de salvação perdeu-se para sempre. Resta a sua memória. Mas olha só que espécie de memória! Memória encerrada em si mesma. Memória afogada na lembrança de um silêncio em plena ágora ou do grito de um emparedado. Memória que nunca chega aos demais, que não será compartilhada, memória que é um rasgo de consciência, quase um relâmpago antes do gemido final.

E nesse fugaz espaço de tempo, em que você lembra o que foi, o nada ou o pouco que foi, a patética fome de ser grande e ser muito

e ser o mundo e a vida e um animal que orgulharia a um deus, se ele existisse, nesse mínimo instante brota e se congela a memória total, o olhar agudo do vivo tardiamente demais, a resistência inútil contra o morto em que você já está se tornando.

Ah, se fosse só um exercício, pensa. Se apenas (apenas?!) você estivesse encenando seus últimos pensamentos. Talvez, nessa hora, nem pensamentos, mas só sensações. Você olha o relógio. Uma hora que ninguém testemunha: quatro da manhã. Tudo é sono e inocência, as células vivas do amanhã, na casa onde você mora. Na casa onde está, melhor dizendo. Será que você vai acordar a mulher, os filhos, e dizer-lhes "desistam de mim"?

O terrível é que você não pode dizer isso e já desistiu. E nem faz mais diferença se eles ainda apostam (some-se a dor da responsabilidade) ou se já desistiram mesmo (some-se a dor da derrota). E nem faz mais diferença se você morre assim, como num exercício de morte que é a morte de fato sem anunciação, ou se você exercita seu fim que virá daqui a alguns anos, quando só então os demais dirão as palavras que agora você não conseguiu achar.

Melancolia no sangue

Meu tempo acabou. Chego às vésperas dos 45 anos com tantas hesitações quanto aos 20 e nenhuma daquelas certezas, muito menos daqueles entusiasmos. E agora o corpo é outro. Perdeu a beleza — mesmo eu não tendo sido belo a vida inteira — que a juventude tem na vitalidade, na pouca idade das células.

Agora já há cabelos brancos, ainda que poucos, os dentes estão manchados, os olhos (nunca se registrou caso de miopia na família) entram para o estigma do astigmatismo. Ingênuo, enxergando ao longe, pensava enxergar. Próximas, as imagens embaralham e me sinto um cego. O tempo.

Mas esse tempo, que eu nem sabia existir na infância, que comecei a descobrir na adolescência, imaginando-o infindável, e que aos 20 eu provocava, deu seu prazo por encerrado. E com um fato drástico. Minha mãe morreu.

A doença se arrastava em seu rosto, única parte do corpo que ela consentia me mostrar. Os olhos fundos e opacos. A pele macerada, sem cor, ou rubra subitamente, quando a pressão subia, as bochechas então lustrosas, como se ela fosse uma fruta de casca resistente, porém podre por dentro.

Os dias eram iguais na minha vida sem ela, isto é, na minha vida com ela no plano real, embora a quilômetros de distância, numa outra casa, num outro sistema e valores com os quais eu pouco compartilhava. Os meses eram iguais do mesmo jeito, ou seja, o tempo passando e nós dois sabendo um do outro sem nos encararmos como dois conhecidos. Éramos estranhos fraternos; ela sempre me comoveu pela sua blindagem ao afeto, e sempre a desconheci pela mesma razão.

Nunca me culpou de nada. Nunca a culpei. Achava-a fraca; via como ela tentava, desesperadamente (da forma mais heróica que pode existir, sem demonstrar desespero), resistir à mágoa, à raiva e ao desalento. E ela me via tentando sem tentar. Achava que eu desistia fácil e dava a quem não amava e abandonava quem mais eu queria. Meu irônico sistema de justiça era esse mesmo. Exigia de quem eu admirava a força de não precisar de mim. E aos que eu desprezava pela mediocridade, acabava por me exigir compensá-los com uma migalha, um ganho de tempo, uma segunda oportunidade antes da derrota final.

Perdiam tudo em meio aos meus mais insanos esforços. E eu nem sofria — porque não os amava — e nem os condenava — porque julgava-os tão néscios e improdutivos que já me tornara indiferente à esterilidade resultante da minha semeadura.

Eu podia ficar indefinidamente nesse sistema contraditório de merecimentos e necessidades, não fosse o tempo passando e ela indo embora para sempre.

Foi. E só quando foi é que entendi que o óbvio — para sempre — não era menos doloroso do que uma morte é capaz de ser: a pior resposta para quem flertou com as oportunidades e os prazos.

211

Como se não bastasse sua morte, há ainda o modo com que ela a conduziu. Em geral a morte é protagonista, manda e desmanda, e não pergunta e não responde.

Com minha mãe a morte também não perguntou e nem respondeu. Porque foi minha mãe a protagonista, assumindo a própria morte, promovendo a condenação de seu corpo à condição de cadáver, que mais tarde limpamos e pusemos num caixão e fechamos numa parede. Decidindo quando e como e onde. Num final de domingo, tomando todos os comprimidos que, isolados, praticamente a salvavam; juntos, porém, numa quantidade de dezenas, só podiam assassiná-la, não fosse ela própria a assassina. E em casa, o lugar ideal para o crime mais à mão.

Que suave agressora, que ingeriu cápsulas e mais cápsulas, uma atrás da outra, enquanto o marido dormia um sono rápido.

E quando ele despertou, e deu-se conta, e olhou-a já à espera do desfecho, e perguntou por quê, ela simplesmente disse que estava cansada, que não queria mais prejudicar ninguém.

Acusava a todos que por ventura a considerassem. Não intencionalmente, claro, mas era impossível que o filho, por exemplo, sabendo disso, não concluísse, mortificado: "Ela não confiou em mim."

Era para confiar? Dava para confiar? Algum dia ele confiara em si mesmo? "Ah, mas isso era diferente." Ele pensava que estava enganando quem?

O tempo corroído em si mesmo. A maternidade cansada pela frustração de filhos que coisas como a profissão, o dinheiro, a geografia, o mundo — essas abstrações — acabaram tornando-se distantes. A fadiga amarga e medrosa de um corpo que sucumbia na hora de uma caminhada mais longa e até mesmo numa foto tirada em uma festa — a expressão ausente de quem já não podia fazer parte

de um mundo onde todos faziam quase tudo sem se exigirem um esforço supremo.

Agora vou fazer 45 anos. Três semanas depois que minha mãe se matou. Comemorar aniversário depois de uma morte? E de uma morte dessas? Comemorar, como comemorava quando era criança, mesmo uma criança infeliz, a realidade de uma mãe concreta (quer maior promessa?), quando agora sou um adulto órfão e entregue à própria sorte, sem uma mãe viva para culpar?

Já foi enterrada, e ouvi de meu pai, como uma palavrão: "Precisava estar aí, encerrada pra sempre?". Praguejava contra a desistência dela, chamando-a de teimosa, reclamando, erradamente, que ela o havia abandonado.

Não abandonou. Nunca. Não enquanto esteve consigo mesma.

Olhando seu corpo de onde filetes de sangue escorriam da boca, do nariz, o que mais chamava a atenção era a cor da pele. Nem branca, nem bege, nem o fantasioso verde dos exagerados que imaginam a morte o tempo todo porque nunca a sofreram. Uma espécie de pergaminho estriado de cores mais escuras contra um fundo leitoso onde algo que lembra um rosto ainda sobrevive no que parece prestes a desmanchar-se se o apertarmos com as mãos. O contrário das máscaras mortuárias, sólidas estátuas, poses para a eternidade.

Ninguém lembraria dessa palavra, eternidade — exceto nos discursos —, enquanto o carrinho sob o caixão ia guinchando suas rodas nas lajes do corredor que conduzia ao jazigo perpétuo da família.

Muitos não derramaram uma lágrima, mas é nessa hora, em que o caixão e o corpo que já não pode ser visto desaparecem para sempre das vistas de todos e vai para dentro de uma parede sem muita nobreza, que rostos desabam e mãos tapam bocas e olhos, e crianças se abraçam às pernas dos pais, dos tios.

As raras crianças que alguém insistiu em levar.

Mas tenho 45 anos. Ou melhor, vou fazê-los daqui a alguns dias. Minha mãe não vai nem telefonar. Lembro da voz cava ao telefone. "Parabéns, meu filho, parabéns. Tu mereces o melhor."

Mesmo que eu merecesse — o que não é nem nunca foi o caso —, não tive o melhor. Dependeria dela para ter. Sempre se depende delas, das mães, junto a quem nascemos condenados. Como um amigo que nos salva de uma batalha e depois morre — e com ele morremos. Como uma amada que nos dá um filho e depois nos abandona — e desistimos de viver. Como um inimigo — se for o caso — que não nos dá chance de resposta, que desiste do campo das disputas, das discussões, e ficamos à mercê do silêncio e do sem-sentido que é ser provocado sem poder reagir. E como uma mãe mesmo, que, mais que morrer — o que é definitivo, e pode haver algo pior que o definitivo quando a vida tem o barulho e o movimento da água corrente? —, decide se matar sem um pingo de piedade consigo mesma: o que se estende a todos que achavam que tinham por ela, se não estima, ao menos piedade.

E se matar-se é a suprema piedade, então nós, que temíamos pela sorte dela, tornamo-nos assassinos. Porque ninguém duvida de que fomos cúmplices disso tudo a vida toda. E esse desfecho é nosso, só nosso. Estamos aqui para responder por tudo. E não responderemos!

Chegarei aos 45 para reconhecer que responderemos, sim, mas com aquele tipo de lágrima dos que, não podendo alegar inocência, julgam-se igualmente vítimas e aguardam a sua hora.

Para minha mãe restaram os ossos, e depois restará o pó, e depois ainda as mentiras piedosas do tempo, que, na versão dos parentes, perigam, inclusive, torná-la outra pessoa. No mínimo, para que eles possam, enquanto vivos, safar-se do que de fato são: os próximos.

O outro filho

O homem acordou — provavelmente a causa foram os movimentos da mulher, arrastados. Ela mexia em algo na cozinha; ele ouviu, vagamente, o barulho de vidro contra metal, um copo que era depositado sobre o balcão da pia. E, logo, o gargarejo. Devia ser o preparado de salmoura com iodo que o sogro indicara.

Que bom que ele tinha sido acordado por aqueles ruídos involuntários. Tinha tido um pesadelo, um dos mais terríveis de sua vida, o pior de quantos pudesse lembrar-se.

No sonho ele descobria, de repente, um outro filho. A criança tinha nascido no dia 29 de setembro, e estavam em 15 de outubro. O detalhe das datas não parecia apontar para nada. Até então — no sonho, que embora sendo sonho não se descolava do lado de fora de onde ele agora estava e nada era sonho —, ele nada sabia. Ignorava por completo que havia tido esse filho. A mulher tinha ido para o hospital sozinha, ganhara o bebê e cuidara dele em segredo todo aquele tempo. No sonho, não havia a lógica do tempo da barriga; no sonho, vários detalhes que impediriam essa situação não eram explicados nem tinham importância. O que importava era aquele desespero da descoberta: um outro filho surgido quase do nada. E doente.

O menino tinha paralisia cerebral, ficaria cego com o tempo. Havia esperança; pouca, mas havia. A mulher contou — no sonho — que aguardava, numa lista de espera, a doação de uma córnea (outra incongruência do sonho, que passava por cima da razão da provável cegueira: paralisia cerebral e não córnea).

Estupefato, ele gritou com a mulher: como ela havia tido aquele filho sem consultar o marido, como resolvera esconder a criança? Foi ver o menino: era maior que o irmão, real, de três anos. No sonho — ah, os sonhos, sobretudo os pesadelos! —, com menos de um mês de vida, o bebê parecia ter quatro anos de idade. Era diferente do irmão em tudo. O homem tocou a criança — na cama de casal — sozinha, quieta, quase sem se mexer. Olhava-o com olhos muito negros e parecia não ter íris nem pupila — era tudo uma superfície só, escura.

Ele acordou nessa hora. Era a primeira parte do pesadelo. Havia adormecido no sofá da sala, assistindo a uma partida de futebol. Acordou e respirou aliviado. Tinha sido só um sonho. Mas a impressão, tão forte... Um sonho pavoroso. Estava cansado, inclusive, do sonho. Suspirou e adormeceu logo em seguida, e então de novo houve a segunda parte do pesadelo, que não o havia abandonado.

Estava no corredor da casa e havia encontrado os pais da mulher.

— Vocês viram o que ela fez comigo?

— Não. O quê? — Protegiam-na, era evidente.

— Como, o quê?

E o filho que ela havia escondido? — Que filho? — perguntaram. — Não há outro filho — responderam. Perplexo, ele foi ao quarto e encontrou o urso do filho real, vestido com um tiptop. Observou melhor: o peitinho do animal de pelúcia subia e descia, chiava como num ataque de asma. Tenso, olhou mais. Uma das patas era a pata do ursinho, mas da outra perna peluda emergia um pé delicado. Chegou perto. Viu que a máscara terminava num pescoço branco, frágil. Retirou-a com dificuldade. O recém-nascido buscava ar.

Ele quis ajudá-lo, passou a mão em seu rosto. Como que a mulher, tão dedicada ao outro filho, estava agora longe dali, e aquele menino sozinho, naquela cama grande, no quarto com a luz apagada?

Tentou acender a luz, e o bebê gritou: — Não!

Foi a segunda vez que acordou, em definitivo. A mulher mexia na cozinha. Tinha febre, disse-lhe, quando chegou próximo dela, a expressão preocupada. Ele pareceu nem escutá-la, horrorizado. Um pesadelo daqueles acabava com qualquer um.

O filho dormia na cama de casal. A mulher, que passava o dia todo com o menino por causa do preço alto das creches e da dificuldade de deixá-lo com os avós, passados dos setenta, agora temia dividir com a criança a forte gripe que a havia atacado. Estava com placas na garganta, mal conseguia falar, e gemeu baixinho:

— Vou dormir no chão. Cuida dele?

O homem estava transtornado. O sonho, de alguma forma, ofendera-o.

Contou a ela a história. O silêncio foi da garganta ou de quem não deu muita bola? Ele se decepcionou. Ela voltou pro canto, perto da cama, onde havia juntado dois cobertores como colchão. Ele não quis mais tentar dormir. Ligou o rádio e fingiu escutar o programa da madrugada e em seguida o da Emater, dirigido a produtores rurais.

Tinha marcado futebol com os amigos. Era sábado, estava livre, e fez um café forte, quase azul de tão preto, amargo, quando deu as sete. O jogo estava marcado para as 8h30min.

Surpreendeu-se com a voz arranhada, difícil, que ele havia julgado convertida em roncos nas últimas horas.

— Vou me deitar — a mulher gemeu —, não agüento ficar em pé...

Sentado na cozinha desde as quatro, ele não imaginava que ela tivesse atravessado a noite daquele jeito, no banheiro, gargarejando, olhando o espelho, pensando.

— Vai, vai... — ele disse, pesaroso.

A vida era mesmo muito difícil. O menino dormia lá no quarto. Passava os dias com a mãe, o pai chegava só de noite do serviço, cansado, sem ânimo para brincar, e ficava aliviado que a criança já estivesse pronta para ir para a cama quando ele batia o portão e enfiava a chave na porta.

Logo o menino dormia. A mulher ainda zanzava pela casa, dando jantar ao marido, que falava pouco, imerso em pensamentos — a colega bonita mas casada, a solteira que o achava meio velho, o gerente que o controlava sem parar, o time que andava numa fase péssima, a barriga que perdera a forma, nunca mais a tábua dura dos vinte anos, agora a abaulada e desanimadora barriguinha dos quarenta.

A mulher deitava também em seguida, cedo, nem dez da noite, e ele ficava sozinho, aproveitando para ver esportes na tevê ou algum filme menos pornô do que ele desejaria.

As coisas mudavam quando havia alguma doença, um acidente, um aniversário, um campeonato conquistado.

Ele não se lembrava de acreditar em alguma coisa desde os sete, quando concluiu, não lembrava por que que Deus, Papai Noel, sorte, azar, destino, horóscopo eram palavras que pareciam desmentir todas as demais. Talvez por isso conversasse pouco. E

sonhasse muito. O pesadelo não queria dizer nada. Não devia haver razão especial pelo outro filho também ser um menino, em ser cego, nas datas. Pesadelos servem, principalmente, para nos chatear. Ele estava bastante chateado.

Ficou bebendo o café sem pressa, na esperança de que aquele sonho péssimo repetisse tudo que costuma acontecer na vida da gente — acabando por ser esquecido — e em seguida o pessoal batesse palmas na rua sem asfalto, as chuteiras fincadas com uma fúria quase alegre na terra vermelha, e ele, logo, já pulasse com os parceiros o alambrado do campinho nos fundos da fábrica e corresse pro meio do campo, animado até o ponto de enfiar um monte de gols no adversário.

O outro pai

5h21min. O homem tinha sonhado com seu pai. No sonho ele acordava com a chegada de um estranho vindo de Livramento, que cochichava com a nora do morto. Do quarto, o homem podia ouvir pedaços de palavras: "or", "ora", "orte". Dor, demora (no sofrimento?), morte?

Pulou da cama (no sonho) e chegou na sala onde o estranho confirmava, apontando o corpo presente: o pai ali, frente a frente com o filho, e vivo ("sonhos são assim", refletia, mais tarde, acordado e indignado com os sonhos). O estranho sumia de cena e ficava o pai, olhando o cobertorzinho singelo que levava em cada viagem de ônibus, mesmo que fizesse calor. A garrafa térmica para o chimarrão, a valise surrada, marrom, e um olhar com tal resignação que não causava pena, mas escândalo.

— Pai! — protestou. Como quem quer dizer: "Vai morrer sem fazer nada contra isso? Vai morrer sem me dar mais tempo? Olha pra mim, que nem uma casa comprei ainda, que nem pude lhe dar o pedaço de campo com o qual sempre você sonhou para plantar!"

No sonho, o pai simplesmente anunciava que ia sair um pouco, dar uma última caminhada ao lado da esposa. A mãe havia morrido há dois anos, mas no sonho ela era uma presença imperturbável ao lado do marido, não como uma companhia notável, mas como mais um daqueles utensílios, o cobertorzinho, a garrafa térmica.

Ele não se emocionava vendo a mãe ali; no sonho, a grande notícia — a tragédia — era a morte do pai, que já tinha acontecido como idéia, porém como fato dava ainda seus últimos passos: o velho abria a porta da sala e saía pro pátio; na cena seguinte, já sozinho.

O homem foi para a cozinha tentar conversar com a mulher. Num ato de delicadeza bizarra, esperou a ausência do corpo do morto para expor suas dificuldades. E agora, podia enterrar o pai, sem dinheiro pro transporte do corpo, trazido de Livramento, a 500 quilômetros? Podia pagar o cemitério, cuja administração sempre cobra taxas que assombrariam até um morto?

Doeu mesmo reconhecer que, depois do fim da mãe (agora o sonho se atualizava), chegava o fim do pai e ele já não era filho de ninguém. Alguém pode ser filho de dois mortos?

E sem ser filho de coisa alguma (no sonho), refletia que o tempo tinha passado e ele não plantara uma árvore — nem dava bola pra elas quando passava por perto de uma, embora gostasse de sombra e detestasse sol —, tinha um filho pequeno demais, cuja idade não o ajudava a defender-se nem das mínimas dificuldades, e publicava crônicas num jornal de bairro nas quais opinava sobre tudo, ainda que nunca tivesse lançado um livro e nem se imaginasse capaz de escrever algum que prestasse. Isso no sonho e fora dele.

No sonho, a mulher o escutava e nada dizia. Fora dele, a mulher dormia e nada poderia dizer.

No sonho, o pai morria. E só restava ao homem, como se fosse uma operação simples, sustentável, enterrá-lo.

Fora dele, enfim, olhou o relógio mais uma vez. 5h27min. Sorriu quase um gemido, cansado. O tempo pode ser lento quando quer. E os pesadelos precipitam-no, correm décadas em alguns minutos e parecem principalmente destinados a nos enganar. Despertado, fica-se entre o papel de bobo e de vítima futura que, por enquanto, se salvou.

A mulher dormia profundamente, aninhada com o filho único. O homem pôs a leiteira no fogo e ficou cuidando para que não derramasse. O pai, vivo, estava no interior de Livramento: havia se enfiado no sítio de um sobrinho para trabalhar como caseiro. O sítio era distante, sem telefone, e o pai passava os dias lá, na maior solidão. Tinha tentado fazê-lo mudar de idéia.

— Já pensou se lhe acontece alguma coisa?

O pai não deu bola. Foi. Estava lá há um mês. Mas o sobrinho do pai já havia telefonado duas vezes, domingos à noite, tendo voltado do sítio, para avisar que estava tudo bem, que o velho mandava lembranças.

Depois da morte da mãe, seu pai não tinha mesmo o que fazer, exceto escutar no rádio de pilha a má fase do time por que torcia, atividade que ultimamente evitava. E não gostava de vir a Porto Alegre, embora visitar o filho não fosse má idéia. Só vinha no aniversário de ambos, no do neto e no Natal.

O leite derramou. O homem limpou a parte externa da leiteira, lavou a boca suja do fogão e bebeu o café ali mesmo, em pé. Dali a uma hora tinha mesmo que sair pro trabalho. Não dava pra dar mole.

Riso de pedra

João era um sujeito cansado. Não estava cansado, era. A origem pobre, de marré, marré, marré. A casa — uma tapera — onde passara a infância. A outra casa, onde passara a juventude, melhor que uma tapera, um estágio além do tugúrio. E as outras, onde tentara morar nos últimos quinze anos, mostravam, nas poucas e apertadas peças e nos insuficientes utensílios, móveis feito carcaças e avisos freqüentes de despejo (sempre negociados e adiados), o destino cansativo.

Já passara dos trinta anos e por umas vinte ocupações: office-boy (no tempo em que não havia moto-boy), cobrador, vigia, carpinteiro, vendedor ambulante, atendente numa videolocadora, gari (mesmo esse destino amargo tinha suas quedas e podia ser atroz), encanador, frentista, pedreiro. Era a sua atual ocupação. Até quando, ele não saberia responder. Sua vida era dura e ao mesmo tempo vertiginosa. Nada ou pouco ganhava, e mesmo isso durava tão pouco que, mal ele iniciava uma atividade, já se preparava para abandoná-la.

Não era incompetente. Apenas faltava-lhe a teimosia necessária para fazê-lo confiável aos olhos dos que o contratavam. Cumpria as ordens que recebia com uma indiferença que a alguns cheirava a desleixo; a outros, a arrogância.

Não chegava a ser triste. Pensando bem (ele pensava), nunca havia sido um triste. Era um cansado. Não um vagabundo, que trabalho nunca recusou. Não um indeciso, que sempre topou a primeira oferta. Não um precipitado, que as opções nunca eram além de uma só.

João era um ser vergado sobre o peso da vida que o escolhera, a vida como a vida pode ser, para qualquer um que não seja um louco ou um cara-de-pau ou um sujeito de muita sorte. A vida, sem Deus, mas criando cristos a cada esquina. Mas, nesse caso, um cristo sem respeito algum pela própria cruz. Muito menos comoção.

Com vergonha; por isso, tímido. Com lucidez suficiente ao ponto de não acreditar no que lhe punham à frente, sabendo assim que era apenas aquilo, uma tarefa chata, cansativa. Mas a fazia, sem nenhuma esperança, nem remota. Uma tarefa, nem boa, nem má. Fazia.

Os músculos, todos eles incorporados no trabalho, levavam-lhe a alma junto. E ele ficava como que ausente de si mesmo. Não do trabalho, deste ele nunca se ausentaria. O corpo entregue quase com paixão física aos movimentos pesados, ritmados, com absoluto controle de sua ação e atento ao que esperavam dele.

Um sujeito que a sorte nem sabia que tinha nascido. Um sujeito que nem parava para se perguntar se acreditava ou não em sorte, se acreditava simplesmente. Um sujeito cansado, sem nem o luxo de reclamar para o mundo por seu cansaço e protestar com o ressentimento da tristeza. Não, não era um triste.

Talvez por isso a alegria, inconcebível para quem o olhasse — mesmo de perto — sem conhecê-lo, parecia algo fora de qualquer possibilidade. Algo que, se ocorresse, seria um escândalo.

Mas um dia houve uma pausa maior. Ele se envolveu numa briga.

Um sujeitinho baixote e atarracado quis roubar-lhe a comida da vianda. Na cara-dura, diante dos olhos de João. Nem foi pelo roubo, mas pelo desrespeito de o homem desprezar o que ele pudesse achar daquilo tudo. O homenzinho simplesmente pegou a vianda sem que João tivesse tempo de protestar (ele nem protestaria mais do que um aviso: "Ei, esse troço é meu!").

O homenzinho deu uma garfada, duas, três, sem olhá-lo. João deixou pra lá. O homenzinho, então, cometeu um erro: olhou-o. Ele, então, buscou no olhar do faminto algum merecimento ou algum pedido de perdão. Não encontrou nada. Talvez fome, e diante dela ele se calaria. Mas o homenzinho olhou-o com demora. Um faminto não olha nada além da comida que está devorando. Não, pelo menos, aquele olhar calmo de quem pergunta: "Que que foi, ô meu?"

Não foi o desafio que o empurrou na direção do homenzinho. Foi a certeza daquele olhar. De onde vinha aquela certeza? Não havia lugar algum de onde ela pudesse brotar. Ele tratou de mostrar isso ao homenzinho. Surrou-o quase até matá-lo. O ladrão vomitou a comida recém-ingerida. João pegou a vianda, foi ao banheiro e lavou-a meticulosamente.

Estava atrasado para o turno da tarde. Apressou-se, e a dor e o inchume nos nós dos dedos da mão direita pareceram despertá-lo. Sentiu um calor abrindo-lhe o peito, como se pudesse respirar melhor. A vianda estava vazia. Não tinha a menor importância. Guardou-a na mochila e foi trabalhar.

A princípio, teve dificuldades com os movimentos da mão machucada. Mas a esquerda logo pegou jeito e ele foi assentando tijolo, um atrás do outro, sem que os colegas notassem alguma diferença no ritmo dos dias anteriores. Alguns procuravam o homenzinho. Outros cochichavam que ele tinha ido embora: ia perder o emprego. Sujeito irresponsável, abanavam a cabeça.

João subitamente não sentia mais cansaço. Só a dormência na mão direita, uma lassidão no mesmo braço, e de resto parecia um demônio com um sorriso petrificado, silencioso. Houve mesmo companheiros que, talvez respeitosos, ou temerosos, ofereceram-lhe ajuda.

Música

U m homem olha para fora. Através da janela, os vidros fechados, a luz do sol filtrada pelas nuvens chega branca. O homem olha, em silêncio, imóvel. As mãos repousadas no colo, os pés pouco afastados, ele olha, e o resto de seu corpo parece esqueci-do de que ele existe. Seus olhos são a única coisa que se mexe ali dentro. E não é certo que se mexam. As pálpebras piscam de quan-do em quando, e só. Nem a pupila se dilata.

Lá fora tem árvores que o vento acaricia. Tem cachorros que cochilam em alpendres de casas que parecem abandonadas. Tem gatos que caminham macio e, súbito, despertam os cachorros. Tem, de repente, uma criança que passa olhando pros lados, distraída, talvez indo numa venda, se esta estiver aberta, comprar balas. Lá fora a poeira assentada tem seus ciclos de evolução, quando se ergue numa nuvem e aos poucos vai baixando, baixando, até a superfície de uma tábua, uma folha, um pedaço de plástico atirado.

O homem olha. Olhará isso tudo? Olhará mais que isso? Estará olhando mesmo?

Quem sabe seus olhos descansam numa direção sem se fixarem em coisa alguma, de tal forma que o homem, abandonado das obrigações que nas cidades grandes matam do coração homens mais jovens que ele, apenas deixe que as coisas continuem como são ali onde ele mora, ali onde nasceu, ali onde um dia vai morrer. Não saberão dele mais do que ele sabe dos outros. Ademais, é uma vida sem segredos.

O som da água que súbito escorre da torneira da cozinha parece despertá-lo. Ele olha vagamente para trás, na direção do corredor, e em seguida retoma a velha posição, rumo à janela, provocado pelo sol que entra. As mãos ainda se protegem uma na outra, e o colo as ampara, e as pernas sustentam esse colo, e os pés, aquecidos por grossas meias, plantam-se imperturbáveis no chão de tábuas respingadas por gotículas de tinta e gordura.

Não há um rádio na casa. Nem mesmo uma televisão. O homem nunca casou, nunca teve filhos, mas já foi criança e possivelmente recorde, ainda que remotamente, quando batucava nas paredes finas de compensado uma musiquinha inocente, imitando o tambor da escola que nunca freqüentou.

A rodovia fica longe. Ele já ouviu falar dela. Uma estrada bonita, com muitos automóveis de várias marcas, e gente com roupas coloridas e novas. Na rodovia venta muito. Na rodovia os carros correm. Na rodovia passa gente gritando, gente tocando algum instrumento, som que vem dos rádios dos carros, música que toma de assalto a quietude da mata em volta.

O homem olha, desde seu quarto, sentado na cama, em frente à janela. O silêncio povoa seus ouvidos, e por eles entra em seu corpo, em sua alma, e diz-lhe. É o som do tempo, se se quiser. É o som de um lugar onde há poucas plantas, um modesto curso d'água e nenhuma notícia. O som de uma vila no interior de uma cidade sem qualquer importância. Longe das explosões.

O homem olha e seus olhos não buscam qualquer compreensão além do que as cenas à sua frente lhe propõem. Um cachorro que vez ou outra se coça. Um gato que corre atrás de uma barata que foge da luz. Um outro homem que se agacha, ajeita o sapato que teima em sair do pé, para isso dispondo novamente uma folha de jornal dobrada no calcanhar. E uma menina que caminha ao lado de outra menina, e com as duas um menino menor que elas, e com as três crianças uma mulher gorda que se abana. O homem olha, eles somem do seu ângulo de visão, e ele, pela expressão do olhar, não parece ligar para isso. Continua olhando na mesma direção, ocupada agora por um cavalo que passa mancando.

Alguém bate palmas. Ele apura o ouvido: as palmas são em frente à casa dele. O homem se ergue com um barulho de molas na cama e um rangido no espaldar, passa pelo corredor, atravessa a sala e chega na porta de entrada. Abre-a. Um vizinho estende-lhe uma garrafa.

— Chegou hoje lá da colônia. Meu filho que me trouxe. Cinco delas. Uma eu faço gosto em lhe presentear.

O homem agarra com força o vinho, demonstrando gratidão no jeito vigoroso com que encosta a garrafa contra o peito. Agradece com um sorriso.

— Seu Mudinho — diz o outro homem —, mais tarde tem mulita com batata lá em casa. Apareça. Mas vê se vai, hem...

O homem faz que sim com a cabeça. Mas não irá. O vizinho despede-se, sai. Ele mal fecha a porta e já abre a garrafa, e bebe no gargalo mesmo.

Não gosta do som de sua própria voz. Não esse som que não articula palavra. Não gosta de gemido, menos ainda dos que fazem sem-vergonhice, como uma vez ele escutou, colado na parede da casa desse mesmo vizinho, decerto o vizinho e a mulher dele.

Gente que fala, namora mais fácil. Escuta música e tudo. Trepa.

Um grilo começa seu som dentro de casa. Ele o procura. Não acha; o grilo não pára, ensurdecedor. Procura, procura, até que o acha e mata.

Volta para o quarto. Senta na cama. Bebe mais, a garrafa quase no fim em minutos.

Depois o vinho empurra-o direto pro sono. Ele nem nota. Lá fora, a vila, mesmo com o anoitecer, continua na mesma quietude. Mas as luzes das casas se acendem e um violão toca ali, uma gaita acolá, e risadas distantes vão chegando, quase inaudíveis.

Piedade

Olha as mãos. Duas, e agitadas. Mas basta olhá-las e já se calam, as mãos, uma estátua de cor duvidosa, um calor neutro, ossos e carne abandonados da raiz. Brotam de onde essas mãos? Tenta olhá-las, mas logo se desinteressa. Não é elas. Nem seu pé, nem suas pernas, nem seus braços. O que ele é? Tenta parar, mas percebe logo que está parado, mal se notaria que respira. As mãos ali, perto dele, mas outra coisa.

Teve pai e mãe, e conversavam com ele, berravam, é verdade, e isso não era diálogo, embora fosse. Queria a palavra que se aconchegasse ao ouvido, como queria colo e a mãe não podia, na fábrica de leite, lutando com o expediente longo, mais as horas extras. Queria o pai dizendo ou fazendo algo que ele reconhecesse familiar, e o pai sempre era só um homem entrando e saindo de casa, quase como um vizinho sem importância.

Adolescente é aquilo. Mas os colegas, embora também implicassem com tudo, inclusive consigo mesmos, logo achavam algo em que confiar. Partiam, ou ficavam, e os via numa coisa com cara, nome, tarefas. Tinha pena da facilidade enganadora com que aquela gente tentava ajeitar a vida. Sofria por eles. Às vezes sentia raiva da covardia ou da preguiça ou da desonestidade de tantos desistirem de descobrir o que de fato eram ou poderiam ser em troca de um conforto sem graça, em troca do sono e da comida como únicos prêmios à curiosidade.

Parecia que todos, ou quase todos, nasciam sem maiores dúvidas, e, se surgiam, eram daquele tipo que o horóscopo e a meteorologia satisfazem.

As igrejas sempre apinhadas no seu caminho. Percorria as calçadas meio abobado, incrédulo com a convicção da maioria, cujo real se resumia num tombo, num espirro, numa tosse, num endereço procurado. Erguiam-se um tanto envergonhados pelo vexame, olhavam para os lados e, se não houvesse testemunhas, se escutassem "saúde", se recebessem a indicação da rua certa, então o dia continuava o mesmo, o mesmo, isto é, certo e pronto e bom, e era só seguir adiante. O Pai devia estar olhando do céu. Ou do inferno, se o sujeito fosse praticante de quimbanda.

Protegidos por essa presença invisível e indulgente, cobriam sem maiores angústias os espaços e o tempo que se interpunham entre eles e seus objetivos. Os objetivos, aliás, não eram grande coisa. Nada que o dinheiro ou o sono ou mesmo uma sopa rala não resolvesse. Ou um gol do time preferido. Ou uma frase familiar daquelas que há séculos nascem de bocas de maus dentes e piores letras.

Ele os enxergara durante sua adolescência, depois não mais. Odiou-os em sua juventude, durante essa raiva — mais tarde tornada indignação — até pelos 23 anos, quando casou pela primeira vez. Casou mais algumas vezes. Tecnicamente falando, quatro, ainda que outros dois relacionamentos mais ou menos estáveis tenham acontecido, transitando entre o namoro e o casamento, já que viviam ora na casa de um, ora na casa de outro. O que o surpreendia, sempre, era o Pai Celestial lá no alto, ou em algum horizonte mal definido, velando o sono e até a vigília de todas as companheiras nas quais ele havia buscado, no fundo, o mesmo desespero.

E cada uma cuidava do seu. Do seu Pai, como se fosse apenas seu (Deus para mim, e aos outros, o Diabo), ou do Pai de todos, identificando nesse pai um sentido que a tudo organizava, que a tudo apaziguava, um elo que amarrava o universo na cordinha que elas traziam secretamente no umbigo

O que mais chamava a atenção é que, de posse desse Pai, deixavam de cuidar da dor alheia. O mundo estava protegido, não precisava delas. Um Deus sobrecarregado, concluía, e assim, confiando nas providências desse Pai Geral, suas parceiras e seus amigos e colegas e vizinhos cuidavam da sua nuvem particular de anjos impunes. Uma vez um amigo escritor lhe disse: "A maior qualidade humana é a inteligência." Completou: "A inteligência e a bondade", ao que o outro retrucou, seco: "A inteligência!"

Bastava sair à rua para levar o soco. O mundo urrava, surdo; a garganta, infecta; a cabeça, uma vertigem dolorosa, ou o vazio de depois dos enterros, quando o morto, já sem alma, começa a virar objeto abjeto e o vivo sabe que todas as memórias agora não terão a melhor testemunha para defendê-las, memórias que também perderão alma, perderão identidade; o mundo, avenidas, gente suja, gente perturbada, gente distraída, gente inocente sem um mundo piedoso para protegê-la. Ele saía e levava o soco, e tinha vontade de chorar, e dizia para si: "Que é isso?" E olhava um cachorro, e por pouco não era pior. O que sobrava? Sobrava ele mesmo, uma máquina extraviada, um animal; consolava-se, sentindo o cheiro de suor —

"Nossa!, tenho odores, secreções, o dono do bar me olhou, sou parte da paisagem do mundo, estou dentro."

Ralo consolo. As mãos ainda eram uma espécie de ser híbrido com cinco patas. Foi a excessiva consciência de tê-las que o inibiu um dia ao masturbar-se. Deserdado do corpo, ou herdeiro dessa carga imperfeita, desse peso de poucas compensações, ele vai ao encontro do espaço cada vez maior. Caminha com muita lentidão, mas sente como se voasse; cada movimento, um excesso. Vai sendo tragado pela rua. A luz. A grosseria da luz barulhenta das calçadas cheias de badulaques. Céus! Como as pessoas riem fácil. Crêem fácil. Não duvidam dos radinhos de pilha, dos ventiladores, da multidão de vendedores ambulantes que passam o dia inteiro ali, rezando por cinqüenta reais diários. Que nem sempre alcançam.

Uma mulher vende batata frita em pleno calor. O sol cruel torna tudo inútil. A vida que brota debaixo dessa luz brota para a dor, só para a dor. Ele sorri para um. Pára, pergunta o preço a outro, abre a carteira, paga rápido. Quase esquece de levar. Até quando essa gente agüenta?

As igrejas disputam com as lojas a melhor liquidação. Filas diante da liquidação, filas diante de templos cada vez mais luxuosos. Deus não é mais um só. Deus deve estar se sentindo só, abandonado por tantos deuses, maus sósias desse deus básico que toda casa de família tinha neste coitado deste país, quarenta anos atrás.

Tem 35 anos. Gosta do ambiente austero e ritualístico das igrejas. Sente uma espécie de assunção na seriedade indiscutível dos templos mais tradicionais, não os modernos, feito programas de auditório. Nas igrejinhas de bairro, com pouca gente e muitos santos, ele, quando se apresenta a ocasião, busca suas portas e naves, e passa ao largo dos bancos, sem se sentar, observando meticulosa-

mente cada detalhe. A atmosfera desses lugares destila um tempo congelado, um tempo mais próximo do seu. Ali tudo parece tão limpo e a salvo. É uma compensação para tudo o mais que ele vê.

Sai um pouco mais calmo, mais entregue a si mesmo, numa ainda frágil comunhão, mas comunhão. Logo chega à avenida, e, pesaroso, suporta-a enquanto dura o caminho. E depois a ruazinha transversal, pela qual escapa até o prédio onde mora.

A televisão é a primeira providência depois da porta de entrada aberta. O noticiário é o maior de todos os circos de horrores. Mesmo quando a notícia não é ruim, o que é raro, traz pessoas de aparência lamentável, seja pelo extravio, seja pelo ridículo. Como tornar esse mundo sem humanidade minimamente habitável?

Eugenia é uma monstruosidade, eugenia não aceita monstros. Tudo é monstruosidade. A dor dilacerante da moça que ele viu em São Paulo, metade do rosto destruída por algum câncer de pele. E mesmo, muito menos que esse horror, a quarentona desempregada só por ser quarentona e conhecer as primeiras crises de uma certa idade, e pelo desemprego, estigma, praga nestes dias, praga sempre. E o menino albino, e a menina com psoríase, e o gremista derrotado, e o nenê na parada de ônibus, no frio de agosto, com um casaquinho de merda no colo de um pai que o mundo trata como merda e que responde sendo mais merda ainda.

Deita-se no sofá (a cama seria uma certeza que ele já não compartilha) e encolhe os pés. Não fuma, não bebe, não pratica sexo faz meses. Lembra da zeladora, gorda daquele jeito. Do filho da zeladora, espinhento daquele jeito. Da mosca na janela da sala, só uma mosca, nada mais. E não o consola ela não saber que é uma mosca. Isso só piora as coisas. Da apresentadora de tevê, claudicando ao falar, nervosa, vê-se que não vai durar muito tempo, nem o mínimo para sair na capa das revistas. Dos que lêem essas revistas.

Lembra dos que esperam o Pai em que acreditam, o mesmo que ocupa os depoimentos imbecis dos jogadores praticantes da fé. Dos simples, dos humildes, dos enjeitados, e até dos afortunados que neste país não herdaram nada sem crime. Dos pobres e dos ricos (a riqueza pode ser uma canga) e do corpo de um homem que sustenta apenas as decisões de uma mosca, não as decisões de um homem. Estas precisam de mais que um corpo. "Eu quero te abraçar, meu mundo, meumundo, meumundo, meumundoimundo, meumundoimundoimuneamim."

Fora do mundo por estar demasiado dentro dele, o homem se apieda de tudo e de todos e até de si mesmo, sabendo, porém, que a autopiedade é menor, porque a consciência de si é mais um desconforto que uma compaixão. Definitivamente, todos podem esperar tudo dele; ele de si, quase nada. O Pai e o Filho se agitam agora no corpo compungido desse homem que a generosidade fez descrente.

Convocação

Pronto, estourou a guerra! Mas quem a declara é um homem só.

Na noite de domingo, chuvosa, ele grita, em frente a um condomínio de luxo, que passou o dia inteiro debaixo de um sol de 40ºC, tentando vender bilhetes de loteria. Não vendeu nenhum.

"Cadê o dinheiro, mínimo que seja, para comprar leite, pão e um par de sapatos?"

Ele conta, aos brados, para os moradores que não o escutam, surdos diante dos aparelhos de tevê de 29 polegadas, ou distraídos sob o barulho do ar-condicionado, que tentaram prendê-lo numa esquina porque insistiu demais com um "casal de bacanas".

Perdeu a elegância depois que o empurraram. Não comprassem o bilhete, tudo certo; mas, e a falta de respeito? Só porque ele não cheira bem? "Sabonete leva os trocados do cara."

Ele grita, a noite é suave depois de um dia de calor tórrido e gritos de euforia na piscina do prédio. Esse homem grita com a voz surpreendentemente poderosa, revitalizada pela indignação.

"À merda com esse governo, com essa polícia; à merda com gente que parece séria; à merda com crianças já bem grandinhas, que desconfiam que os pais são uns sacanas, mas preferem guardar a gorda mesada pra pagar um gibi desenhado por um bem-nutrido americano em vez de ajudarem um pai de família que nem pai pode ser direito e cuja família se desmancha aos poucos." Ele grita isso. Ele grita a sua vida, dada na rua, já que não pode ser vendida. Quer esfregar, como um pano com sangue, sem nenhuma vergonha, na cara escondida dos moradores do espigão, o horror da falta e da esperança.

A filha mais velha já andou dando pra garantir comida; o filho mais velho, qualquer hora dessas, vai virar batedor de carteira em ônibus lotado se o pai, esse homem que declarou guerra ao mundo, na frente do prédio, não chegar hoje em casa com algum dinheiro, por pouco que seja. Que pague uma média com pão e manteiga, uma caixa de fósforos, um litro de álcool.

Nem precisa o da passagem. Os pés sabem o caminho, e doerem virou hábito.

Mais que dor, é incompreensível ninguém se importar, não com ele, mas com a espécie absurda de vida que ele leva. "Um bilhete de loteria, porra, um só!"

Quando os condôminos têm azar, é por duas horas no domingo, se o time deles perde. Mas suspiram, bebem uísque, nem sabem que faz calor lá fora.

Para quem tenta viver da venda de bilhetes de loteria, o azar persegue desde que acorda até deitar. Vai ter azar até o dia da morte. Então declara guerra. Declara para conquistar pelo menos a morte. Para acabar de vez com a palhaçada. "Onde já se viu? À merda, vocês todos. Vamos, reajam! Venham me matar. Se tiverem um pingo de respeito, me matem."

FRIO

O vento bate as janelas e portas, sacode a toalha na mesa,
a cortina que separa a passagem da saleta para a cozinha;
o vento entrou, entrou. Como expulsá-lo?

A seis mãos

O sexo é uma selva de epilépticos. O sexo nunca fez um santo. O sexo só faz canalhas.

Nelson Rodrigues

A carne é sagrada, o espírito é que é precariamente humano.

Paulo Hecker Filho

Nunca amei Bianca, mas isso jamais foi um obstáculo ao prazer. Naturalmente, como ela me amava, encontrava na minha cama — e no meu parquê, e no boxe do banheiro, e na pia da cozinha, e de pé junto à estante de livros — tudo que a infância carente, a adolescência tímida e os anos de prática de masturbação haviam sonhado. Bianca quase morria de tanto gozar. Eu só não morria porque meu método se apoiava no absoluto controle da situação erótica, e, com controle, ninguém chega a um orgasmo pleno.

Era isso, principalmente isso, o que me incomodava. Nosso caso me levava mais a reflexões do que à saciedade. Insisto: um pouco é meu temperamento, discutir tudo, desfiar cada possibilidade de análise. Sim. Mas Bianca piorava esse quadro, muda, reduzida à ação física — sem tréguas, é verdade.

Mentíamos? Não, claro que não. Mas dávamos ao desejo um papel maior do que a sensatez permitiria.

Enfim, o sexo mandava em nós. Eu mandava no corpo de Bianca. E ela, que não mandava em nada nem em ninguém, aproveitava mais do que eu, mais do que qualquer pessoa que eu já havia conhecido.

Tínhamos trabalhado juntos em uma editora, diálogos curtos, encontros breves, porém decisivos. Vinte e dois anos, virgem. Não me surpreendi; surpreendeu-me foi a dificuldade que o hímen apresentava. Nada complacente, a membrana divertia-se em nos frustrar.

Meu pau rondava, indeciso, e desistia depois de quatro, cinco tentativas. O que o afastava eram as lágrimas, nunca verbalizadas, e por isso eu não conseguia saber se de dor ou de decepção.

Deveria forçar mais? Deveria forçar menos? Ficamos nisso quase três meses.

No futuro nos vingaríamos dessa dificuldade inicial.

Busquei um novo caminho, logo consentido.

De quatro na cadeira, o rosto para o espaldar, a bunda musculosa e destemida numa acintosa oferta, acintosa mais pela displicente coragem do que pela oferta. De pé, eu podia comandar com firmeza a entrada difícil. Não foi difícil.

Viciei-me naquilo. Bianca também, embora as eventuais dores convidassem-na para a retomada do "processo normal".

No entanto, o hímen mantinha a resistência que não tínhamos

Bianca voltava à cadeira, voltava a ficar de costas para mim, voltava a expor-se, indefesa. Eu, confesso, abusava, ainda que por vezes me sentisse realmente penalizado.

O prazer dela, não tenho dúvida, era imenso. Mesmo sob o flagelo de um nervo cego arremetendo contra os limites visíveis do esfíncter. Mesmo ocultando um incômodo que era, às vezes, ardência; noutras, uma dor funda (como um soco no estômago, explicou-me mais tarde, só que atrás) e até náusea. O corpo da mulher propõe o que não sustenta.

Propõe?

"Evidente que não", me dizia Gabriel. "Evidente que não."

"Nós propomos", discursava ele, dando-me aquela mijada moral, "nós, homens, machos cobridores. Nós, não", ele se corrigia, "você, só você, tarado, você e uma multidão de estupradores que pensa como você e são incapazes de amar."

Eu deixava pra lá, não ia entrar naquele papo militante e limitante do Gabriel. Queria só ver ele na cama com Bianca, podendo fazer de tudo, de tudo, até pôr o gargalo de uma garrafa, primeiro na vagina, depois no ânus, como eu fizera um mês depois, quando, enfim, o hímen foi derrotado por nossa disposição assassina.

Bianca conheceu Gabriel numa livraria, comigo a tiracolo. Apresentei-os, e logo saí de lá; ela, grudada em mim, e eu, saltando de cabeça na fantasia mais funda e mais revolta, dizendo para mim mesmo: "Calma, é só um temor que você sublima por uma via um tanto masoquista."

Entramos no apartamento — o meu; ela morava com os pais — e em segundos estávamos, de pé ainda, junto à porta de entrada, grudados e ansiosos e sedentos e famintos e, talvez, assustados.

Porque gozamos mais do que nas vezes anteriores. Porque ela gritou mais alto, tão alto que pedi que calasse a boca. Porque fui acometido de súbita taquicardia, tal a excitação. Porque o nome de Gabriel surgiu enorme em meio ao engalfinhamento mal começado e foi penetrando aos poucos o nosso jogo até então secreto. Assustados, um pouco, é verdade, mas assustados.

Voltamos a ver Gabriel quase que por acaso. Saíamos de um cinema cujo filme de Woody Allen — *Setembro* — tinha feito Bianca se desviar da tela e concentrar os olhos, as mãos e a boca no meu pau. Meu amigo estava entrando para a sessão seguinte, distante como sempre. Não o chamei. Bianca foi a primeira a notá-lo.

— Olha lá, não é o seu amigo?

"Atenta ela, hem?" Dominei o ciúme; era só uma porção pequena, capaz de ser administrada, transformar-se no que mais tarde iria me deixar sem forças.

Gabriel costumava freqüentar aquela sala de cinema; eram habituais os nossos encontros ali.

Depois do começo de minha relação com Bianca, o sexo dando-me o obstinado abandono da alucinação (nem cinema, nem música, nem livros, nem nada, só o cheiro de queijo mofado da sua bucetinha), os encontros com Gabriel foram ficando raros. Ele continuava seu caminho, seu projeto, sem alterações. Eu é que havia mudado, eu é que havia sumido, eu é que me consumia e tinha ficado quase impalpável nos últimos tempos.

Um dia encarei a fresta que a vida, em constante luta e acordos com o tempo, mostrava, oferecia e exigia. Eu e Bianca tínhamos chegado ao esgotamento dos jogos puramente físicos. Faltava um componente afetivo, e, na falta dele, um, digamos, psicológico, uma provocação, um enredamento, uma infiltração.

Gabriel.

Nesse tempo todo eu havia chegado a uma conclusão.

Embora Bianca fosse plenamente capaz de observar outros homens com interesse assumido, jamais o havia feito em termos de comparação com o meu desempenho e o meu papel em sua vida.

Gabriel. O nome dele embaralhava minhas conclusões acerca de Bianca e seus sentimentos com relação a mim. Continuaria a me amar depois de tê-lo comido? Gabriel era puro, embora não necessariamente inocente: uma receita perfeita para uma mulher. Ainda mais uma mulher exigida ao máximo por um neurótico agudo e, por isso mesmo, incansável.

A verdade era que a minha potência já não representava nenhum motivo de orgulho; ao contrário. Ereção fácil, ejaculação a toda hora, imaginação febril. Bom, bom, mas, e daí? Não era o extremo oposto da impotência e, simultaneamente, o seu espelho?

Havia chegado a hora, custasse o que custasse. E custou.

Talvez apenas para Bianca o preço tenha sido modesto.

Constrangimento não é uma sensação assim tão barata, ainda mais o constrangimento que foi. Gabriel era uma cabeça com mais de dois dedos de testa, como costumava dizer um outro amigo nosso (meu e de Gabriel), ou seja, de rara inteligência. E Bianca havia domesticado o espírito desde a infância, contentando-se com o mínimo, aceitando as histórias que o mundo contava, só para conseguir seu lugarzinho garantido, lugarzinho que ela não havia chegado a ter até os onze anos, quando os pais, alcoólatras, deram-na a uma vizinha. Expunha seu corpo com toda a vida que o movimentava, cruamente decidida. Mas a limpidez de seu espírito tornava-a uma espécie de criança armada, ausente do poder de que dispunha e, assim, incapaz de compartilhar conosco algo que também desejávamos.

Esse foi o constrangimento: usar Bianca foi lícito, sim, porque ela o consentiu; porém, a cada idéia que eu e Gabriel tínhamos, uma espécie de estupro estava sendo cometido contra ela. Despida de quase tudo, ficou reduzida a uma umidade primitiva que simplesmente se abriu numa permissão sem consciência.

Por isso gozou mais que qualquer um de nós.

Bianca, porém, sabia calar como ninguém, até demais. Era fácil evitar os mal-entendidos. Era fácil disfarçar o constrangimento, embrulhando-o na timidez.

Mais duro seria o preço que Gabriel teria de pagar. Tenho certeza de que, em momento algum, ele chegou a prever o desfecho daquele encontro. Nem que tenha pressentido alguma intenção no ar.

Nem eu pressenti nada, concluí, quando Bianca, minutos antes de Gabriel chegar ao apartamento, entrou apressada vindo do trabalho — havíamos combinado uma sexta-feira — e disse: — Vou tomar um banho rápido e me trocar. — Banho? Ela nunca havia feito tanta questão assim. Trocar-se? Sempre vinha e ficava e saía com a roupa do corpo. De fato, eu não havia pressentido nada mesmo.

Seu banho, demorado, ainda não havia terminado, e Gabriel chegou. Amaciei-o com um conhaque, quase 50 páginas de uma tese que eu estava escrevendo e confissões acerca do absoluto caos do mundo, da fragilidade das relações, da inconsistência da experiência afetiva, e da necessidade, urgente, de o homem abrir brechas em sua vida.

Bianca, saindo do banheiro com um vestido branco justo, de tecido quase transparente e aliciando com o contraste de sua presença o humor quase existencialista de dois machos apostando no fracasso, pôs um súbito e incalculável movimento na sala. O tempo ficou espesso, exigia ação, e cada olhar, cada gesto, por mais despretensioso, o ritmo, por exemplo, levemente alterado das respirações,

tudo que, afinal, quase nunca tem importância, adquiriu naquele momento uma dimensão nova, insustentável.

Fui à cozinha. A massa para a pizza já havia sido preparada por Bianca. Faltava fazer o molho. O processo não era difícil, é claro, mas o molho é a pizza, o molho é tudo, e fazê-lo exigia concentração; essa sim, difícil. Tentei escutar.

Sons. Mas os de sempre: indecorosas paredes de alvenaria finas como uma fatia de queijo. Ruído de descarga, provavelmente do vizinho.

Vozes. Vozes? Bianca estaria falando também?

Saí da cozinha. Gabriel cantarolava a letra de um bolero antigo, e Bianca se dirigia para a janela, constrangida. Abandonei temporariamente o molho.

Outro conhaque, e outro, e Bianca ajudando um pouco no desprendimento de meu amigo. Chegava perto, nunca se dirigindo diretamente a Gabriel, mas por pouco não roçando em seus joelhos: ele, sentado, e ela, esgueirando-se entre a mesinha de centro e a curiosidade crescente dele, inquieta o bastante para chamá-lo e para me inquietar. Em geral, Bianca era bem mais calma.

Três horas assim foram uma tortura. Éramos três, e o diálogo só poderia ser a dois. Gabriel já mostrara sua experiência como crítico de cinema (adquirida num tablóide que havia durado apenas um ano e meio, mas que marcara época na cidade). Eu já havia dado palpites sobre como ele poderia aproveitar sua considerável cultura de cinéfilo, já o havia lisonjeado até em demasia.

Um pouco bêbado e autoconfiante, tanto por minha crítica favorável quanto pelas facilidades que a tímida Bianca punha em seu caminho, Gabriel finalmente deu a primeira cartada. Pôs a mão nos cabelos dela e comentou como eram grossos, pesados, e exatamente por isso brilhosos. Ela retribuiu, falando do crespo e da cor quase acinzentada dos dele.

Quase corri para a cozinha, precipitado por um susto que não dispensou alguns movimentos calculados. Tive o cuidado de fechar a porta, argumentando que era para que o cheiro de cebola não invadisse a sala.

Abri a torneira da pia o mais que pude: queria que se sentissem protegidos pelo barulho, que pensassem que eu não saberia de nada, que avançassem até onde pretendiam.

O temor ganhava terreno, um terreno que até então tinha sido do desejo.

A água fazia um barulho ensurdecedor. Ensurdecedor? Difícil, eu sei, mas como escutar o que a sala via com aquele chiado ininterrupto? E se eu fechasse a torneira? Não escutariam a respiração gritando na minha garganta?

Gritando. Bianca sempre gritava. E eu acabara de ouvir um de seus gritos!

Abri o zíper, peguei meu pau e encostei o ouvido na abertura da porta, colado na fresta onde o marco e a extremidade da porta se beijavam, não sem antes deixarem passar um fio de som e de ar.

Como Gabriel havia partido tão rápido para o ataque? Que certeza ele havia tido para agir assim, sem hesitação?

Eu é que hesitava. Não haviam se passado três horas, três horas em que eu e Bianca o havíamos provocado? Do que que eu me ressentia? Dos gritos? Mas Bianca sempre gritava.

Pensei: "Gabriel é puro, não vai fazer as loucuras que eu faço. Com ele é só feijão com arroz."

Bianca gritava.

Como ela iria se satisfazer depois de ter ido tão longe comigo e agora passar por uma sessão de sexo apenas previsível?

Bianca gritava.

Pensei em abrir a porta: se eu os inibisse, acabaria tudo ali e eu não descobriria nada, nem sobre Bianca, nem sobre Gabriel, nem sobre mim.

Pensei em fechar a torneira da pia, onde tentava lavar alguns pratos: talvez eles estivessem naquele abandono, assegurados de que o meu precário esconderijo protegia-os, tornava tudo, ainda que consentido — Gabriel era inteligente; Bianca, explícita —, menos constrangedor, menos doloroso, menos difícil.

Bianca gritava, gritava.

Abri a porta. Bianca gritava.

Gabriel parecia outro, constatei, apunhalado. Sentara-a em seu colo, empalada, e virada para ele, beijava-a na boca com a dedicação dos que amam — era como se a amasse.

Desejei ali que ele tivesse pau de jóquei, que o esforço fosse apenas dele, tentando com sua insignificância invadi-la, explodi-la, e a entrada maior de Bianca aceitando o jogo, um pouco frustrada, um pouco indiferente. Mas o pau era de zelador, de estivador, de ator negro em filme de estupro. E a entrada era menor.

Meu instinto encolheu-se. Não haveria espaço para o meu acalentado sanduíche, ele na frente, eu atrás (a posição de comando tinha que ser minha; só numa segunda vez eu cederia o privilégio), Bianca realizada pela dupla penetração, completa em suas extremidades vizinhas, seu começo e seu fim, os vales ocultos vivendo a perturbação, o excesso e a fecundidade das cheias.

Mas eu não podia participar. Bianca gritava, mais e mais. Gabriel era um fanático em plena prece, não poderia ser interrompido. Voltei à cozinha desejando uma ereção mínima. A imagem da bunda de Bianca cravada até o fundo por um novo e estranho e monolítico amor me fez gemer de um prazer mais completo. Mas esse prazer não era o meu; era, talvez, o dela; era, talvez, o de Gabriel.

Comecei um movimento de vaivém, decidido, mas só a mão correspondia em entusiasmo.

Adão e Eva
Um conto aos pedaços

1

Trovão trabalha no 9º Distrito Policial. Limpa as unhas minuciosamente com a ponta do canivete, real como uma caricatura. O telefone antigo estridula a campainha. Trovão atende.

Do outro lado:

— Oi, Trovão, é a Ivete.

Deste lado:

— Oi.

Do outro lado:

— Tô com saudade. E chateada...

Deste lado:

— Pô, gata, sabe como é, esses meus horários!

Do outro lado:

— Não é isso. Adivinha: o Orestes me acertou. Tô toda roxa.

Trovão ri fora do telefone. Agora perto, diz:

— Garanto que você andou aprontando.

Do outro lado:

— Só com você, benzinho.

Deste lado:

— Conta pra outro!

Do outro lado:

— Não tenho mais ninguém pra contar, só você.

Trovão boceja, cansado. Olha o relógio na parede suja à sua frente.

— Bom, tenho que desligar.

Do outro lado:

— Espera, morzinho, espera! Tô tão tristinha... Como eu sou besta, me enroscar com um confiado como o Orestes. Um grosso!

Deste lado:

— ...

Do outro:

— Você tá aí, Trovão?

Deste lado:

— Claro, né?

Do outro lado:

— Então, me diz alguma coisa boa, eu só liguei pra ouvir a sua voz e me alegrar e esquecer um pouco toda essa humilhação.

Deste lado:

— Vamo saí um dia desses...

Do outro lado:

— Trovão... — a voz fica apertada, depois chorosa.

Deste lado:

— Que que foi?

Do outro:

— Você não é violento, né, Trovão?

A voz do investigador não parece vir de lugar algum.

— Claro que não, claro que não...

2

Felipe Ernesto fez um curso de contabilidade, mas os computadores apresentaram programas contábeis bem mais capazes e sofisticados que a tímida teoria do aplicado aluno do Professor Turíbio. Desta forma, os empregos não se apresentaram.

Com vinte anos de vida e oito meses de desemprego, o rapaz resolveu tentar o setor de cobranças. Tinha má dicção, e o telefone era a principal ferramenta das financeiras que lhe exigiram teste. Reprovado, procurou seu tio Gastão, dono de uma transportadora, que lhe ofereceu vaga na Pesagem. Felipe Ernesto: "Pesagem? Tão brincando..."

Retomou a busca, sem empenho visível. O tempo era mais rápido que ele, e logo um ano se passava, algum amigo arranjava um biscate confortável porém transitório, e depois de um mês de salário sua renda voltava ao mínimo, e sua disponibilidade, ao máximo. Não parecia sofrer, nem mesmo preocupar-se.

Nesse trajeto, um casamento apressado e um emprego fácil com o sogro. Ambos duraram dois anos discutíveis. Fim de um ciclo, começo dos trinta, e a idade da razão não parecia nunca bater à porta de Felipe Ernesto.

Dona Eulália, a princípio, ficou apreensiva com a dificuldade de colocação profissional do filho. Da apreensão passou à pena, e desta à impaciência.

— Você não batalha, Fê, não batalha!

— Quem me garante que vale a pena? Dar um duro danado pra nada, isso é coisa de mangolão.

— Quer garantia, é? Garantias!

— Não grita, mãe, olha os vizinhos.

Felipe Ernesto passou exatos nove meses sustentado pela mãe, nove meses que ela contou dia-a-dia.

— Já não chega ter carregado você no bucho, já não chega? Quer um segundo parto? Vou segurar você no colo até quando?

A decisão dos anúncios foi um ato de coragem. Muita gente fazia. Era mais que comum. Mulheres de segunda, e até de terceira — muitas, no entanto, financeiramente estáveis, e algumas, inclusive, com posses pra lá de invejável.

O telefone começou a tocar todos os dias na casa de Dona Eulália, à procura do filho.

— Que que houve que agora te procuram tanto?

Sorria, superior, diante da mãe, mas não tinha coragem de contar.

Aos amigos, sim, receitava o êxito afinal encontrado: "Bucho endinheirado."

— O negócio é comer mondongo pra poder comer caviar...

3

Júlio é um pensador ou um amante? — Ambos não combinam —, sustenta. Mas é o primeiro a se contradizer.

— Quando você ama, a lucidez vai pro beleléu, mas aí o pensamento entra em crise, e a crise é sempre benéfica, inspiradora. Amando, você pensa mal, mas pensa mais.

Enquanto não resolve essa dicotomia, Júlio termina uma carteira de cigarro, abre a segunda do dia — recém a penúltima —, e proclama:

— Não vejo vantagem nenhuma em ficar ao lado da pessoa amada. Bonito mesmo é ficar ao lado da pessoa que não se ama, isso sim que é respeito, isso sim que é humano. Conviver com quem se deseja é mais do que óbvio, é mesquinho, é agir apenas em interesse próprio. Admiro mais o sujeito que nunca amou e, mesmo assim, constituiu família.

As mulheres querem o couro de Júlio, mas ele sorri, compreensivo.

— Nunca brochei, sabiam? Nunca brochei! — diz com evidente orgulho, ainda mais que tem 49 anos e já era chegado o tempo de ter tido um bom número de falhas na hora do "vamos lá".

A afirmação parece banal pelo juvenil exibicionismo, mas é aí que surge impávido o espírito iconoclasta de Júlio.

— Sabem ao que se deve a minha infalível ereção? À humildade! Sim — grita, eufórico —, à humildade!

Olham-no, confusos.

— Digam-me: vocês não acham muita pretensão do sujeito ele ficar brochando porque não tá a fim, porque acha a mulher feia, ou indigna do seu sacrossanto pau?

Silêncio entre os ouvintes. Ele arremata.

— Eu sei que sou um merda, que não sou melhor do que ninguém, e que, portanto, não posso deixar de endurecer o pau pra quem precisar dele. Seria como negar água, comida....

4

Era o velho hábito. Um homem falando a outro, sem freios, derrapando, sobre a intimidade de uma mulher.

E a frase ainda vinha coroada de risos.

— Ela goza como uma ovelha morrendo.

5

Tem sempre um homem polindo um carro; tem sempre uma mulher conferindo a bunda.

6

Nina estava mesmo decidida a mostrar a Pedro o que ele mais temia.

— Quero que tu goze na minha cara...

Pedro olhou-a com demora, procurando descobrir, afinal, qual a intenção da amante.

— Te masturba, pensa em mim, em nós, ou em qualquer outra puta que te deu melhor do que eu, não me interessa, mas, por favor, pelo amor de Deus, goza, goza!

Nina pegou a Nikon e a apontou para ele, decidida. Era embaraçoso, mas Pedro acabou concordando. E depois, masturbar-se já era uma prática tão antiga que a palavra constrangimento soaria ali como uma enorme imprecisão.

Houve uma breve demora, o pau já arroxeava, doía às vezes, mas o prazer fazia seu anúncio.

A Nikon era um leopardo à espreita, um leopardo que o amava, que jamais iria feri-lo, Nina não, nunca, e isso deu forças a Pedro, e em seguida o amoleceu junto com o jato forte, caudaloso, que foi

agarrar-se como um lagarto às pernas de brim azul desbotado da mulher, postada a meio metro, um pouco tensa.

Nina saiu quase correndo para o laboratório; como demoraram as fotos, os olhos assustados do parceiro!

Aquele era o seu rosto? Congestionado, a boca se havia crispado, os lábios tinham ficado mais finos, um ó de agonia, a testa denunciando uma hora grave, o olhar branco, opaco, sem vida. Difícil dizer: eis aí um orgasmo. Então, gozar fazia-o ficar assim? Era a cara de um instante de tortura, o retrato de um louco, de um psicopata, de um coitado, um epiléptico. Aquilo tinha sido feito por amor. De ambas as partes, um falso ato generoso, um egoísmo devasso. A aparência de Pedro era a de um condenado ou de um criminoso.

Bastava recordar alguns quadros, algumas gravuras, alguns depoimentos acerca da radical aventura dos amantes na cama para concluir-se: o homem estava maquiando o amor para poder suportá-lo.

7

Sai do quarto a clássica imagem dos amantes. Abraçados, um amparando o outro. Tontos ainda, vê-se claramente isso no rosto deles. Estarão salvos, agora que aceitaram a condenação plenamente? Há uma forte mistura de paz, depois de tanto sofrimento semeado pelo desejo, e tristeza, após a doce explosão da qual restou uma indisfarçável fragilidade. Saem da penumbra esvaziados da alegre fúria e levam vários minutos até reaprender o precário equilíbrio de todos os dias: a luz costumeira da janela aberta, a força exata ao segurar o açucareiro, a necessária tensão do rosto que precisa se preparar de novo para olhar tudo aquilo que não se dá.

Últimos pedaços

Mauro deseja Lia, casou com Sílvia. Lia transou com Mauro, "era bom amigo", embora preferisse Ricardo, Ricardo esqueceu Renata, esqueceu Joselaine, esqueceu Rita; Ricardo esqueceu todo mundo; só se lembra de uma prima morta aos treze anos.

Sílvia admira Mauro, respeita Mauro, mas um dia se masturbou pensando em Felipe. Felipe nem sabe da existência de Sílvia, é apresentador, numa rede de televisão local.

Lia já deu pra Mauro uma única migalha e não está disposta a repetir a dose. Cansou-se de Ricardo e de sua distração, procura atenta um homem atencioso, toda quinzena compra revistas de bordado, enquanto torce para que alguém fora do prédio, o mais estranho dos estranhos, lhe diga algo familiar.

Renata deseja Sílvia. Joselaine só reza por um emprego. E Rita, bem, Rita todo mundo sabe que é fogo.

Depois da loirinha

Depois que a loirinha passou, a rua nunca mais foi a mesma.

Os homens jogavam sinuca da noite de sexta à tarde de domingo, com breves intervalos de um sono regado a cerveja, curtas sestas após o churrasco do sábado, e logo a turma batendo palmas no portão, "ô, vagabundo!"

Havia futebol no domingo à tarde; na margem do campo escalavrado, radinhos a pilha esgoelados dos quais os reservas catavam notícias e placares, e gritavam aos atletas que corriam debaixo do sol indiferente. Era a rua. O bar do Nemias, com as três mesas de sinuca, o campo na várzea para o futebol do domingo dos adultos e da gurizada nos demais dias, o armazém da esquina, que mais parecia um supermercado de tão sortido, a farmácia do seu Filadelfo, o açougue do Freitas, o mais posudo de todos, imagine, um açougueiro, aquele penteado rebelde, moderninho, aqueles olhos azuis melosos.

Era a rua. As mulheres, súbito, saltavam de um alpendre, varavam um portão, cruzavam o asfalto e chegavam na outra margem, no armazém, na farmácia, no açougue, onde talvez se demorassem mais sob o pretexto de que escolher um bom pedaço de carne não é assim tão mole.

Mas as mulheres eram minoria. Trancadas em casa, ocupadas em casa, distraídas em casa, pareciam ignorar que existia a rua.

Ao contrário, os homens davam logo um jeito de ganhar a calçada e encostar o cotovelo em algum balcão, em alguma janela. E isso durante anos, décadas.

Na verdade, qual o perigo? Era tudo por amizade. Uma imensa confraria de humildade e vadiagem. Riam solto, fácil, e as preocupações eram resolvidas por um encolher de ombros, um tapa no ombro do compadre, um empréstimo que se pagava fácil porque a quantia era mínima, uma promessa, uma espera, nada que fosse além da rua, daquela quase secreta irmandade.

Mas houve um sábado em que uma família mudou-se para lá. E, a princípio, ninguém deu bola — os três novos moradores, marido, mulher e filha, ocupados demais para olharem para os lados, para cumprimentar quem quer que fosse. Alguns dos homens observaram, naturalmente: a mulher devia ter uns 35, meia-boca; o homem, uns 40 e lá vai pedrada; e a filha, uma loirinha escorrida por um cabelão comprido demais e uma enorme camiseta que caía sobre a calça de brim surrado. Enfim, uma jovem descuidada, como todas, suspiravam lamentosos.

Mas era sábado, havia churrasco na casa do Joel, o melhor assador, e ninguém estava a fim de ser requisitado para fazer força de graça. Melhor saírem de perto dali. Que Deus protegesse a loirinha do peso dos móveis.

Na segunda, bem rápido, descobriram o engano: a loirinha.

Era loira, sim, mas como nenhuma dali, que chegava a uma cor aproximada somente através de tinturas tóxicas, ou nascia com um

loiro natural que o tempo e a miséria desbotavam de forma implacável. Com a loirinha a coisa era bem diferente. Resoluta, caminhava. E o loiro do cabelo era uma luz, uma pequena procissão que os homens que tinham levantado mais cedo assistiram em silêncio.

Só na terça puderam ter certeza. Era mesmo.

Na quarta, outros já tinham sido avisados e levantaram antes do costume e foram para a frente do bar do Nemias e ficaram com os olhos grudados para a frente, como bois no pasto, não raro dormindo em pé, bocejos se manifestando, olhos ardendo com a claridade, mas era preciso ver.

Ela passava praticamente no mesmo horário, quinze minutos de diferença, o que era muito para quem esperava naquela expectativa e clandestinidade. Era uma menina, se observassem bem, "quinze anos", tinha informado a prima do Joel. Mas havia o oposto disso: a mulher crescendo na menina, sobretudo nas pernas e na bunda que a calça, justa o suficiente, não conseguia encobrir.

Ninguém é menina a vida toda, eles se consolavam.

Também tenho a minha porção-menino, eles se consolavam.

É só uma olhada, eles se consolavam.

Aí ela pegava o ônibus, ia embora e eles ficavam. E já não se consolavam.

Era uma menina.

Para os pais, principalmente. E, logo, para as esposas dos homens, que comentavam com eles, na dúvida, sobre a beleza da mocinha que recém se mudara para ali, "infantil ainda", sublinhavam.

Era uma menina.

Para o casal de velhos que dirigia o enorme armazém. Para o padre, para Deus, para quem mais?

"É uma mulher", afirmava o Freitas. Claro, para o Freitas todas são mulheres, é só saber esperar.

Mas, observando bem, era uma mulher.

O andar resoluto de quem não ensaia mais nenhum passo. De quem confia nas próprias pernas, e logo aquelas...

Assim, os homens perdiam: primeiro, o pudor; depois, a prudência. E secretamente suspeitavam de que pudor era algo que nunca havia existido, miragem criada apenas pela prudência.

Só a loirinha, prudente talvez, ou pudica — supremo crime! —, passava reto, rápida, rumo à parada de ônibus.

O Nemias passou a olhar mais para fora, perigava perder freguês atendendo daquele jeito, impaciente. O Joel andou chegando atrasado no serviço. O Rufo nem foi trabalhar uns dias, fechado no quarto, a mão embaixo do lençol como se fosse adolescente. A sinuca já não tinha aquela concentração, nem entre os que estavam na mesa jogando, imagine-se entre os que, em roda dela, acompanhavam o jogo sem outra alternativa. Agora a turma se apinhava na porta do bar: podia ser que, feriado ou fim de semana, a loirinha saísse para ir à farmácia — buscar um absorvente, imaginavam.

As mulheres talvez intuíssem algo. A pressa dos homens em sair logo, aquele movimento incomum, a porta da rua batendo a toda hora.

Mas ninguém teve coragem. Só um "oi" que a boca do Jairo, escancarada, conseguiu sussurrar numa sexta à tardinha quando ela voltava para casa. Só uma caminhada, quase lado a lado, encenada pelo Fabrício, o mais jovem deles e o mais embriagado aquele dia — também num entardecer, só que numa segunda, depois da tortura do fim de semana, de vê-la quatro vezes, quatro! Cinco intermináveis minutos em silêncio, a seco, a sola dura do sapato da loirinha marcando a marcha, denunciando, quem sabe, hostilidade.

Afora isso, nada. A loirinha batia o portão, e os olhos dos homens saíam junto — junto com os do Nemias, junto até com os de seu Filadelfo.

O Freitas, um dia, gabou-se de ter conversado com ela. Os homens se eriçaram: "Porra, quem é que pode com os olhos do Freitas? Nem a loirinha, nem ela."

Mas o Freitas, além dos olhos, tinha a lábia, e se ela não havia funcionado com a loirinha, funcionaria com os outros homens? Acreditaram nele, durante algum tempo, tempo em que, pesarosos, enxergavam-na passar reto e a imaginavam feliz, plena, mulher, sim, amando, e já não a olhavam tanto porque a dor da traição põe ódio na frente do amor.

Isso até o dia em que, curiosos demais, apertaram um pouco o Freitas para saber detalhes, e os detalhes foram tão pobres que logo a experiência de Filadelfo e a esperteza de Joel diagnosticaram: "Aí tem mentira."

A resposta veio logo, mas a verdade também não lhes fez menor mal. Numa tarde de sábado, um rapazinho de cabelo espetado bateu palmas no portão da loirinha e, em vez de virem o pai ou a mãe dela atenderem — o que sempre acontecia quando alguém batia palmas —, veio ela mesma, e sorrindo como nunca ninguém tinha visto. A maioria voltou pro jogo de sinuca, foi vestir o uniforme pro jogo, chamou a mulher para irem dar uma caminhada. Alguns ainda tiveram força para olhar: o beijo do rapaz na loirinha, a demora do beijo, o futuro daqueles dois, o tempo que havia passado para aqueles homens.

Teve um que chegou a pensar, com grande ironia, que a loirinha era bem crescida mesmo. E que ele é que se sentia imaturo, criança ainda, vendo aquela mulher tão jovem com uma certeza tão madura. E se perguntou: "O que faço agora da minha vida? Quando é que vou tomar uma decisão?"

Fogo brando

A história é simples, elementar. Dalva não queria namorados, estava cansada do primarismo dos machos, da pressa que eles não sabem disfarçar. Eu não tinha pressa: isso era uma vantagem, mas não garantia coisa alguma. Dalva me olhava sem atenuar a desconfiança. Esperava eu dizer grandes frases, ambiciosas, construídas quase todas à base de promessas. Mas eu não fazia grandes frases e só prometia aparecer no dia seguinte.

Dalva ia se desarmando aos poucos, mas muito aos poucos, já que meu ritmo não permitia rapidez nem para seu experimentado ceticismo. Eu nem tentara beijá-la ainda, e já fazia um mês que nos falávamos.

No escritório de contabilidade onde Dalva trabalhava eu nunca aparecia, nunca. Não iria atrapalhá-la em pleno trabalho. Mas telefonava sempre quinze minutos depois do começo do expediente e quinze minutos antes do fim. Para lembrar-lhe de que era lembrada, para lembrar-lhe de que eu sabia lembrar. A memória é lenta, ela sabia.

Ligava sempre de um orelhão, deixando claro que seria breve. E só perguntava como ela estava, como as coisas iam na vida pacata que ela escolhera contra tantas ameaças.

Antes que ela mesma suspeitasse, aprendeu que eu não seria uma ameaça. E foi ela quem propôs o primeiro cinema. Foi ela quem, na terceira saída, beijou furtiva. Foi Dalva a pessoa que traiu um princípio de impaciência. Eu tinha tempo, trinta e cinco anos vividos, mais do que o suficiente para não cair em tentações ligeiras, e ainda possuía energia para saber esperar. É preciso força moral e força física para saber esperar. Eu me orgulhava dessas forças, olhava-me no espelho e via o rosto limpo de um homem de verdade. Os olhos de um homem, nos quais se não há brilho não há estrela cadente.

Esperei, é o que devia fazer, é o que eu tinha ganhado do mundo, sua lição de estrategista frio contra todas as minhas ilusões esfaceladas durante a infância, a adolescência, a juventude e os primeiros anos de adulto. Esperei. Dalva me olhava agora já com aflição.

Eu tinha o meu trabalho, ele me exigia investimento a médio e longo prazos. Cansado de ver colegas sucumbirem em empresas fantasistas, não arriscava uma ação precipitada e media meus lances, cozinhava a expectativa fútil da clientela, não oferecia além do que podia. Visitava as pessoas, fazia contatos, ia estabelecendo, com o correr dos dias, das semanas, dos meses (minha meta eram os anos, saber conviver com os anos sem me antecipar a eles), relações de troca, de compra e venda em que a mola-mestra fosse a oportunidade, e uma oportunidade é quase sempre uma aparição, uma fagulha única.

Um dia recebo um e-mail em minha casa: é de Dalva, e ela mostra os sinais inaugurais de uma ansiedade até então amordaçada. Quer, porque quer, que eu me decida. Me decidir? Um sorriso feito da mais funda tristeza corta a minha boca.

Ligo para ela, não mais do orelhão: "É que..." E nada mais digo.

Ficamos uma semana sem nos falar. Minha carne quase não descansa, porém passo os dias na cama depois que volto das visitas aos clientes. Não tenho telefone. Não gosto de uma chamada estridente. Não quero contatos fáceis nem equívocos, tão fáceis de se criarem na vida. Dalva é essa fagulha? Preciso separá-la do que ela viveu e vive para vê-la melhor.

As pessoas se protegem do que verdadeiramente pensam e desejam numa existência de mentiras. Durante muito tempo, Dalva foi traída pelo discurso e violência dos outros, e, quando fica diante de alguém que se nega a isso, queixa-se da ausência de uma fala que conduza ao discurso que a deixou abandonada e reclama uma energia que é o passo inicial de uma violência que a ofendeu. É nela mesma que viva a sua inimiga, e, se está pronta para se trair, pronta estará para me trair.

Outro e-mail: Dalva. Diz que não me entende. Que agora estava levando fé, mas deprimiu-se com as minhas contradições. Contradições? Mas que afirmação minha foi desmentida por mim? Que aceno fiz e logo depois infielmente desfiz?

Chego ao espelho só por hábito: sei exatamente o que vou enxergar.

Lua

Nova

Ninguém tinha interesse em Eduardo, nem ele parecia ter pelos outros, e, quem sabe, por isso mesmo, sempre podia ser encontrado por perto. O comum era Eduardo estar à mão, disponível, ainda que não fosse solicitado. Seu rosto, nem pálido, nem tostado de um sol que talvez ele evitasse, sua boca discreta, de traços econômicos e lábios quase escondidos, seus olhos distraídos, suas mãos pequenas.

As horas passavam, e Eduardo nem parecia dar-se conta. E essa distração jamais era quebrada. Quando visse a hora, fosse qual fosse, ele a aceitaria como natural, não importando os prazos, seus rigores, suas exigências.

Não era um deprimido. Isso, não.

Deprimidos bebem. Choram. Desistem cedo demais de coisas importantes.

Deprimidos se interessam em segundos, mesmo que para se desinteressarem segundos depois.

Eduardo era outra coisa. Ou não era.

Sim. Talvez não fosse.

Como a Lua Nova, era banhado pela luz difusa de sua paz distraída, pairando levíssimo numa vasta região — ali, as tormentas cotidianas e, logo, as frágeis pacificações dos amigos. Começava seu ciclo sem alarde, protegido pelo excesso de tarefas dos outros, pela surdez dos outros, pelo calor dos que o cercavam, calor que queima a si mesmo e a si mesmo alimenta e só olha para o lado à procura de um espelho. Eduardo não era espelho.

Era míope, aliás. Falava pouco, gaguejava às vezes, e parecia bom ouvinte, escutando horas a fio a futilidade e o exagero dos discursos de Cléber, o síndico do prédio. Ninguém suportava Cléber por mais de três minutos.

Comenta-se que há muito tempo, na adolescência, alguém teria mencionado a respeito de Eduardo a palavra disritmia, mas é próprio da raça a maldade, e ainda mais da idade, se ela anda por volta dos 14 anos. Naquela fase, muitos na escola sofriam de disritmia, mijavam na cama, só dormiam de luz acesa, não saíam do curral da virgindade.

Chamar Eduardo de retardado podia ser perfeitamente apenas mais um dos inumeráveis exercícios de crueldade, a partir dos quais o riso juvenil costuma alcançar seu tom máximo.

Claro, era mais calado que o restante, mas seu silêncio nunca chegara a ser ostensivo a ponto de destacar-se. Quando não esperavam, falava, nunca demais.

De suas leituras, avultou apenas o *Almanaque do Pensamento*, anos a fio e fielmente — tudo nele era fiel —, imerso nas vagas relações entre eclipses, lunações, efemérides.

Crescente

Sorte é o nome do acaso que premia os mais capazes. Eduardo não tinha sorte? Ou tinha, mas abstivera-se desde a infância de procurá-la? O mundo não merecia sua emoção? Ele se fazia esse tipo de pergunta? Todos, no início, se perguntavam a respeito de Eduardo, mas logo em seguida a própria dúvida era desmoralizada por um Eduardo que parecia gravitar como o planeta Plutão, lento, uma lunação a cada ano. E a turma, uma colcha de retalhos unida à força de muita negociação, parecia feita exatamente de gente incompatível com o ritmo de Eduardo. Às vezes alguém suspeitava de que a costura de todas as diferenças quem fazia era ele mesmo, embora no final resultasse numa mentirosa homogeneidade.

Parece que o homem utiliza apenas 5% do seu cérebro. A maioria exulta com essa informação, passando imediatamente a fazer cálculos: imagina o que poderá fazer, dispondo ainda de 95% de recursos até hoje inaproveitados.

Suprema inocência. Enxergam essa cifra assombrosamente grande, como se ela estivesse à mão, fácil, uma chance real.

E não é. Não tem sido. Nunca foi.

E o que a impede é exatamente esse ritmo feito de hábito e vício: nunca se usam mais do que 5% do cérebro. Como um músculo atrofiado pelo mau uso, então a mente tateia, atenta, sim, mas desorientada, um satélite em busca de algum astro no qual acreditar Confusos, cansados, amáveis — e eis uma nova fase, em crescendo, um olho perdido na noite, luarzinho humilde e afoito. Capaz, entretanto, de espalhar o ouro fino da fé em cima da espera.

Para Eduardo, os 5% nunca chegaram a ser uma advertência nem uma esperança. Seu irmão Vilmar achava que ele devia usar uns 2%, se tanto. Não lhe diria, claro, amava Eduardo, como todos o amavam. Como não amar alguém que, embora parecesse não desejar nada nem ninguém, jamais se constituíra numa ameaça? Entregues à carnificina de salvá-lo, os parentes e os amigos destilavam ressentimento com aquilo e aqueles que lhe apresentassem perigo. Eduardo era a paz da paz, um acaso doce, menos que uma testemunha.

Modesto, uma morna carícia em meio ao áspero expediente do escritório onde trabalhava, Eduardo às vezes despertava a mais funda admiração, a mais indisfarçável inveja.

Alguns, ensombrecidos pela ambição, famintos de crueldade, acusavam: "Modéstia é obrigação apenas dos que possuem talento modesto." Mas era só olhar o manso rosto protegendo-se discretamente do sol, as mãos esquecidas nos bolsos, a boca ciciando algo entre o assovio e a palavra, e a imagem de uma pureza extrema brotava contra aqueles que insistiam com a indelicadeza da crítica. Eduardo habitava uma região anterior ao erro.

Cheia

As pessoas têm presença, é só olhar para ver que estão ali, ao nosso lado, ou longe, mas algo nelas as une, e dessa união, mesmo que precária, cresce uma expectativa.

Expectativa débil. Expectativa que nem parece expectativa. Expectativa, porém.

Nada esperam, de início, umas das outras, mas é só uma delas partir de repente, negar algo, fazer um gesto repentino, e já a outra

se mostrará alarmada, frustrada, infeliz, provando que, mesmo sem sabê-lo, estivera todo o tempo à espreita.

Habitante do mesmo planeta de todos, Eduardo não esperava. Freqüentador das mesmas ruas — até mais que muitos que realizavam obras de vulto e eram lembrados mesmo nos noticiários da tevê. Mas não esperava.

Um, Lucas, tentara ser pianista, mas um piano é caro, e Lucas viera de origens tão pobres que o piano virou uma miragem. Um deserto avultou entre Lucas e o piano, mas ele não acreditou nesse deserto, pôs nele um violão, foi até o violão, a areia escaldante, o sol duro e decidido diante de sua dor, e o violão não soou como deveria.

Depois Lucas tentou bateria, a banda chamou-se *Resto da turma*, e assim ficou conhecida durante os dezoito anos de vida que o alcoolismo ainda lhe permitiu.

Umas quarenta pessoas se lembram dele.

Outro, Fabrício, quis ser escritor, mas o país não lê, as editoras só investem em porcaria escrita por cara-de-pau (e às vezes nem por ele), os preços das gráficas estão pela hora da morte, e Fabrício fez jornalismo. O jornal que o contratou era de um político disposto a chegar à Presidência do país, o caminho era longo e pedregoso, e a capacidade verbal de Fabrício sonhara com águas profundas para o mergulho, não com a terra árida e estéril de uma marcha apressada e de destino marcado. Fabrício acabou professor de Português, um bom professor, paciente com a incansável antipatia dos alunos quanto à análise sintática. No aniversário dele, as três turmas que ensina, quase 150 adolescentes explodindo hormônios, se reúnem no salão de festas do colégio e batem palma e gargalham à sua volta.

E ainda outro, Milton, quis ser jogador de futebol e um dia vestir a camiseta do Internacional. Um ano de tentativas na escolinha de infanto-juvenis e já se contentaria com o Juventude, mas as portas do Alfredo Jaconi eram estreitas, e a brecha foi o Aimoré de São Leopoldo, na 3ª divisão. Prazer daquilo não se poderia extrair. Melhor era jogar aos domingos antes de um churrasco empanturrante, chope de incontáveis barris encomendados pela Associação de Moradores do Passo da Figueira, e depois um sono debaixo de uma árvore de pouca sombra, sono regado a sonhos com gols difíceis conquistados desde dentro de um emaranhado de foices sob a forma de pés grandes e descalços. Depois de tantos revezes, resta o consolo de ser o primeiro nome a ser lembrado pela boca de qualquer treinador de equipe de várzea que possua alguma ambição de chegar lá onde a taça fulge.

E outro também: Benício. Desejou ser ator, mas Shakespeare era difícil de decorar. Peças infantis caça-níqueis, em escolas da periferia, foram seu desfecho. E o olhar comprido de algumas professorinhas, naturalmente as solteiras ou no desvio.

Porém, é preciso que se diga que Lucas, Fabrício, Milton ou Benício tentaram. E escolheram, ainda que a escolha tenha sido mais uma forma de resignação diante do infortúnio das eventuais derrotas.

Eduardo não sonhara com a conquista, e se cabia condenar nele essa grave renúncia; por outro lado, era forçoso reconhecer sua força de não ceder às ilusões.

Minguante

Eduardo conheceu o mar cedo ou tarde? Isso é decisivo, às vezes, na vida de uma pessoa. O mar, pela primeira vez, é aquele

chiado indistinto, o bramido das ondas delicadamente disperso pela traiçoeira poluição das cidades.

Enquanto isso, a Lua, em volta da Terra, não recolhe; aceita, pálida, a luz do Sol e deixa que ela escorra lentamente até os campos silenciosos onde a noite, apesar dela, oculta muita coisa.

Saturno com suas luas, e a Terra com uma só. Luas são companhia. Sombra. Eco de alguma palavra perdida. Eduardo era a lua da turma e, de certa forma, embora ninguém admitisse, sua luz.

Um dia, Luciano, afastando-se quase sorrateiramente do grupo constituído por Lucas, Fabrício, Milton e Benício, mais as presenças esporádicas de Carla, Bia e Hélio, segue Eduardo. Segue-o como quem segue um fantasma, mas é o fantasma do próprio Luciano, que este, é certo, não poderá reconhecer. Eduardo facilmente confunde-se com a multidão. Eduardo caminha devagar, e isso, ao contrário do que se supõe, é ruim para uma perseguição como essa.

Tem que haver algo. Há algo. Luciano seria capaz de apostar.

Eduardo apressa o passo num determinado momento, e o coração de Luciano acelera, num tropel, intuindo a iminência de uma revelação única. Mas é apenas o sinal que vai abrir para os carros e o baixinho só quer aproveitá-lo.

"Espera aí, Senhor Deus Todo-Poderoso! Por que apressar-se e aproveitar o sinal? Há pressa, sim! Há", confirma Luciano.

Eduardo pára diante de uma livraria. Eis aí a grande chance. Um livro poderá ser o sinal denunciador. Mas a obra que captura os olhos de Eduardo é um volumão de culinária, com o qual o baixinho sai da loja quinze minutos mais tarde.

Incrível como não enxerga Luciano, que inadvertidamente teve de se aproximar em demasia para ver quando a vendedora foi até a vitrine e pegou o livro para embrulhá-lo. Sorte os estoques nesse tipo de loja no Brasil serem tão pequenos. Caso contrário, Luciano não ficaria sabendo qual obra sua presa estaria levando para casa.

Meia hora de marcha regular, quase arrastada, como se o mundo fosse uma distração pura, o mal afogado no sono. Como se uma tarde daquelas mergulhasse as ruas assassinas numa imobilidade desarmada. Eduardo se movia como um peixe minúsculo na boca de uma caverna. Na escuridão, o polvo. Mas o peixe, talvez, sonhasse que estava num aquário. E tudo aquilo em torno fosse apenas cenário.

Ninguém obra coisa alguma em segredo. (João: 7, 4.)

Ruína

Não gosto da arquitetura nova
porque a arquitetura nova não faz casas velhas.

Mario Quintana

Meu caro Mengálvio, escute-me: o homem, viviam dizendo, era doido das idéias, você acha isso? Podia ter mais um casarão, eu sei, outro além do que já tinha, com piscina e quadra de tênis e sei lá mais o quê. Podia ter fazenda em Mato Grosso, dessas de pastagem pra mais de légua, de miles e miles de cabeça de gado, de peonada de encher caminhões. Podia ter um time de futebol que fosse de segunda divisão, mas podia. Podia ter um bairro residencial, todo ele construidinho sob medida, podia ser dono de prédio de cinqüenta apartamentos. Claro que podia.

Mengálvio, velho de guerra, o pessoal tava convencido que o sujeito era abilolado, só podia, afirmavam por aí. Morava numa mansão ali na parte mais alta do Atenas, no bairro dos ricos. Tinha um mulherão que só não era capa de revista porque não queria. Tinha filhos, um mais ajeitado que o outro. Tinha três carros, ou quatro, todos eles de marca estranha, não muito fácil de pronunciar. Reconheciam que o doutorzinho, ia se ver de perto, até nem parecia esquisito. Vestia-se direito. Penteava o cabelo, sorria sem arreganho pra quem passasse, pagava certo e justo.

Houve tempo em que acharam que ele era sem-vergonha. Que era ladrão. Que era mentiroso como político, sem ser político. Depois ficaram achando que ele era maluco. As coisas demoram pra se ajeitar, e muitas vezes não se ajeitam nunca, você sabe, né, Mengálvio? Houve tempo que tava assim de gente querendo o couro dele, que a maciça maioria tinha se convencido pra todo o sempre que o doutor era cobra criada maior que surucucu. E por quê? Você se pergunta isso, eu também me perguntava, e a razão era uma só: o homem tinha mais do que qualquer um de nós podia agüentar, assim como quando o praça aporta num mictório e vai dar a mijadinha do dia e olha pro lado e vê um paisano, aparentemente comum como a gente, mas com uma manjuba desse tamanho.

Ninguém suporta alguém com tanto, essa é a verdade, a não ser que se acabe por escolher o felizardo como herói; nesse caso torcemos por ele, porque no fundo esperamos que nos defenda, no mínimo que nos represente.

O problema, Mengálvio, é que o doutor não tinha procuração de neguinho nenhum, ninguém tava muito a fim da cara dele, ele que fosse representar as suas negas e nada mais. E aí, cheio da gaita, entupido de riqueza que brilhava até no sapato e na gola da camisa, ele parecia ter vindo ao mundo pra posar diante daquele mundaréu de pé-de-chinelo que tivesse paciência pra enxergar como a vida é injusta. A vida é injusta, você sabe o quanto, Mengálvio.

Pois o Salomão, com o rego atolado de ouro, parecia não fazer prosa do que tinha, só que o pessoal se roía — ninguém é cego, pô!

E, afinal, onde ele enfiava a dinheirama? A mansão já tinha dez anos, carro novo a toda hora era bobagem, roupa de costureiro bicha e preço salgado não chegava a impressionar como impressionava o que se ouvia de número, um mais um na conta bancária. Era um milhão. Eram dois, cinco. E dólar.

Mengálvio, você me diga: um homem assim faz o que qualquer um de nós faria se tivesse o cu virado pra Lua: comprava o mundo, sim, a parte boa do mundo, que a podre geralmente é barata, e rico não visita liquidação. Pois o que é que o doutor fez?

Tinha uma casa caindo aos pedaços pras bandas de Viamão. Ele foi lá e arrematou, num negócio muito do mal-explicado: uma fortuna por uma ruína. Uma fortuna. Um advogado da família disse que era pendenga de década, residência de espanhóis que voltaram de repente pra Málaga, um crime, extradição, o governo de lá exigindo mil e umas, dívidas acumuladas com o governo do Estado aqui, isto é, um negócio de burro, valendo mais do que valia, muito dinheiro pra pouca porcaria. E o que você acha, Mengálvio, que o homem queria com aquilo? Pra reformar a casa o melhor era derrubar quase tudo. Pra ajeitar o pátio precisava até de serviço de terraplenagem; era uma buracama, além do matagal.

O resumo é que o doutor comprou o entulho, a casa de fantasmas. E... E não fez nada! Deixou exatamente como estava. Tanto que meia população duvidou que ele tivesse fechado o negócio: "Como, se nada tinha mudado?"

Alguns, poucos, juram que o viram sentado no pátio tomado pela guanxuma, quieto, sem piscar um olho, observando sem pressa aquela solidão braba, às vezes levantando, indo até a janela (contam que lá dentro ainda tinha foto dos foragidos nas paredes), fresteando pra dentro, talvez tentando enxergar no escuro algum sinal. Que sinal?

Teve outra: aquele castelinho que dizem ter servido de cabaré nos anos 30-40, aquele plantado lá na primeira rua paralela à da pracinha em frente à ferroviária. Aquele, o castelo rosa, rosa naquela época, hoje nem parece, a pele leprosa do prédio toda virada em casca, rachadura.

Mengálvio, Mengálvio, aconteceu isso mesmo que você já sabe, não sabe? O doutor virou, mexeu, e levou o castelo. O terreno pertencia à prefeitura, que não sabia se derrubava ou não o castelinho. Se não, virava patrimônio histórico, era uma chance. Mas essa chance era remota, a discussão se arrastava há duas administrações, quase certo é que ia acontecer o que sempre acontece, aquele ou outro prefeito sacaninha, mais cedo ou mais tarde, ia pôr tudo abaixo e dar um jeito de passar pra iniciativa privada aquele baita espaço — nos fundos do castelinho tinha um pátio quase do tamanho da pracinha, onde as putas e os figurões, como uma imensa, segunda e autêntica família, faziam bailes até de São João, já faz 60 anos, meu velho.

Dizem que o doutor falou que, mesmo que o castelo fosse preservado, ia acabar virando museu, e fazer isso com um cabaré é a maior sacanagem. Somando tudo, o abonado foi lá, se meteu nessas ronhas de patrimônio público, utilizou-se até de favores políticos e teve que pagar uma banana pra poder ficar com o embrulho todo. Ficou. E não fez nada.

E o velho estádio de futebol, que muitos nem acreditaram que era dele! Está aí, paradinho, paradinho, sem nenhum aproveitamento. Ele arrematou o troço na surdina e não fez porra nenhuma,

preservou até o rombo no alambrado da parte sul. Ninguém joga futebol no lugar, ninguém nem entra pra matar a saudade.

As pessoas sempre acharam que o sujeito era pancada. Parecia louco, não é? Quem podia entender qual era a dele? Ele podia? Podia, o sujeito sempre acha que tá sabendo o que faz, enquanto faz sem saber por que faz. Às vezes sabe, eu sei.

Essa ninguém me contou, eu vi. Foi na televisão, naquele programinha mixa em que alguém é entrevistado durante trinta minutos, entrevista do tipo quem é você, sem muita chance pra conversa fora, chance que poucos aproveitam. Ele aproveitou. Liguei o aparelho e era o canal, a hora, o programa, e ele estava lá. Não olhei duas vezes, uma só e vi que era ele, falando. A entrevistadora perguntou sobre aquela mania de só comprar sucata. Ele riu, educado, mas riu. Mania, sucata, perguntou. E ficou um bom tempo falando de velocidade, velocidade e violência. Que a lentidão era sábia. Que o silêncio também era sábio. Que pressa e violência eram irmãos, e que a violência era, foi bem assim que ele disse, ó: "Violência é a confissão de um fracasso."

Eu não tava entendendo muito até esse ponto. Mas era bonito, Mengálvio, bonito. O homem pensava, pensava pra burro, parecia que nunca ninguém tinha pensado antes em cima da Terra. E falou um troço pra lá de forte. Contou que era do interior, de Livramento, e que tinha saído de lá com dez anos de idade. Que veio pra cidade grande, trabalhou dezesseis horas diárias durante vinte anos, e só voltou aos trinta, quando já, bem cedo, tava batendo as bielas. Chegou lá e procurou o armazém de um tal de seu Pereira. O avô do doutor conhecia o armazém do seu Pereira. O pai do doutor conhecia o armazém do seu Pereira. O doutor tinha descoberto o mundo e lá vivido até os dez anos, protegido pela existência do seu Pereira e do seu armazém. Aí o sujeito volta vinte anos depois, e o que encontra? Nada de armazém, embora o seu Pereira estivesse vivinho da silva e gozando ainda de boa saúde. Mas de que valia o seu Pereira sem o armazém? E o colégio onde o doutor tinha feito os primeiros estudos? Estava reformado, pintado dum verde pra lá de cafona. Ele chorou quando tentou lembrar a cor anterior e não teve certeza — era bege, era gelo? Tinha certeza duma coisa: era descascada, e assim tinha sido, sem retoques, durante as quatro primeiras séries.

A reforma da escola e o fechamento do armazém sepultaram a sua vida. Assim, assim mesmo, ele disse pra entrevistadora. E concluiu dessa maneira, mais ou menos: seu pai e seu avô sabiam onde estavam, sabiam de onde tinham vindo, e aonde iam. Era, no tempo deles, um mundo que durava o suficiente, isto é, a vida da gente. Agora tudo estava acabado. Tudo acabava todos os dias. O armazém de anteontem tinha virado o bazar de ontem, a videolocadora de hoje, a tabacaria de amanhã. Passa-se pelo lugar e se lembra do quê? Lembra-se de quem? A gente precisa seguir adiante, e com passo firme. Em breve não teremos memória nem de nós mesmos. Esse doutor...

Ontem foi aquele auê no enterro do sujeito. Como foi, na época que fecharam o castelinho. Como deve ter sido, quando os espanhóis fugiram daqui. Ontem, o motivo, mais uma vez, foi escândalo. No caso, o suicídio. Por que se matou, por que não aproveitou melhor a fortuna? Era moço ainda, 52, era importante. Quem passou o dia dormindo e é desligado e não quer saber de nada, mesmo assim, hoje de manhã, vai dar de cara com a notícia, nalgum jornal, vagabundo que seja, nalguma rádio, até na televisão. É quase só o

que falam. Mas daqui a bem pouquinho isso não vai contar pra nada. O castelinho, a casa dos espanhóis, as taperas todas, essa sucatama inteira vai bailar nas mãos dos corretores. E o doutor vai ser só uma conversa entre dois velhos amigos. Os demais, sabe como é, Mengálvio, passam a vida toda de fofocalhada, e na hora da coisa séria tá todo mundo tirando tatu do nariz.

Nossa obra-prima

Ser editor é um saco. Aparentemente se cumpre o confortável papel de leitor, com toda a sua disponibilidade, só que poucos se lembram de que o leitor escolhe o que quer ler, e o editor, em geral, é obrigado a engolir linha a linha a montanha de merda que seu departamento recebe diariamente.

Linha a linha é exagero, reconheço. Há livros dos quais basta se ler o título, os primeiros parágrafos, alguma passagem aleatória lá pelo meio, e o amargo desfecho logo vem — amargo para a atividade da leitura. Cinco minutos e os fechamos, assustados com a sempre renovada capacidade que o homem possui de errar, surpresos com a força inenfrentável da mediocridade tão inumana, assombrados com a autêntica tragédia que representa a falta de talento. Eis o caso de Leandro, mas dele falarei daqui a pouco.

Leitor nada privilegiado, ao contrário, cumprindo torturante pena — ler sem cessar uma porcaria atrás da outra —, o editor é um santo, um mártir, um exemplo não a ser seguido, mas evitado. Ele representa a soma de dois personagens: o leitor e o autor.

Tem do leitor a curiosidade, a fome que não se satisfaz. Não bastasse tal doença, ainda traz dentro de si a responsabilidade pelo infeliz livro, própria do autor. O editor também é o pai da obra, na qual, muitas vezes, nem acredita. Mais que os leitores, é o grande engolidor de sapo.

Leandro foi o meu maior sapo.

Surgiu numa manhã chuvosa, o guarda-chuva capenga, as varetas apontando para o vazio, o forro arriado. Mas cadê a timidez dos que sabem? Parecia ter escrito a *Primavera negra*, do Henry Miller, e sorria pacificado enquanto me estendia uma pasta verme-lha com um senhor bolo de laudas datilografadas.

O título, *Só eu sei*, até que não era de chorar, mas o início...

— Quero confessar algumas coisas de ordem estritamente par-ticular que talvez não interessem a todo mundo. No fundo, porém, todos estão interessados em todos e eu sou mais um motivo para que, me lendo, se leiam.

Pretensioso o mocinho, hem? E depois, ninguém está interessa-do em ninguém, só nos vencedores.

Além disso, o estilo era meio frouxo, apostando todas as suas fichas numa típica conversa de manhã chuvosa — o original parecia ter nascido, por exemplo, após muitas horas de lengalenga na fren-te de um gravador e, em seguida, transposto com um capricho pura-mente datilográfico por, digamos, alguma secretária de rara diligên-cia ou uma namorada pra lá de amorosa. Era o segundo caso, e o nome da moça era Marta.

Mandei que Leandro pensasse bem no que tinha feito, disse-lhe que, ao contrário do que pensam os escritores iniciantes, o mundo é completamente surdo, o planeta anda ocupado demais para sentar e ler nossas mazelas particulares. Era melhor ele, no mínimo, dar uma disfarçadazinha.

Por exemplo: passar tudo para a 3ª pessoa; fazer com que outro personagem aludisse ao que ele, Leandro, confessava no original. Substituir os comentários por ações, por mais que essas ações fossem um espelho, provavelmente arrastado, dos comentários. Em suma: atenuar a chatice e a presunção com uma falsa humildade e uma concentração no que mais distrai o leitor: o movimento, ainda que seja movimento inócuo, a esmo.

O fato é que proporcionei ao agora infeliz Leandro — ele, que adentrara ao sacrossanto recinto da editora como Alexandre Magno, como Jorge Amado, como Caetano Veloso — uma indiscutível e impagável aula de teoria literária. Mas papo sobre literatura é um porre, agruras de um jovem escritor também são um porre. No entanto, a jovem Marta...

Boa datilógrafa, sem dúvida. Leandro não tinha muitas posses, e sua Olivetti 1971, um judiado modelo Lexikon 80, não estava à altura da impecável mancha que Marta imprimira no papel-jornal que o meu querido sapo comprara na liquidação de uma pequena papelaria de bairro.

Marta conseguira datilografar com raro cuidado, sem nenhuma marca visível, aquela lamentável arenga do seu tristonho artista prometido. O alto contraste das letras negras, com bordas bem definidas, sem resíduo, contra o fundo do papel amarelado revelava fita nova, teclas limpas, asseio, atenção, amor. A margem direita havia sido implacavelmente observada, como se um editor de texto, dos que são usados em computador, estivesse a serviço do coração da

jovem mulher, operando com apaixonada determinação aquele ferro-velho de mais de um quarto de século.

Invejei Leandro. Casado três vezes, uma, legalmente, e as outras, periódicos ajuntamentos em que o mais longo durou um ano, eu me ressentia da ausência de uma figura feminina forte em minha vida. Amor era uma matéria na qual eu havia naufragado debaixo da mesma mediocridade que afogava a má literatura de Leandro.

Não era, claro, a impecável datilografia de Marta, demonstrando o quanto ela estava ligada ao meu nada promissor aspirante a editado, o que me fazia desejá-la. Tal dedicação era a prova de que o destino da bela mulher dificilmente cruzaria com o meu. E aí na beleza é que residia o elemento decisivo — embora menos perturbador —, a razão pela qual passei a conviver com Leandro muito mais do que suportaria.

Marta apareceu já na segunda vez em que recebi Leandro. Inadvertidamente, ele a levou consigo quando foi me entregar a nova cópia, após 318 — exatas 318 — alterações exigidas pela minha feroz leitura inaugural.

Passei a desejá-la desde o primeiro encontro. Ela manteve os olhos firmes: não tinha a ingênua confiança de Leandro nem possuía a desprezível humildade canina dos que não tentam. Acreditava no namorado há dois anos, quando começaram. Sua fé era inabalável, não por burrice, mas por desinformação. Bastaria mostrar-lhe que o rapaz era inviável como escritor? A partir daquele momento, iniciei meu lento projeto de revelar a Marta a impossibilidade do sonho de Leandro.

O projeto era lento porque fazia parte dele, primeiro, a alimentação; depois, a tortura; e só no fim, a aniquilação. Por alimentação entendam-se as promessas: que se ele melhorasse o livro, quem sabe... Por tortura entendam-se as repetidas recusas e renovados convites para que o já escalavrado original retornasse. Por aniquilação entenda-se o óbvio: o desalento com que a chamei uma vez, fazendo questão de que viesse sozinha, que mantivesse segredo, apresentando-me arrasado com a ausência de evolução na mais do que provada precariedade da técnica de Leandro.

Isso tudo durou oito meses, oito meses nos quais o cada vez mais apreensivo sapo ia baixando o tom do coaxar, aumentando os intervalos das visitas, acusando os golpes sofridos, mostrando que as mexidas no texto ficavam dia a dia maiores e mais complicadas, que o texto mesmo perdia sua homogeneidade inicial (por pior que fosse), embarcando numa viagem sem sentido e sem volta.

Irrecuperável Leandro, eu começava a sentir um medo vago, uma estranha espécie de náusea com o que eu estava praticando, uma vertigem misturando o doce e o podre.

Marta sofria, dei-me conta no quarto mês. Sofria mais do que Leandro, que só exibia impaciência e algum ressentimento. Eu possuía uma equipe de leitores, mas desde o começo tinha feito questão de manter o trabalho de Leandro longe deles, para que não dissessem, já na partida, que não haveria chegada, para que não o mandassem embora e, junto com ele, Marta.

Numa sexta-feira estratégica, chamei-a. Disse-lhe: — É muito difícil que, algum dia, ele venha a acertar. Tentei de tudo, juro. Procurei ajudar de todas as formas, dando-lhe dicas sem procurar ferir seu orgulho de artista. Mas ele é só um homem sensível. Tem boa-fé. É esforçado. Acho que temos de ficar mais juntos, se quisermos ajudá-lo de verdade; não como escritor, que pra isso não há mais remédio, mas, ao menos, como homem.

Ela me olhou, mais atenta do que habitualmente. O que havia em meu rosto que eu não sabia? Havia o que eu sabia?

Tive vontade de dizer: "A arte é uma mulher rara, como você, e difícil." Mas isso não iria colar, Marta não tinha nascido ontem.

Ela jogou a pergunta como uma rede. — Ficar mais juntos?

Era preciso cautela.

— Leandro não é muito mais do que um bom motivo para isso?

Eu não tinha pressa e muito menos me comportava de forma previsível.

Os olhos de Marta hesitaram.

Ficou preocupada mais do que normalmente era. Disse-me: — O que se pode fazer?

Elogiei-a: — Mais do que você tem feito? — Depois avancei, era inevitável: — Se bem que um pouquinho mais do que você tem feito seria útil.

— O quê?

— Me escutar.

Um sorriso subiu-lhe até a boca. Sim, era preciso muita cautela.

Pediu que eu explicasse por que ele era tão mau escritor assim. Esforcei-me em ser claro, objetivo, principalmente porque, naquele caso, a objetividade me servia, não deixava nenhuma alternativa para o condenado Leandro. Ela estava alarmada: — Se ele souber, será capaz nem sei de quê.

— Não saberá. Quem escreve há tanto tempo como ele não pode parar, e fará o que for necessário para continuar escrevendo, inclusive iludir-se.

Mais um pouco e ela estaria me pedindo orientação, da mesma desamparada maneira com que Leandro agora me olhava, atentíssimo.

— Já é tarde, o trabalho acabou. Você toma um chá comigo fora daqui? — Aceitou, para minha surpresa. Amava demasiado Leandro para recusar; precisava, como de oxigênio, continuar escutando o que eu tinha a dizer sobre o futuro da carreira dele, futuro que até ali ela parecia ter entendido como fração inseparável do seu próprio futuro.

Continuaria a insistir numa história comprometida agora pela certeza da derrota? Marta queria salvá-lo um pouco, ao menos tentar, e outro pouco certificar-se de que eu realmente estava dizendo a verdade e, nesse caso, repensar se o que pesava mais na balança era o bom homem ou o mau escritor.

Decidiu-se pelo segundo, sentenciando-o. Leandro havia entregue seus últimos anos tão intensamente à literatura, sacrificando atenções à namorada, que ter fracassado equivalia à traição. Uma mulher talvez suportasse estar em segundo plano quando em primeiro se encontrava a arte de um gênio, mas jamais, eu apostava, admitiria segundos a menos de afeto em troca da mera teimosia de um medíocre.

Ganhei coragem; mais, entusiasmei-me, quase às raias do ridículo: mostrei a Marta textos antigos nos quais eu revelava uma ambição quase imoral. Não era burra, veria mais cedo ou mais tarde a ânsia de conquistar, a preços exorbitantes, a total falta de piedade, a decisão de fulminar as hesitações (tão humanas e repetidas), a aposta maior em um só tipo de trabalho, o executado de forma política.

Mas o temor de perdê-la pelo mesmo erro de Leandro me fez recuar a tempo, com um trunfo que ele não chegou a ter: a autocrítica. Mentindo um pouco, desmereci meus textos. Afirmei que se haviam perdido pela falta de persistência. Pela falta de uma Marta, incentivo vital. Jogava, desta forma, com mais de uma possibilidade.

A primeira: tendo o desejo — quase infantil — de criar, mostrava humildade ao desconfiar de meu engenho. Humildade que me fazia doce.

A segunda: nascida dessa humildade, a desconfiança dos maduros, que os faz recuarem em busca das coisas viáveis.

A terceira: só, desprotegido pela ausência de um amor, eu era frágil como um filho sem mãe. A esse esquema clássico Marta não resistiria.

Ela estava carente de mãos firmes, de olhos que não fossem inocentes, de uma história que não oferecesse a qualquer estranho, ao primeiro sinal de obstáculo enviado pelo mundo, uma oportunidade fácil de perturbação. Seu rosto se compunha de uma serenidade cuja descrença sabia evitar o desespero. Havia nela uma convicção jamais ingênua. Marta havia nascido para ver, e somente seu coração enorme a havia empurrado na direção do equivocado Leandro. Eu a recuperaria.

Recuperei-a. Empapada de uma chuva em tudo semelhante à do primeiro Leandro, quando ele havia entrado na editora numa certa manhã de inverno e jogado, impávido, um maço de papeljornal em cima da mesa da secretária, e, sentado, esperava, pelo jeito, que alguém lesse aquilo em meia hora e logo o cumprimentasse com efusão. Recuperei-a, marcado por aquela chuva, e já era outono. No terceiro chá — eu havia dado um bom chute, ela conhecia tudo sobre todos os chás — disse-me que andava sonhando comigo, que estava ficando difícil encarar Leandro, que eu só não a apressasse.

Prometi-lhe toda a paciência do mundo, paciência que conheço bem, paciência aprendida anos e anos lidando com escritores, ególatras, neuróticos, impacientes. Nesses dias, quando me resolvi a desistir para sempre de *Só eu sei*, fomos os três a um restaurante de subúrbio onde Leandro embebedou-se e, antes de correr ao banheiro para vomitar, ainda conseguiu dizer: — Você não pode negar, Dirceu, que uma obra-prima eu já consegui nesta vida. É a Marta. E essa, você vai me perdoar, essa nunca, mas nunca mesmo, vai ser sua.

Se eu discordasse de Leandro, não teria sido a primeira vez.

Diante do túmulo de meu pai

Meu pai, diante do túmulo de meu avô:

— Por isso odeio a vida!

Não a odiava, claro. Odiava o que, não sendo vida, está contido nela. As suas eram as lágrimas de um homem derrotado e condenado a sobreviver. Humilhado pela vida que, tendo-lhe tirado tudo, ainda o fazia continuar e oferecia-lhe outras coisas. Trairia, não o pai, mas o cadáver do pai, se aceitasse a indiferença brutal e, ao mesmo tempo, a generosidade da existência persistindo sem se transformar em um cadáver. Odiava, talvez, o paradoxo da vitória pessoal ante a tragédia pessoal reconhecida e, no entanto, transposta.

Agora não odeia mais, está morto.

— Por isso odeio a vida! — digo, sem me conter, no cemitério, ao lado de meu filho, diante do túmulo de meu pai.

Natal entre cristãos

Luísa ergue-se e sua mão alcança, no outro lado da mesa, uma das faces de Lucas. O tapa estala e, apesar de um tanto abafado pela música do bar, congela o tempo em cinco insuportáveis minutos.

Lucas olha Luísa, nada surpreso.

Luísa não consegue olhá-lo; afinal, o ódio é cego mesmo.

As mãos de Lucas aproximam-se brandas e brancas, e tentam afagar os cabelos da mulher, oculta por eles; além disso, com os olhos fechados. É Natal, Lucas sabe melhor do que ninguém, e até Luísa já nem liga para uma data que nunca, em tempo algum, serviu para acalmá-los.

— Luísa, pensa melhor. Procura se segurar!

— Não agüento mais, não agüento...

— Era preciso. Foi. Agora não mais. Agora é outra época. Estamos diferentes. É injusto comparar aquela situação com esta.

— A questão é que eu podia, e agora não posso.

— Fazer o quê, então?

— Lamentar!

— Belo exercício!

— Melhor, não me perdoar nunca, e nem a você, egoísta!

— Sei. Fomos. O egoísmo é o lado feio da consciência.

— Foi; na verdade, só você foi. Eu tinha 23 anos, e era pouco, era uma idade ridícula ainda, mesmo para uma mulher.

— Hoje teríamos seis filhos, o mais velho com 14 anos.

— Não precisava seis. Abortava a metade, sei lá, mas deixava a vida mostrar a sua cara, nos atrapalhar; é o preço. Senão fica fácil, conveniente. A verdade é que aborto não comove homem nenhum. Mas isso não me importa. No fundo eu achava que tinha que concordar com você, mesmo que intimamente não concordasse. Pô, você é nove anos mais velho que eu. Devia saber que o resultado não seria bom.

— Sou culpado por agora você não poder ter filhos.

— Evidente que é. E, como se não bastasse, eu também.

Luísa não comemora natais. Lucas nunca comemorou. Lucas, por falta de fé; Luísa, por cansaço.

O tapa no rosto do marido é um gesto isolado, o acontecimento nesta noite de 25 de dezembro em que o restaurante abriu para clientes especiais. O casal é um deles.

— Estou envergonhada, de qualquer jeito, com esse acesso. Devia me controlar. Já o condenei muito antes.

Lucas geme sobre o prato vazio. Olha a mulher que não o encara mais. E praticamente grita:

— É Natal, aproveita! Envergonhar-se do quê? Do Evandro e da Enedi, que estão lá na mesa do canto? Bobagem, não se envergonhe. Eles têm quatro filhos, um mais retardado que o outro, e só um não foi ao psicólogo ainda e decerto porque faltou dinheiro. O Evandro já teve casos que vão desde a recepcionista virgem até a mulher do Diretor, as mais difíceis. A Enedi, você viu como ela está magra? Não se preocupe com ela, mande brasa, brigue, reaja, adote um filho, me cape, não banque a delicada nem a ressentida omissa.

— Fala baixo...

— Não me importo de fazer papel ridículo em público para não fazer papel ridículo na intimidade, que dói mais. Banco o palhaço para os outros sem nenhuma vergonha, e você sabe a razão. Nós não podíamos. Não tínhamos dinheiro, não tínhamos experiência, não tínhamos certeza, não tínhamos — quer saber? —, não tínhamos vontade. Agora temos tudo isso e não dá mais e é foda e eu sou o culpado, sim, e reconheço e não vou deixar de reconhecer esse erro. Mas para vocês, mulheres, que acreditam em Deus e no espírito natalino, erros são para serem corrigidos. Não são. Erros são erros, ficam para sempre. Acertar é não repeti-los, e só. Há coisas que não admitem revisão. Um homem pode revisar a sua consciência, evidente. Mas revisá-la apenas, não consertar as falhas como se elas fossem peças de um mecanismo. Culpar os outros é uma forma de nos desculparmos. Não a culpo, Luísa, não a culpo. Como não aceito que me culpe. Eu me culpo, e sei da minha culpa melhor do que você, que sabe da minha tão pouco quanto sabe da sua.

O tapa ameaça vir de novo, a mão treme junto ao coração encolhido da mulher. Seus olhos se abrem e fulgem, ferindo o rosto de Lucas.

Ele sorri amargo, concessivo. Sabe que a data deixa as pessoas suscetíveis, frágeis e exigentes como deveriam ser durante todos os dias do ano. Para ele nada mudou. Nem a certeza de que, se não pôde tornar-se pai, não vai agora tornar-se filho. A responsabilidade é dele, como sempre foi. E, então, grita:

— Vamos realizar um espetáculo de terceira categoria, é o que esta gente aqui gosta de assistir; é o que podem compreender. Me bate, Luísa, me bate de novo!

E Lucas oferece a outra face.

Encontro no apartamento

Éramos diferentes em tudo, ou quase. Hoje escrevo quase, mas naqueles dias jamais teria admitido a menor aproximação que fosse. Éramos diferentes mesmo, acho que até opostos.

A casa era ampla; na época, meu tio não precisava dela e a emprestara a nós. Eu e Pedro travávamos nossa disputa pela consagração de um só projeto: eu, o meu; Pedro, o dele. Mas a casa, enorme, incalculável como a generosidade ou o desprendimento de meu tio, ignorava o debate, tratava de empilhar dias e espaços entre a minha vontade e a de Pedro, e assim eu ficava abandonado com a minha obsessão; Pedro permanecia com a dele; e nada mudava, nada mudaria, ninguém conheceria a conversão.

Dois anos naquele casarão, dependendo dos favores de meu ainda abonado tio. Eu, disposto a me enterrar cada vez mais fundo e firme em meu propósito de fazer da minha atividade — escrever — a única ação compatível com a criação do universo, o único ato aceitável num mudo surdo e analfabeto. Pedro, convicto de que a arquitetura, de fato, propiciava uma realidade concreta, provável, necessária — ao contrário da imaterialidade da literatura —, passava as tardes vasculhando as dependências da casa para estudar em detalhes o projeto daquela construção que tornava meu tio o distraído proprietário de uma obra-prima.

Eu usava a casa vorazmente, sobretudo porque ela me aliviava da presença asfixiante de Pedro, sempre pronto a irromper na biblioteca com objetivos nada, digamos, livrescos. Simplesmente eu não esperava que a mobilidade incessante e irritante de Pedro o atravessasse em meu caminho.

Saía dali e ia escrever na cozinha, na mesa grande junto ao janelão que dava para o jardim, ou no hall de entrada, ou afundado no fofo e desconfortável sofá estampado no quarto — o meu, naturalmente —, mas nem assim Pedro se privava e, indiscretamente, batia na porta solicitando uma licença que eu concedia com contrariedade; ou no corredor, sim, de pé, inclusive no corredor, quando me exasperava vê-lo pulando com alegria infantil no gramado para onde eu havia me dirigido na esperança de escrever em paz.

Éramos diferentes em tudo. Pedro falava, falava muito, falava demais. E desenhava, claro. Eu, ao contrário, não chegava a entregar-me ao mutismo que Pedro acusava; não, se eu abria a boca poucas vezes era tão-somente pela ausência de vontade de comunicar-me com ele.

Dito assim, até pode parecer que Pedro topava conversar comigo. Topar, ele topava, mas a torrente verbal que me dirigia não tinha outro propósito além de me atingir. Falava, não por generosa fome de comunicação, e sim por estar cruelmente disposto a fazer soçobrar meu já precário equilíbrio.

"Seu texto é um caos, falta a você arquitetura." Parado à minha frente, as pernas abertas, dizia isso. Dá pra chamar de conversa?

"Não quero papo." Era o máximo que eu conseguia dizer. E prosseguia dedilhando na máquina de escrever, só dedilhando, porque escrever mesmo já não era possível com Pedro ali bem à frente, insistindo em movimentar os braços, roubando todo o ar disponível, dando palpites sobre o que eu já havia escrito até então.

Aquilo durava cinco, dez minutos. Eu me levantava sem procurar inventar qualquer pretexto. Ia ao banheiro, ia à cozinha, preparava uma torrada, dava um tempo, esperava Pedro cansar, desistir; desistir do quê?

E a casa era um caramujo gigante, inimaginável. Com Pedro por perto, porém, o espaço nunca era suficiente. Eu, que não precisava ocupar tantos lugares, para fugir dele tinha de passar em revista, diariamente, cada centímetro daquela moradia agora desagradável.

Sim. A casa de tio Artur, no início, havia sido o oásis no deserto em que havia se tornado a nossa vida de órfãos. A morte de nossos pais não havia sido aceita por mim nem por Pedro. Mas talvez o modo como demonstramos tenha nos separado em definitivo. Eis algo que compreendo bem. Mas a compreensão sozinha não basta para nos fazer aceitar.

Eu considerava a morte de meus pais um golpe sem desculpas dado pelo Deus que eles haviam passado toda a minha infância defendendo. Pedro ainda acreditava nesse Deus, e continuava a falar como sempre, com facilidade. Só não falava do acidente, só não punha os pés dentro de carro nenhum.

Tínhamos dois telefones, dois números, duas linhas, dois canais diferentes e separados para contato com o mundo exterior. O meu

era recebido pelo aparelho que estava na sala, numa mesinha junto a um sofá bege. O de Pedro acionava um aparelho mais moderno, postado em cima de um balcão próximo a uma das janelas da sala. Era a forma encontrada para nos encontrarmos o mínimo. E nem sempre dava certo.

A atrapalhação habitual das pessoas fazia com que diversas vezes eu recebesse ligações no telefone de Pedro e ele no meu. Somavam-se constrangimentos e contrariedades. Eu atendia, curioso, imaginando alguém da editora, do jornal, e a voz: — Pedro?

Pego de surpresa, minha reação não era boa. Desligava consternado, esquecendo-me de dar o número certo. Não que eu estivesse preocupado com o problema da outra pessoa, sem o número certo para onde queria ligar. Preocupava-me era o meu telefone voltar a receber chamadas para Pedro.

Nesses casos, era comum o retorno da ligação. Outra vez a mesma voz: — Desculpe, o Pedro não... — Eu completava: — Não! — E conseguia dizer, rápido: — Peça o telefone particular dele no escritório de arquitetura Junqueira, Fontenele & Cia. — É claro que eu podia dar o número? Não, não é claro, claro que não. Não o número de Pedro, não o número dele, não em momentos como aquele, pego de súbito pela eterna distração do mundo, que não respeita as dificuldades de ninguém.

Algum dia, certamente, eu daria. Por enquanto, não. O mundo que esperasse. Eu não esperava por ele há tanto tempo?

Já Pedro, segurando o aparelho na mão, sorria ao me chamar. — Vem, mano, vem. É pra você.

— Por que ligaram para aí? Dá o meu número.

— Não deixa ficarem esperando. Atende logo.

Eu desejava partir para a mais franca artilharia verbal que o *Dicionário de imprecações*, bolado por Roberto Silva, permitisse. Mas não. Ficava quieto; amuado, ia atender.

— Alô. — Do outro lado uma voz aflita. Mais aflito ficava eu.

— Alô, olha, por favor, liga agora mesmo para este outro número. — Dizia o número, a pessoa hesitava, e acabava perguntando: — Mas por quê? — E eu quase perdia a paciência, e insistia: — Por favor, liga para o outro número. Fica difícil eu atender aqui. Liga. — E desligava.

Tinha vezes que a pessoa nem ligava de novo, sei lá por quê. As pessoas são muito atrapalhadas, ou distraídas.

Pedro não era distraído, eu não era atrapalhado. A casa era enorme, mas sempre havia estado na mais absoluta ordem. Pedro, com seu olho de arquiteto, buscando beleza no ato mais miserável; eu, com a minha insistência no controle das situações, garantindo a ordem acima de tudo para que os limites nunca fossem ultrapassados.

Tínhamos a nossa intimidade, e nem ela havia posto em perigo a distância que eu quase amorosamente construía e alimentava. Pedro tinha suas mulheres; eu, as minhas. E risos, gemidos, gozos, frustrações, performances, secreções, óleos, performances, promessas de macho e fêmea, performances, conjunções, acoplamentos, penetrações, violações, performances, arranhões, chupões, performances, saciedade, performances, performances, tudo isso que podia contra a vigilância obstinada de dois destinos unidos pela carne, mesmo que para digladiar-se?

Pedro estava no dia do acidente. Eu tinha ficado em casa por causa de uma forte gripe. Quando nossos pais o levavam à escola, foram fechados num cruzamento e capotaram. Nossa mãe foi arre-

messada dez metros para fora, nosso pai ficou preso nas ferragens, e Pedro, no banco de trás, ileso, apenas tonto, conseguiu sair às escuras, caminhando com lentidão para um terreno baldio próximo. Chegaram pessoas às pressas, tentando ainda salvar nosso pai, que agonizava. Antes das escadas do hospital ele faleceu. Pedro foi localizado no banheiro da escola. Ele chegou a ir até a escola em estado de choque, dizem. A mesma escola onde ficou oito anos, até entrar na universidade e formar-se arquiteto.

Meus estudos foram irregulares. Sou um autodidata que jamais perdeu a fé no estudo, e a ele me dediquei, mas em casa. Longe dos cruzamentos, longe das escolas, negando-me terminantemente a andar às escuras quando a luz que eu procurava só eu mesmo podia acender.

Meus encontros eram, em geral, na penumbra do meu quarto, quando Pedro saía de casa para as suas reuniões, duas vezes por semana, no Junqueira, Fontenele & Cia.: moças com aspiração à literatura enviadas pela editora — com outros fins, naturalmente. Funcionárias da editora. Atendentes de livrarias de quem eu me havia tornado cliente. Aliás, bem melhor seriam prostitutas. Mas seu gozo fingido era demais para mim.

As mulheres com as quais eu me relacionava, com intuito puramente sexual, eram humanas, e é do ser humano ter expectativas implausíveis. Eu não as atenderia, sabiam elas desde a primeira vez, e, por isso, não retornavam. Então, acontecia que eu nunca estava com algum relacionamento em andamento; eram sempre novas experiências, repetidas primeiras vezes, mulheres que precisavam ser estranhas para não se tornarem intrusas.

As oportunidades que eu lhes oferecia eram mínimas, reconheço. E nem poderia ser diferente. Não acendia a luz. Não ligava o toca-discos. Não abria a janela. Não externava o meu gozo, abafando o quanto podia o grito — grito que era de prazer, sim, mas também de raiva.

Pedro era diferente, o oposto. Suas acompanhantes chegavam bêbadas e saíam mais ainda. Ele acompanhava suas ejaculações com um verdadeiro alarido despropositado. Queria me ofender? Me escandalizar? Disputava a qualidade e a quantidade de nossas vidas amorosas? Aproveitava a extensão da casa, permissiva, e simulava uma privacidade que ele, mais do que ninguém, era pródigo em quebrar. A distância entre os quartos era respeitável, mas desde que estivessem com a porta fechada.

Os negócios de meu tio entraram num funil, encaminhando-se drasticamente para a parte mais estreita. Meu tio foi afundando. O rei Artur, como o chamávamos, perdeu primeiro o barco, depois a casa de praia, em seguida dois pequenos apartamentos na cidade, e teve que pôr à venda a casa em que morávamos. Ofereceu-nos um conjugado no Centro. Nossas economias eram poucas, irrelevantes. Pedro ainda ganhava alguma coisa com os projetos encomendados pelo escritório, mas não o suficiente: nunca tínhamos precisado sustentar coisa alguma. Meus livros estavam sendo escritos, tenho certeza, da melhor forma, com paciência, com todo o tempo do mundo, sem nenhuma urgência de dinheiro. Mas agora tínhamos urgência. Era melhor aceitar a oferta do conjugado.

Gastamos o dinheiro que tínhamos juntado numa poupança, humilde poupança, com os móveis necessários para o novo apartamento. Se o dinheiro era pouco, o gasto também foi. O apartamento, de tão pequeno, não admitia mais do que uma cama, um sofá, um guarda-roupa, um toca-discos e uma estante-escrivaninha; na cozi-

nha, um fogão, um refrigerador e um armário; no banheiro, apenas uma cortina de plástico para o boxe. Os móveis da casa pertenciam a tio Artur, e vendê-la mobiliada havia tornado mais atraente a sua oferta. Além disso, só dez por cento deles caberiam no apartamento.

Choque, foi isso que senti quando eu e Pedro entramos no conjugado. Impossível manter a privacidade que a minha literatura exigia; impossível imaginá-lo com as suas putas numa algazarra que o corredor da casa atenuava pouco. Impossível impedir que a sua conversa sem escrúpulos varasse os obstáculos que eu havia colocado entre nós dois, embora com alguma dificuldade.

O conjugado mudou a minha vida; mudou a nossa vida. Pedro, quem sabe aturdido com tamanha proximidade, passou a falar menos. Eu, fustigado por sua presença ostensiva, não conseguia sustentar a minha predisposição ao recolhimento. Meus originais passaram a conviver com as mesmas gavetas e o mesmo espaço na mesa que ocupavam os seus esboços de projetos. A tal ponto que, um dia, ele, reconheço, bom desenhista, acabou ilustrando um conto meu.

Não me engano, espio com desconfiança não só a obra alheia, mas também, e principalmente, a minha. Não gostava do conto, a história era boa, mas estava mal realizada. O desenho de Pedro, entretanto, era ótimo. O conto aludia a um jardim imenso numa propriedade de uma família riquíssima. O filho menor, de três anos, perdia-se no jardim, embarafustando para um caminho acidentado que conduzia a um também enorme matagal. Uma selva menor, sem dúvida, mas ainda assim uma selva.

No desenho de Pedro, tínhamos, em primeiro plano, a selva se abrindo; em segundo plano, no fundo, a casa, tornada uma casa de brinquedo pela perspectiva e, visível na brecha aberta pelas folhas selvagens para que pudéssemos vê-la, mostrava-se como se prestes a ser devorada pelo mato. Uma história de riqueza e decadência, de força e perdição, de herança e perigo iminente. Percebi o quanto era autobiográfica aquela história. Não fosse a ilustração de Pedro e eu não teria percebido.

Outra coisa: a omissão da criança, de seu corpo. O texto acompanhava o pequeno desbravador até onde ele desaparecia, como se o narrador, mesmo onisciente, não conseguisse prosseguir mais adiante, impedido pela vegetação hostil. Importante reticência do conto, pausa fundamental, a tal pontinha do *iceberg* de que falava Hemingway. Nisso eu havia acertado, tinha certeza. Mas a condução do conto era previsível demais, desde as primeiras linhas. No desenho de Pedro, desenho que nem era assim tão original, ao contrário da minha história, na minha opinião original, o ponto de vista do jardim, do mato, da selva espiando a casa, criava uma atmosfera impressionante de fatalidade. Uma espécie de impessoalidade que tudo permitia, que ameaçava sempre.

O episódio da ilustração de meu conto, um conto deixado de lado, pelo menos naqueles dias, foi o primeiro sinal de que o conjugado produzia sensíveis modificações em nossas vidas. Pedro, sublinho, falava menos. Eu começava, pouco a pouco, a dar sinais de aquiescência, de consentimento.

Não havia alternativas: a escrivaninha era uma só, e exígua. Eu dormia no sofá, que abria após as dez da noite. Pedro se refestelava na cama de solteiro. Havia só uma janela, e nela houve instantes em que nós dois acabamos tocando os cotovelos, debruçados sobre o parapeito e sobre a cidade.

Frio

— A minha inconstância é natural, justa e, sem dúvida, estimável.

Eu vejo uma senhora bela, amo-a, não porque ela seja senhora... mas porque é bela;

logo, eu amo a beleza. Ora, esse atributo não foi exclusivamente dado a uma senhora,

e quando o encontro em outra, fora injustiça que eu desprezasse nesta aquilo mesmo

que eu tanto amei na primeira.

Joaquim Manuel de Macedo

— Quem ama não é bom de cama — ela disse. Eu respondi: — Hum, hum.

A luz do poste quase não chega até nós. Estamos na calçada, em frente ao portão da casa dos pais de Marisa. Separada, dois meninos: um, de dois; outro, de quatro, ela insiste com um cigarro que teima em apagar. Faz frio, um frio chato, úmido, barulhento. O arame farpado da cerca range. O cachorro uiva no fundo do pátio. A mãe dela abre a persiana da sala e grita: — Entrem, Marisa. É hora de ir embora.

Cansada do impulso menino dos ex-namorados e da indiferença apressada do pai dos filhos (que já estão dormindo), Marisa não sonha com sexo. Lava os pentelhos com uma atenção puramente higiênica. Na hora do banho, quando há vinte anos se dedicava a explorações demoradas e pouco confessáveis, faz hoje movimentos entediados ou rígidos. Neste momento, alisando uma nesga do vestido que se introduziu na bunda sob a pressão de ter-se sentado na calçada, erguida pelo cansaço e o desalento constrangido de quem sabe que oferece pouco para um sacana como eu, ela se satisfaz em bancar a durona, a madura, a cética experiente.

— Já é tarde, Eduardo.

— Não tenho relógio, mas estou sempre ligado...

— Pára de pensar bobagem. Você é inteligente. Paciência, tá? A vida mostra que as histórias mais demoradas são as mais fortes. Que revista ela anda assinando?

— Sei, sei.

— Amanhã?

Ela ainda pergunta. Não desconfia de nada. Não sou metido. Não sou grosso. Não sou burro para fazer sofrer uma coitada dessas. Não virei pau-d'água porque duas, três punhetas diárias substituíram o álcool, a droga, o rock and roll. Vou sair nesse frio para procurar uma mulher que me dê menos do que as punhetas? Ela não pode me entender. Nem eu a ela. Ou entendo, mas é doloroso demais para acompanhar alguém assim, numa vida assim.

— Amanhã, não. Nem depois de amanhã. Mas sábado, depois do jogo, dou uma passada aqui. Pode ser?

— Pode — ela responde, completamente sem forças, e sinto uma raiva enorme, talvez só menor do que a pena sob a qual minha boca, com esforço, a beija.

— Boa-noite. — E é só.

Ela entra rápido, bem-mandada. Pelos pais, um pouco; mas muito mais por si mesma, empurrada para dentro de uma casa onde, além de duas crianças dormindo e um casal de velhos sem expectativas, só existe uma televisão em preto e branco ligada sempre no mesmo canal.

No fundo, somos parecidos; tanto é verdade que eu a vejo em cada detalhe. A barra do vestido roçando a canela grossa, deixando adivinhar coxas fortes, sim, mas inertes, moles. O sapato de salto amarelo com respingos marrons do barro da calçada onde nos sentamos incomodados, mas sem outra escolha. O colar de pérolas sem brilho. Os dentes arredondados na extremidade, sem nenhum poder. O cabelo solto, mas como se estivesse preso.

Sou exatamente esse rapaz quase às lágrimas que vê Marisa, aos 30 anos, entrar decidida e impotente em sua casa de tábuas irregulares, pintura descascada, e um quartinho nos fundos que ela divide com os filhos.

E sou também, exatamente, o mesmo alucinado que corre dali, quase com alegria, na direção de calçadas mais limpas, mais iluminadas e melhor freqüentadas. Vestidinhos, saias justas, calças agarradas à pele.

Hoje não. O frio esconde a beleza dos corpos.

Chego em casa à meia-noite. Sessão coruja na tevê. Noticiário chiado no rádio. Meu apartamento não é grande, não é pequeno. Fica no quarto andar; olhando para baixo, quase à mão as cabeças distraídas, lentas, casuais.

Mais uma noite daquelas. Não sei por que digo "daquelas", se são maioria. Mais uma noite. Mas não cruzo os braços. Tiro as calças, a cueca escolhida cinco horas antes, a meia nova, o melhor sapato. Para mulheres como Marisa, a gente se arruma mais, embora aconteçam menos coisas.

Companheiro

Algo na mulher avisava: não seria fácil.

Mas ela estava ali.

— Você veio... — ele disse, admirado.

E temeroso.

Haviam-se conhecido numa fila de supermercado. Ele estava com pressa, suava, olhava impaciente o relógio, parecia que tinha deixado uma leiteira no fogo.

"Homem estranho, nervoso. Que pena!", ela pensava.

A pele morena dos braços dele não conseguia esconder a magreza, a fragilidade, a urgência.

Ela o observava, cega para o resto. Mas atenta o suficiente para desviar o olhar sempre que o julgasse demasiado ao ponto de alguém perceber. Sobretudo ele.

Não, ele não perceberia nada. Só o relógio.

Ela não sabia de onde tirara a coragem, mas arriscou:

— Algum problema?

Ele a viu, e uma espécie de luz deixou-o tonto.

Teve reflexo para aceitá-la, pela resposta que deu.

— Nada que uma amizade não resolva.

Mas um segundo depois seu rosto já estava noutro lugar.

Três dias depois encontraram-se novamente no caixa. Não tinha sido casual, ela havia forçado.

Morava quase em frente, no outro lado da avenida. O ruído dos carros, dos ônibus, o grito das pessoas, o alarido incessante dos adolescentes entrando ou saindo da escola ali perto — tudo deixava-a num permanente estado de vigília.

Era a sua vida.

Sem ninguém ao lado.

Ela o vira entrando para fazer compras. Desceu os três andares quase caindo, agarrando-se no velho corrimão encardido.

Atravessou até o canteiro central, driblando o engarrafamento. A outra mão, demorou mais a vencer. Mas chegou. Ele já saía.

— Escute...

Ele não escutara?

Não tinha gostado dela?

Teve ímpetos de ir atrás. "Não, isso nunca."

Só uma semana mais tarde ele entrava de novo ali, no supermercado. Sempre correndo.

Calculou se o alcançaria, se teria tempo de montar um encontro casual. Mas a velocidade com que ele parecia voar envolto por problemas desestimulava-a.

"Quem sabe, nem entro. Vou passando — na hora em que ele estiver saindo — e caminho lado a lado, como se não o estivesse vendo.

Fez. E ele não a viu.

Tímido? Egoísta? Sério? Frio?

— Olhe...

Ele a olhou, surpreso.

"Nem lembra de mim!"

— Você?!

Era engano, ou ele estava eufórico aquela manhã?

— Mais contente hoje?

— Pelo cumprimento...

"Nem tão sério assim..."

Falaram. Pouco, principalmente por ele. Ela, loquaz, se atirava, resguardando-se, naturalmente, numa prudência inútil.

Mas ele não aproveitava. "Estranho."

— Difícil é dormir, mesmo de noite. O barulho da avenida não dá sossego.

Era a forma de ela dizer onde morava, sem escancarar uma oferta.

— Eu moro na rua de trás — ele respondeu.

Ela esperou.

Não veio convite, só um leve toque no ombro e um:

— Tchau.

Odiou-se, sabia que perdia todos os troféus da prudência, mas apelou:

— Até outro dia?

— Claro.

"Que garantia!"

Quase um mês. O encontro foi de surpresa mesmo, sem nenhuma armação dela. Na calçada em frente ao banco, quando ela saía depois de pagar a conta de luz, e ele — para variar — vindo do supermercado. "Só ia ali?"

— Oi.

Foi ele quem disse.

Ela engoliu a saliva rápido.

Deu-lhe o endereço.

Ele, não. Mas perguntou:

— Posso aparecer um dia?

"Claro, claro, claro."

— É só combinar — ela respondeu, controlando a musculatura do rosto.

Mais um mês.

"É homossexual. Impotente. Psicótico."

"Casado."

"Pobre de passar fome."

"Ou nada disso. Mas, então, o quê?"

Um dia viu-o curvado em cima dos pacotes. Foi atrás.

Cuidava uma distância estratégica de quase cem metros, desnecessária. Ele jamais olhava para trás. Caminhava rápido, como sempre, vencendo cada metro como quem corre para um resgate.

Então a sorte a chamou.

A porta de entrada do prédio estava com defeito. Ela subiu correndo a tempo de vê-lo entrar no último apartamento no fim do corredor do 3º andar. Sentou-se nas escadas.

Esperou uma meia hora.

Por fim, decidiu-se: foi até a porta e ficou escutando.

Silêncio.

Mais silêncio.

E mais.

"Ele não vive? Fica imobilizado na solidão?"

Era preciso uma força que ela imaginava não possuir.

Mas tinha. Bateu na porta.

Ele levou meses para atender.

Era uma quitinete, dividida por uma cortina ao meio. Na parte da frente, uma escrivaninha e um computador.

— Faço revisões de português.

Ela se apressou em explicações.

— E eu entro sem ser convidada.

Ele olhou os próprios pés um longo tempo.

— Você é legal. Já deve ter problemas o suficiente.

"Consumia drogas? Era depressivo?"

Ele caminhou até a cortina e afastou-a.

— Meu filho — explicou.

Um rapaz de uns vinte anos estava na cama. Falava poucas palavras, mal pronunciadas.

— Ele é bonzinho, não incomoda. Um companheiro. — Havia uma paixão indescritível nos olhos dele; pela primeira vez, ela não os via opacos. Compaixão que talvez ele só não tivesse consigo mesmo.

— Ele não caminha?

Ele fez cara de ofendido.

— Nem precisa. Só não gosto de deixá-lo sozinho.

Ele andava pelos dois, disso ela sabia.

E sabia mais.

— Você não tem do que ter medo. Me evitar daquele jeito... — reclamou.

— Desculpe...

Ofereceu café. Ela pensou se aceitava — não bebia café, tinha gastrite e sofria de insônia. Mas aceitou.

Ele a tocou no ombro, quase involuntário. Ela ajeitou-lhe a gola da camisa.

Na cama, o rapaz com os olhos na parede.

A arte da recusa

Todo homem é mais parecido com sua época do que com seu pai.

Provérbio árabe

Não.

É assim que eu reajo. Não é possível dizer sim, não se pode ir aceitando, abrindo a porta a qualquer vagabundo, engolindo o que a humanidade engole. Não, e pronto. Não existe outro modo de salvar.

Decidi ser escritor aos 12 anos. Aos 15 já era conhecido na minha cidadezinha, publicando em tudo que era jornal de escola, clube, bairro, sempre convidado para imprimir meu nome, fosse onde fosse. Fizeram comigo o que fazem com todos: criaram um monstro, um engolidor de papel, insaciável manipulador verbal, uma fábrica ambulante de frases.

Acumulei prêmios de juventude: cartões de prata, diplomas, troféus de plástico e de madeira — um entulho que, cedo ainda, aos 23 anos da primeira prostração, se revelou estéril, um equívoco.

Um dia joguei tudo num caixote de madeira e atirei-o na despensa.

Mas era preciso continuar escrevendo, embora publicar tenha se mostrado, súbito, não só um engano, mas um muro intransponível para o exercício, este sim, puro, de escrever. Parei um tempo. Tempo que foi duro, que me entregou a uma aspereza crescente. Passei a duvidar do que saía nos jornais, nas revistas, nos livros. Não bastava a ficção das notícias, agora recuso-me à notícia da ficção, recebo a obra alheia como um sinal de fraqueza, só isso.

Passei a infância, a adolescência e a juventude embalado pelo maldito sim, este prevaricador. Pela fácil aceitação, pelo entusiasmo afoito, pela consagração que dura um segundo, se dissolve e, rindo, se renova indiferente.

Apavorei-me: estavam construindo uma civilização em cima da oferta leviana. Estavam destruindo outra, mais real, por não admitirem que, em seus pilares, residia a coragem de negar, e negar é admitir a verdade.

Vendi a casa que fora de meus pais, mortos quando eu tinha 18 anos. Era uma casa mais do que confortável, excessiva para mim, filho único e agora sozinho. A perda de meus pais, extirpados do universo à minha volta, separados com violência de uma natureza que até então se manifestara doce, afável, com cheiro de funcho e no máximo de malva, com música dominical dos alto-falantes da igreja que eles freqüentavam, com as conversas laterais entre eles e meus tios. Essa natureza, que ofertava brisas, chuvas peneiradas, ventos controlados e mornos, morangos silvestres a trezentos metros da casa; essa natureza esfumou-se; eles desapareceram da noite para o dia, e essa passagem foi, não tenho dúvida, o primeiro não,

mais revelador que todas as facilidades que a minha existência até ali ofertara.

Tive outros nãos, passei a tê-los seguidamente. E me encolhi, não soube recebê-los, e perdi muito.

A arte da recusa é lenta, um diamante que precisa ser polido. Recusa que não devia nortear apenas a literatura, cínica, mas o resto das artes, principalmente as artes plásticas, descaradas ao extremo, capazes de uma embromação que faz de um Bosh, de um Van Gogh, praticantes de outra coisa em outro mundo, mais fundos e dignos.

Não tive namoradas. Elas batiam à minha porta, aos bandos. Eram descartáveis, insípidas, caíam a meus pés como as folhas no outono — onde eu morava ainda havia outono, primavera, estações, remédios naturais miraculosos.

O câncer, que vitimou meus pais, levou minha mãe num meio-dia, hora estranha de se morrer, e meu pai, três meses depois, às 9 horas de uma manhã de tanto frio que a água congelou na torneira. O mundo edificado para o meu conforto estalava, a brisa começava a soprar mais forte.

Eu estava na faculdade quando fiquei órfão. O seguro de vida deixado por meu pai garantia-me um futuro tranqüilo. Meu curso — História — durou quatro anos, ao longo dos quais fui amargando a saudade de meus genitores e me chocando gradativamente com as duras lições dos grandes homens. César, Napoleão, José do Patrocínio — gente que provou que a adesão generosa é um suicídio diante do oportunismo do resto da humanidade, gente que soube impor limites, que possuiu pulso mais do que firme para segurar a forçada de barra da gentalha moral.

Não. Esse era o ponto. Não, e pronto.

Saindo de Livramento depois de formado, fui para Porto Alegre, onde a batalha tornou-se insana até conseguir um cargo de professor na universidade federal. Boicotes, preconceitos contra gente do interior, que os caras da cidade julgam humilde, ingênua, despreparada; enfim, enfrentei tudo e todos, e, de certa forma, venci.

A seguir, comecei a alimentar um ambicioso projeto: criar uma editora. Aliei-me a R. F., que havia chegado do Maranhão disposto a arrasar todos os quarteirões, principalmente os da poesia. Fora um dos criadores de um movimento — antroponáutica — que ele mesmo havia se encarregado de demolir com um inclemente artigo que os conterrâneos jamais perdoaram. R. F. assinava seus textos assim, com iniciais que chocavam gente acostumada a nomes pomposos ou corriqueiros.

Fechamos o projeto na mesa da cozinha do apertado apartamento de R. F., às 5 da manhã de um sábado. Não tínhamos dormido, não dormiríamos. Tínhamos um nome, uma linha definida, três coleções boladas. E um artifício interessante: em cada coleção havíamos alinhado uma série de títulos clássicos, ou importantes, na história da literatura, para formar uma espécie de fundo editorial. Isso nos daria a noção exata do que queríamos, do que precisávamos. Nosso desejo era sincero: publicaríamos vários livros, todos fundamentais. Para cada original aprovado, riscávamos um nome consagrado da lista e o substituíamos por outro novo autor.

Nossas coleções nasciam prontas, simuladamente prontas.

Era só esperar a chegada de novos textos.

Partimos para a inauguração da editora. Grande festa, grande mídia; o projeto merecia. Nossa estratégia deixou os formadores de

opinião nada menos do que perplexos. Tínhamos um selo, intenções bem claras, idéias originais, exigências acima da média, temperamento perfeccionista, e nenhum título.

— É, no mínimo, inusitado — comentou um repórter da FM local — o lançamento de uma casa editorial que nada está lançando.

R. F. respondeu rápido: — Lançamos idéias, um nível de exigência maior, e isso representa para a cultura uma contribuição mais significativa do que se estivéssemos pondo uma obra no mercado só para cumprir com a nossa obrigação de editores.

— Tu achas — interveio um cronista do segundo jornal da cidade — que nossos escritores não estão à altura da melhor literatura que se pratica no país?

— Nosso projeto não prevê proteção estatal. — Depois que falei, continuei olhando firme para o cronista, que se afastou constrangido.

Luísa Lopes, conhecidíssima editora, bem-sucedida em demasia para comportar-se como concorrente, veio em socorro dos candidatos a editados presentes ao evento.

— Mas o mercado pede novidade sem cessar. E o primeiro papel do editor é atender a esse mercado.

— De um certo tipo de editor — disse R. F. Mas Luísa não se afastou; sorriu, bebeu mais um gole de vinho, balançou a cabeça, talvez divertida.

A verdade é que a noite acabou transcorrendo sem outros incidentes. Nosso selo começava a conquistar um espaço novo. Provocava discussão, fora do hábito dos que o olhavam e temiam pelo seu próprio conforto. Causava um processo quase bizarro: interferia na atuação de outras editoras. Colegas vinham justificar-se.

— Olha, aquele livro que eu publiquei...

R. F. nem me olhava, obstinado atrás de uma mosca que vasculha o pesado ar em volta. Eu fitava, compassivo, o editor à minha frente, e alvejava: — É o preço pelo que estás fazendo. Não há outra saída. Te resta o argumento da coerência.

O colega pedia um uísque, duplo.

Eu retornava: — Ninguém está interessado em qualidade; em última instância, ninguém está interessado na verdade. Tanto que mataram a verdade há horas, até os filósofos. — Era um papo besta de minha parte, um ponto de vista frágil, fácil de ser desmontado, mas eu desejava ver até onde aquele pessoal seria capaz de ir.

Não era. O editor já se embebedara, e R. F., repugnado, pediu a conta.

— Que gentinha, cara, que gentinha.

— E os escritores não são diferentes — respondi.

R. F. concordou. Pegou a mosca, pôs no bolso. — Essa não faz mais besteira.

O tempo não espera; passa e nem olha para trás. Os originais vão chegando, no início às pencas, depois um por dia, depois um por semana, depois um por mês. Depois não chegam, vamos em busca de algum remoto candidato. O medo se abateu sobre os literatos, antes dispostos ao estrelato; agora nos evitam. R. F. passa as madrugadas fumando e recitando: "Sou um anjo mau, um anjo negro, uma sombra que inibe a luz." É o seu modo de autocomiseração, a sua ironia e a sua dor com todo esse pessoal avesso ao cara a cara.

A editora completa um ano, faz aniversário, e nenhum livro foi lançado. R. F. e eu damos uma entrevista a um noticiário da tevê. Tratam-nos como seres exóticos, percebo a malícia oculta atrás de uma frase do apresentador: — Critérios como os de Anselmo Albuquerque e do famigerado R. F. são mistérios só para poucos revelados. — Parece aludir a uma seita de fanáticos. R. F. leva na flauta o "famigerado", mas eu não estou para brincadeiras.

Nossa inscrição no Clube dos Editores é impugnada. Sofremos sutil campanha de difamação. Quase dois anos e continuamos procurando um livro, um livro ao menos.

R. F., aliás, escreveu um: *Uns bandidos*. Eu, afinal, terminei meu romance, seis anos lutando com a trama um tanto inconvincente de *O décimo planeta*. Trata-se de um drama familiar, dez pessoas, dez planetas, obviamente. Nove realizam dezenas de coisas, mas o irmão mais velho — autêntica consciência da família —, vai ficando para trás, renunciando a qualquer projeto, e, se a princípio parece ao olhar dos outros um fracassado, logo demonstra uma sabedoria feita de serena confiança no equilíbrio das forças que puxam o mundo em direções opostas. Passa a ser um tipo de guru, o décimo planeta.

O enredo não é o bicho, admito, mas as relações entre as nove personagens hiperativas e a décima, que tudo decide, jogadas em uma rede são, no mínimo, provocantes, insolentes. Sobretudo porque o poder é exercido de forma indisfarçada pelo pai, seguido da mãe. E também porque a abulia física do décimo astro colocou-o numa situação de desvantagem. Evidente é a remissão ao nosso sistema solar, onde um pretenso décimo planeta alteraria tudo.

E agora, o que fazer com os nossos dois livros?

Não podíamos publicá-los nós mesmos, sob pena de cairmos no ridículo. E o pior havia acontecido: eu tinha gostado do livro de R. F., poemas, evidentemente. Ele também tinha gostado do meu, "afinal, um romance destemido", cantarolava de madrugada. Mandamos os dois pacotes para três editoras ao mesmo tempo. Devolveram-nos em 15 dias.

Não era o prazo habitual. Essas coisas demoram meses, mesmo entre colegas. Telefonamos para saber as razões, se possível com detalhes. O primeiro editor recebeu-nos respeitoso e insinuou que, se nos publicasse, enfrentaria problemas. — Como assim? — perguntei, inutilmente.

O segundo deu a desculpa tradicional no ramo: sua programação já estava fechada para os próximos dois anos. O terceiro alterou-se: — Tão me gozando, é?

Eu considero que um não, seguido de alteração no tom da voz, na temperatura do corpo, de dilatação da pupila, de excessiva gesticulação, não é um não, é um atraso. A negativa de Haroldo dos Reis Antunes, o mais antigo editor da cidade, vinha acompanhada de um ressentimento que me fez oscilar entre a piedade e a impaciência. Eu já havia perdido demasiado tempo ao me expor à leitura daquela gente, e o gráfico descendente de seus negócios me apontava a porta de saída.

R. F., naquele dia, parecia estar com bons modos. — Nossos livros te ofenderam de alguma forma, Antunes? — O velho engoliu o suor. — Não confunda livro e pessoa. Quero editar *Uns bandidos*, não o meu lugar na sociedade. — R. F. realmente estava com saco. — Digamos que o Anselmo andou chocando alguns colegas, muito bem, digamos mais, meu caro Antunes, que o meu amigo Anselmo não valha, como ser humano, um só vintém, mas, e *O décimo planeta*, não é um bom livro? Merece continuar inédito?

— Mas é muita cara-de-pau! — O velho ia acabar caindo ali, saindo direto da sua sala para uma UTI. A não ser que eu tirasse R. F. quase à força e fôssemos embora imediatamente.

Enterro no quarto

Eronita. Cinqüenta anos. Bochechas inchadas e rosadas. Uma buldogue, mas faminta do que eu desejava. Dava-se de tal forma, que mesmo que eu não a desejasse tanto, por dar-se de maneira que eu não supunha, ultrapassava o que o desejo constituíra e dispensara, e revelava-me um prazer secreto, quem sabe nem meu, mas prazer.

Um dia, afinal, ela falou. Olhou meu pau murcho, como se não o reconhecesse. Fazia tanto por ele, tanto com ele, escondia-o literalmente, esmagava-o, dobrava-o, consumia-o com a boca, de um jeito mais culinário do que erótico, sentava-se nele como quando ia ao banheiro e defecava, sem pudor, sem amor, sem temor, sem piedade nem hipocrisia, recuperando — lamentavelmente sem poesia — milagres que só a anatomia, e não a paixão, pode realizar.

Olhou meu pau murcho e, então, falou. Encontrávamo-nos há três meses, uma vez por semana. Terminado o ato — era sempre um grande ato, uma autêntica performance, um contorcionismo, uma provocação à inocência do desejo clássico —, eu sentia ímpeto de voar para longe. Dava-lhe mil explicações, e voava.

Afinal falou, olhando meu pau murcho.

— Eu tive uma filha.

— Eu não sabia.

— Eu sei.

— Como era o nome dela?

Não me respondeu. Só contou.

— Um dia foi à praia, como todo mundo. Mas, ao contrário de todo mundo, não voltou. Isto é, voltou, morta.

Meu pau estava murcho demais, já nem era um pau, era um apêndice, uma lágrima.

— Afogou-se ninguém sabe como. Suicídio não foi, não tinha motivos, mas uma mãe nunca tem essa certeza. Só lhe digo que, se antes eu já ia pouco à praia, depois daquele ano — já faz 15 —, nunca mais fui.

Vesti bem rápido as cuecas. Mas ela continuou.

— A gente não se despede de uma filha, nunca. Não adianta olhar o corpo, ainda mais ele transformado. E sempre queremos olhar de novo. Eu sempre quis. Não deixavam, não deixavam, não deixavam. Até que eu dei um jeito.

Tentei: — Quem sabe outro dia você me conta...

Eronita não escutava, senão a si mesma.

— Paguei pouco para o funcionário abrir o caixão. Estava gorda, gordíssima; ela, que tinha uns cambitinhos. O homem não ficou perto. Acho que sabia exatamente o que eu não sabia, mas ia fazer. A noite acentuava a sua pele azulada, lisa, e eu me atirei para um abraço que afundou junto com o corpo-balão num *pluf* e num cheiro que jamais havia sentido e que fez o homem gritar, gritar e gritar, apesar de não estar perto.

Eu queria um antiácido, calmante, um analgésico, um cabernet argentino, o sono dos domingos.

Anjo ou diabo

Anjo ou diabo, tanto faz, são inadaptações. Já correu de tudo, só faltaram pontapés.

— Sai daqui, porra!, sai.

— Que foi que te deu, homem?

— Sai!

Mas também sabia acordá-las com doces de confeitaria, bafinhos na nuca, beijos molhados no ponto, palavras jeitosas de amigo.

— Oi... Achei você aí, desacordada. Sou a sua consciência.

Ela vai se desenroscando lentamente do sono em que os cabelos se enredaram. Não tem forças para responder, e ele sorri da fraqueza tão permissiva.

— Vou comer essas costas — cicia.

Ela emite um grunhido de aprovação, e até pode ser um ronco — ela ronca.

Sempre foi assim.

Agora, por exemplo.

Que clube é este? Sim, o anjo não faz anunciação em certos lugares. Já o diabo desce em qualquer terreiro. Nunca viu, nem vê, amanhã esquece. Ao lado, no entanto, três delas, olhos arregalados, debruçadas em cada uma das asas, a de plumas, a de morcego. Acompanha-as num falso espanto. Mas faz cara de "nossa, que clube legal".

Ruti, Celma e Tônia (ri da grafia dos nomes, e nem crê que a de Tônia tenha sido intencional) escolhem a mesa, ele só concorda. Elas pedem campari; ele, cerveja. A noite vai mostrando a conhecida cara de puta velha, companheira previsível porém confiável, noite que aceita em seu ombro as perguntas de sempre, como se fossem inconfidências.

— Que é, Ruti?...

— Quê?

Aperta o olho para ouvir melhor, a música mais do que alta.

— Esquece ele, Ruti. Um cara que te deu uma mísera fita cassete depois de um ano inteirinho de põe-a-mão-aqui-que-eu-ponho-a mão-aí! "Presente barato só se foi sonhado!" Taí um ditado que eu mesmo inventei, você não vai achar em almanaque-capivarol nenhum!

Ruti não tinha o rosto de convertida, mas estava totalmente disposta a seguir os passos trôpegos do primeiro pregador que a tirasse para dançar. Um ano de sacrifício, de tesão e medo, e insatisfação, e nada! Um aceno apenas: uma fita cassete do Julio Iglesias, embalada, não num pacote decente, mas num saquinho de papel pardo. Desprezo em vez de pobreza. O pacote foi o que doeu mais. E aos 43, sem casar ainda.

Celma já se agarrou num navio que ia passando lento. Melhor dizendo, num destróier. O gordo é alto, de quase dois metros, deve ter uma jeba que vou te contar, vai machucar a Celma, que é sensível para essas coisas, até com os japonezinhos. Celma viaja no destróier. Vai se afogar.

Anjo ou diabo, suporta e ri, ao mesmo tempo. O anjo, afinal, veio. Ruti e Celma. E Tônia? Onde estão esses olhos de viuvinha?

Tônia está lá, do outro lado da mesona que não dá pra acreditar que elas escolheram, pregada nele, e rápido ele melhora a boca, troca a régua por uma meia-lua, puxa as mãos para cima, um aceno, "oi, Tônia, olha como não estou triste, como não *sou* triste". Tônia sorri com sincera timidez e alívio. O anjo não pode voar e bate as asinhas inutilmente. O diabo perdeu o tridente e espeta as unhas no guardanapo de papel.

Ruti não perde tempo, basta o prejuízo da série de namorados pobres. Puxa-o para a pista, passam intermináveis 30 segundos até que ele acerte o passo e a dança o ponha no mesmo navio de todos, o mesmo destróier, ao menos o mesmo.

Voltam para Celma, pra mesa. Celma os espera, todos os dedos da dúvida na boca. "Que faz? Leva o gordo pra casa?" — Vai com ele — diz Ruti. — Você não é xucra, mas precisa ser domada. — Não sei — diz Tônia. "Não vai", ele pede. Celma vai. É a noite. E são os doze anos de divórcio.

Uma vez Celma telefonou em hora inoportuna. Insistiu e insistiu. Precisava passar a noite na casa dele. — Saio da firma depois das sete; não chega lá em casa antes das oito. Vai mais tarde — ele consentiu.

— Amanhã vou naquele posto do INSS aí no Centro. Tenho que estar na fila às seis da matina. Imagina se saio aqui de casa! De Sapucaia, só se for às quatro. Isso é horário de mártir.

Às oito, na frente do edifício, uma figura magra, plantada. Ela chegava do trabalho, o cabelo amassado pelo expediente, os olhos no chão de tanto cansaço. Ela sorria, sorria muito: quanta gratidão por uma noite de hospedaria.

Claro, teve mais. Até o sexo difícil e dolorido que o diabo obsessivamente pedia ela ofertou, disposta e entregue, uma mártir.

Às seis, ele lembrou: "Ela já não devia ter saído?"

— Vai perder a ficha, santa...

Ela pediu mais um cafezinho: merecia. Às sete ficou desconfiado, mas o diabo andava à solta. Quando ele saiu para a firma, às 15 para as oito, ela pegou a bolsa, resignada, e atirou um beijo frouxo, uma pitada de batom na angústia.

— Foi bom, de qualquer jeito. Pena que não se lembrou que era o meu aniversário.

Não há teoria sobre isso. Anjos e diabos não fazem aniversário, não entendem de rituais, além dos da salvação e da perdição. Existem desde o começo do mundo, ocupados em demasia com os riscos da alma. Não recuou, seria pior.

— Com você todo dia é festa pra mim. — Mágica de circo de subúrbio, não lembra de ter dito frase mais barata em toda a sua vida.

As primeiras cervejas pesavam. Agora não. A música também parecia estar menos alta. Ruti busca revides por todos os lados. Celma, que não busca nenhum, aceita todos. Tônia espera, e é a mais difícil. O que fazer com Tônia? Elogiar as costas.

Vai ao banheiro, e o cenário, infestado de paus murchos, barbas precariamente aparadas, roupas provisórias, bebedeiras adolescentes, valentias que o primeiro muxoxo feminino desarma (algumas; as outras, só a Polícia tira para comadre), entrega-o à paz da mijada. Está em casa, com tudo que a casa da gente — se temos uma grande família — representa.

As tardes de um pintor

A Terra é azul, e a carne humana é levemente adocicada.

Laerte, in "Piratas do Tietê"

De manhã, Luís Eduardo, 41 anos, um filho de doze, uma mulher de 38 pesando cerca de 90 quilos, trabalha na expedição de uma transportadora. De tarde, no mesmo prédio em que a esposa é a zeladora, ele realiza manutenções que a imobiliária exige. O prédio é grande, cheio de problemas. Luís Eduardo é um homem de poucas palavras, mas disposto, interessado. Convive bem com os vizinhos, embora sejam muitos, quase duas centenas. Só não convive bem com Marcela, a esposa, mas quem é que convive bem com a mulher com quem se casou e divide a mesma cama há vinte anos?

No edifício de 12 andares e 76 apartamentos, rara é a tarde em que Luís Eduardo, após o meio expediente cumprido a contragosto, não passeia pelos corredores, consertando uma tomada aqui, um trinco ali, repondo um parquê, trocando, por absoluta amizade, a resistência de um chuveiro para alguma conhecida mais confiável. Sempre com respeito. Comadres, amigas de Marcela, tias de empréstimo de Tiago, seu filho.

Luana, 13 anos, anda preocupando o ocupado zelador. Mata a aula várias tardes e vai, ora para o apartamento de Lívia, a amiguinha de 12, que estuda pela manhã, ora para o de Patrícia, de 15, que, no entanto, parece mais moça que Luana. Luana é crescidinha mais do que a idade admitiria. Os seios exigiram passagem na blusa e ocuparam um espaço surpreendente. As pernas, musculosas, ainda esperam mais carne, mas já sabem exibir-se. A bundinha, atrevida, com certeza é incapaz do que aparenta. E o rosto, principalmente o rosto: os olhinhos pequenos, mal escondendo o espanto com o corpo alheio. Luana observa, sem nenhuma pressa, o peito de Luís, respingado de tinta branca.

Semanas, alguns meses já, cruza com Luana pelos corredores: ela, evitando o elevador, fazendo tempo pelas escadas; parece que os pais de Lívia e de Patrícia não estão gostando nada da companhia da menina gazeteira que, de vez em quando, arrisca algum cigarro, ainda que suave. Luís Eduardo constrange-se com a chegada de Lu — como é chamada pelas amigas —, que irrompe numa alegria impune em meio às atribulações do pintor de paredes. Paredes que, como gosta de observar o zelador, revelam em incontáveis manchas histórias que poucos acreditariam.

Quieto, o tímido quarentão cumprimenta com os olhos a mocinha inquieta. — Trabalhando sempre, Luís? — Ele, boquiaberto com o esquecimento do "seu". Esquecimento ou deliberada ousadia? — É preciso... — Resposta boba, ele bobo. Ela, firme, parada na frente, olha-o atenta com o olhinho espremido. Estão no quinto andar; a família de Luís mora no térreo; a de Luana, na cobertura.

— Vai pintar todo o corredor?

— Vou. — O zelador não consegue ir adiante. A resposta parece seca, parece querer interromper o diálogo logo ali, bem no início,

no momento mesmo em que Luana se agacha para ajeitar a meia soquete. A bainha da saia azul-marinho roça o joelho luzidio, joelho que parece acusar Luís. Ele desvia o olhar para a lata onde o rolo enterrado espera.

É um homem que a vida cansou cedo. Perdeu os pais quando tinha 14 anos. Passou a morar sozinho, filho único e sem maiores relações com o resto da família, sem avós e com tios distantes. Sustentou-se desde então, casou jovem. A esposa, com sérias disfunções hormonais, custou a engravidar, engordou 40 quilos, viu o rosto cobrir-se de uma penugem que em alguns pontos se transformava em fio de barba. Mulheres lindas, inalcançáveis, passaram a entrar no sono de Luís todas as noites. Acordado, faz questão de evitá-las. Chega de sofrimento.

Luana pergunta se é difícil pintar, ele responde que basta praticar um pouco e, pronto, qualquer um vira mestre. Ela sorri, simpática: — É modéstia sua. — O coração martela no cérebro o "sua". Hesita no movimento, até então regular, que imprime na parede impassível, cobrindo a superfície fria de um calor que emana em todas as direções. Luana olha para os lados, coça a parte posterior da coxa esquerda, ajeita o cabelo ruivo, e diz, insegura: — Acho que vou indo... — Ele arrisca, nervoso: — Querendo, pode ficar. — Ela sorri: — Então eu fico.

Semanas naquela conversa mole. Ele termina o quinto andar e sobe para o sexto; está repintando os corredores, até a cobertura, até a porta do apartamento dos pais de Luana. Mas isso vai demorar.

No dia seguinte, ela volta, à mesma hora. — Atrapalho? — Ele pula: — Claro que não. — Ela pergunta se ele fuma, ele conta que fumava seis anos atrás, quando, a conselho médico, resolveu deixar, não sem dificuldade. Ela, orgulhosa, se exibe: — Eu recém estou começando. — Ele aconselha: — Não faz isso, não. — Ela provoca: —Tem cigarro que não tem nicotina. — Espantado: — Ué? — Luana confirma: — Sério, tem cigarro que não tem essas porcarias que cigarro normal tem. — O zelador é um aluno atento: — Que cigarro? — Ela fustiga com o dedinho comprido: — Adivinha. — Ele desconfia. — Não vai me dizer... — Ela se abre num sorriso sem culpas: — Isso mesmo, um baseado, maconha, seu bobo. — Ele é um eco, quase lívido: — Maconha? — A menina sorri do eco e o repete: — Maconha. — Saboreia o assombro do homem, tão mais velho e, no entanto, inseguro como um menino. — Luís Eduardo — ela diz, paciente como uma mulher vivida —, não tem nada demais, é gostoso, você vai ver. — Ele recorda: tem 41 anos; ela, 13. — Pára de bobagem, garota. — Mas não sustenta a resistência, com a mãozinha branca tocando-o no braço e a boca de pequenos dentes arredondados emitindo um chiado de quem sacode a cabeça, penalizada com tanta fraqueza.

Três dias sem vê-la, ele atrasa o serviço, olha para o elevador mesmo quando a porta não se abre, escuta as escadas com ouvidos de explorador. Quando está a ponto de se resignar, ele, que sempre conviveu com a resignação, que a elegeu como seu último abrigo, Luana aparece levitando com um chiclete, empurrada por um sorriso malévolo, acocorando-se na frente de Luís Eduardo e saudando-o vagamente: — Oi. — Seu cérebro dispara. O coração lembra-o: há um apartamento vago quase em frente. — Vou ter que ir aqui no 903. — Em seguida, trêmulo, percebe o erro: fazer o quê? Se ela perguntar, não saberá o que dizer. O 903 está impecável, à espera de uma nova família. Mas Luana não pergunta, vai atrás, e ele sente tontura.

Senta no carpete e finge examiná-lo. Sorte, hoje não pôs o macacão, vestiu um calção folgado, a perna larga oferecendo um vão escuro entre a coxa e a barra. Ergue-se, abre a persiana para que entre mais luz, volta a sentar-se, o vão não é mais escuro, a cueca vermelha, inchada, espia. Luana vira de costas, faz menção de sair, tosse, tenta falar, não consegue. Luís Eduardo também está apavorado, mas decide ficar ali com as pernas abandonadas e o calção pulando. Luana tira do bolso um cigarrinho malfeito, exibe-o quase num desabafo. As pernas do zelador não conseguem tirá-lo dali, a boca de Luana parecendo presa a elas, e, junto, os olhos, ele assistindo ao pequeno cigarro de maconha ser chupado avidamente pela menina. Como recusá-lo?

O marido de Marcela conheceu alguma fantasia. Aos oito, Batman; aos quatorze, Robin Hood; aos dezoito, Barbarella, embora não tenha entendido o filme; aos 25, uma sessão pornô na única vez em que entrou num teatro com essa espécie de espetáculo; aos 30, o campeonato nacional de seu time de futebol; aos 35 anos, um sonho estranho, com o pai, uma prima adolescente e uma cama de hospital. Agora isso: a fumaça sai do nariz e torna o ar amarelo, os ouvidos zumbem, a boca ressecada ri, reza, recorda o gosto de pitanga que ele comeu quando tinha nove anos e passava férias escolares num sítio próximo à casa dos avós. A mão de Luana tem gosto de pitanga. Um grito: — Não me morde! — Ele se ajoelha: — Desculpa, desculpa, desculpa. Perdão. — Ela: — Você tá muito doido! — Ele pega a mão mordida, como se estivesse distraído, e a passa pelo peito, arfando. A mão da menina continua para baixo, até extasiar-se: — Nossa...

Um mês depois a tempestade ainda não amainou, embora todos pareçam não notá-la. Ele tenta lembrar, se possível, o mínimo detalhe. Na mesma noite daquele dia no 903, em que Luana o descobriu e ele a vasculhou, a família internou-a no pronto-socorro municipal com intoxicação aguda por tinta acrílica. Ele chegou em casa mais tarde, os olhos vermelhos, explicando confusamente a Marcela que bebera, depois de tanto tempo. Na manhã seguinte, fugia até dos próprios pensamentos. Mergulhou no trabalho, e o pânico emprestou-lhe uma energia nova. Quando faltava o último andar, apenas esse, Luís Eduardo tirou férias.

Passou duas semanas numa prainha discreta, numa pousada, com Marcela, Tiago, e dúvidas que tentava aliviar à noite, quando não dormia. Voltou, e o edifício o recebeu com Luana na portaria e abrindo a caixa de correspondência. Ele passou por ela quase correndo, e Marcela queixando-se: — Calma, homem, não voa. — Dentro do exíguo apartamento de um só dormitório — que o casal divide com Tiago —, Luís Eduardo deseja, o rosto quase uma denúncia à mulher, que Luana não diga nada. Ou melhor, que não conte nada a ninguém e tudo a ele. Ele precisa saber o que aconteceu, o que fez mesmo.

Outras três arrastadas semanas de suspeita. O episódio emagrece o zelador, e Luana não é mais vista pelas escadas. Ele teme, a qualquer momento, um chamado da família da menina. Mas é ela, Luana, quem toca a campainha do apartamento onde mora Luís Eduardo. Ele abre a porta e praticamente arrasta-a para dentro: — O que foi? O que aconteceu? Você não pode vir aqui, vai acabar com a minha vida. — A menina sorri, um sorriso mais velho. — Calma. Vi sua mulher sair com o Tiago, levando uma sacola. Vão ao supermercado?

— Mas, por que...

— Não posso mais ficar por aí, minha velha tá nos meus calcanhares. Desci pra buscar um medicamento na farmácia, encontrei o seu pessoal quando eu saía do elevador. Dei um tempo, fiquei mexendo na caixinha de correspondência...

— Vamos sair daqui. Vamos para um apartamento, o 706, que tá desocupado.

— Não, não. Eu só quero saber uma coisa: você é louco?

— Não sei o que houve. Aquele seu cigarro me deixou mal.

— Mal?! Louco, e de atar. Quase me matou.

— Como?

— Luís Eduardo, eu pedi pra me botar você sabe o que na boca, e você fez aquilo!

O zelador enruga a testa.

— Transferi minhas aulas para a parte da manhã. De tarde fico livre de verdade; agora é diferente, vou tentar aproveitar melhor. Por enquanto, não tô fazendo nada de especial, só tomando remédio para desintoxicação·

— Sua família sabe como tudo aconteceu?

— Eles me conhecem, sabem que não preciso de ajuda pra uma loucura. Quer dizer, me conhecem, mas nem tanto. Nisso você me surpreendeu, eu não seria capaz de tanta loucura assim.

— Me desculpa. Olha, eu...

— Você parece um gurizão porra-louca.

O zelador faz menção de sair, quer abrir a porta, teme a chegada de Marcela a qualquer momento.

— E você não parece ter só 13 anos.

É um elogio, naturalmente, ao qual Luana não pode corresponder.

Luís Eduardo, agora sozinho, pensa em pedir demissão na transportadora. O edifício é imenso, tem problemas demais. A vida é difícil, complicada. Só as tardes não são suficientes para tudo que tem de ser feito.

A ilha

—Já faz meses que ele não publica nada, não digo livro, claro, que estes a média ideal é um a cada dois anos, mas artigo em jornal, pelo menos...

Rômulo terminou o cigarro, tossiu, esfregou as mãos. — Deixa pra lá.

— Deixar? Tá louco? — Walter está surpreso com a displicência do amigo. — Jairo é assunto meu, é coisa muita séria, não tem lugar pra brincadeira.

Rômulo sabia perfeitamente da importância de tudo aquilo para o professor. Walter Noronha Ayres amava e odiava Jairo Ávila. A obra de ambos era um dueto solitário num palco que nunca havia sido e, pelo jeito, nunca seria usado por outros astros. A solidão os havia condenado a um diálogo que era, ora sublime, ora abjeto.

Rômulo Tobias Maia, como gostava de assinar (todos na ilha, ao contrário da gente do continente, adoravam nomes completos), assistia à trajetória incrível da dupla há vinte anos, e de camarote.

Rômulo era amigo dos dois e, talvez por isso mesmo, não levava à ponta de faca a história. Procurava-os para beber, para confidências acerca da conturbada vida amorosa do trio, para discutirem futebol, jamais para tratar de literatura, tema que Rômulo considerava chato, para dizer o mínimo.

Walter Noronha Ayres já nem sorvia a sexta dose dupla do uísque passável do bar Botejas, de propriedade do uruguaio Juan Carlos de Mello. Apenas acariciava, com a ponta do indicador da mão direita, a superfície amarelo-ouro do líquido recobrindo agora um minúsculo cubo de gelo.

Também o uísque, atuante mais do que o aconselhável em outras ocasiões, neste momento era, como Rômulo, um espectador impotente. O copo já não era usado. O dedo mergulhava sem nenhuma atenção. O cérebro do professor pedia socorro, alguma sinalização que trouxesse uma pista mínima dos passos do ainda jovem Jairo Ávila, 39 anos.

Jairo havia estreado aos 19, com poesia, naturalmente, um vício dos séculos. Mas, para surpresa geral, ou melhor, para surpresa somente de Walter, já que o resto da ilha seguia sua vidinha encolhida pelas forças do amor, *Agora é comigo* punha em cena um poeta de carne e osso, sem os gordurosos e torturantes torneios verbais em que a poética insular vivia se afogando.

O mar não perdoa.

Nem Walter.

O professor havia transformado sua coluna, na *Folha Insulana*, num autêntico necrológio, assassinando uma carreira literária atrás da outra, a cada lançamento. Era mesmo tão ruim o que andavam fazendo nos livros que a tímida indústria editorial daquele modesto, porém devidamente mapeado, acidente geográfico jogava nas livrarias? Era. O professor fitava a fúria das ondas.

Jairo Ávila exibia-se em letras duras, tensas, num azul-marinho contra o fundo cinza sem desculpas. A capa, feita pelo próprio autor, por si só já causava um susto naquela cidadezinha qualquer. Nenhuma ilustração, só letras, e um traço negro vertical dividindo o cinza em dois, como se num dos lados existisse algo diferente do outro. Não existia. Mas que habilidade em sugerir que sim.

O professor ainda guardava o único exemplar que havia restado daquela edição, feita numa gráfica de fundo de quintal, de *Agora é comigo*, como quem guardaria a foto do próprio nascimento. E talvez fosse.

Rômulo abandonou os destilados. A barriga perdeu toda a vaidade e há muito admitia quaisquer quantidades de chope, mesmo as preocupantes. O professor, impelido pelo orgulho, recuava ante a pergunta pronta: — E Jairo? — A boca fechada evitava o uísque já morno. O dedo esquecido murchava.

Rômulo pensou naquelas histórias idiotas e difíceis, quando dois homens amam a mesma mulher e não podem discuti-la abertamente. Jairo Ávila era, no entender do vendedor de seguros, um grande amante e um mau bebedor. Quanto ao que ele escrevia, Rômulo não se cansava de repetir que não estava interessado. O professor Walter, ao contrário, era um grande bebedor e mau amante, não de todo, evidente, que a inteligência e a boa circulação sangüínea garantiam-no tecnicamente na cama. 46 bem vividos, Rômulo reconhecia: álcool e mulheres em demasia ("Quem tem todas não tem nenhuma", dizia, achando-se shakespeareano) são duas faces da mesma droga: a da incomunicabilidade.

"Engraçado", pensava, "como podem ter dificuldade de comunicação justamente dois homens cuja maior atividade é com a pala-

vra." Mas Rômulo não queria nem 10 milímetros de um tipo de reflexão muito comum aos bares e que as casas enxotam para a sala. Tossiu novamente, e mesmo assim um novo cigarro emergiu para os dedos.

O professor havia retomado o uísque, antes chamando o garçom e pedindo mais dois cubos de gelo. — Aguado por aguado...

Passava das onze da noite, e o Botejas, àquela hora, iniciava sua fase de plena identidade. Antes era um bar como qualquer outro, nem pior nem melhor do que o Arraial, do que o Esquina, do que o Ondas, do que o Embarcadouro, todos evidentemente superando o apelo barato e a indiscrição do Bárbaro.

Sérgio Arévalo, uruguaio como Juan Carlos, entrava por volta das onze, isto é, entre onze e quinze e meia-noite. As pessoas notavam o atraso, mas ele era um bom músico. Sua jazz-band era a única coisa capaz de justificar o acanhado, porém belo, palco de madeira escura com uma tela branca para projeções ao fundo, que jamais era substituída por algum tipo de cenário, nem nessas ocasiões. Assim, *The birds*, capitaneada por Sérgio, virava uma silhueta como nos intervalos de *Fantasia*, de Walt Disney. A luz dos projetores se lançava um pouco atrás deles, em cima da tela. Da platéia viam-se apenas a sombra do saxofone e Sérgio curvado sobre o instrumento.

Era o instante aguardado por Rômulo. O professor irritava-se levemente. Nas mesas, todas com abajur, o silêncio espiava o escuro. Walter Noronha Ayres tinha a nítida impressão de que qualquer coisa que dissesse seria ouvida. Ainda que, e este era outro motivo de irritação, a música não o deixasse escutar a si mesmo.

Rômulo não, somente nessa situação, ele sentia orgulho de suas orelhas grandes, de sua invejável audição. Os olhos fechados, o joelho oscilante, a mão, uma aranha em cima da toalha. A sombra de Sérgio Arévalo parecia desabar, esquecida completamente de que dezenas de pares de olhos a fitavam. O repertório da *The birds* era respeitável: Thelonius Monk, garantido sobretudo pelo porto-riquenho José Manoel Morton e a assimetria rítmico-harmônica de seu impecável piano, Louis Armstrong, Count Basie, Coleman Hawkins, Miles Davis, Art Blakey (aí a bateria do maranhense Nonatinho de São Domingos era a vedete), John Coltrane, Tom Jobim. Não se improvisava, nunca por soberba, mas exatamente por humildade. Sérgio encarava a arte que praticava sem nenhuma inocência. Se o jazz era a terra do improviso, isso estava restrito à execução, nunca ao repertório.

O Botejas sabia disso. Ninguém cometeria a vulgaridade de exigir à *The birds* que descesse e viesse comer alpiste na mão de algum bêbado que confundisse *blues* com balada, por exemplo. Rômulo não queria nada além do que a banda podia oferecer. O professor reconhecia, contrariado, que a imensa qualidade da música que os parceiros de Sérgio e o próprio Sérgio ofereciam era uma promessa de impossibilidade de diálogo nas próximas duas horas. Rômulo não estava mais ali. E Jairo? Por que não vinha nunca ao Botejas?

Ombro sacudido, o professor abriu os olhos. Veio à tona. Direto para os olhos de Quica. — Caidaço?

Virou o rosto: Rômulo olhava-o neutro. — Conhece a Quica?

— Claro... — Ia dizer "namorada do Jairo, mas lembrou-se de que o contista-novelista-cronista-poeta Jairo Ávila não ficava num só gênero nem em uma só mulher.

— Não gosta de música? — Quica encarava Walter divertida, curiosa. *The birds* gozava de tal unanimidade que ninguém pensa-

ria ser possível alguém não gostar deles e sim da própria música, o que livrava a cara da banda.

— Gosto, mas sou viciado em palavras. — A frase era dura, era a confissão de uma culpa. E embora *The birds* já não estivesse mais no palco, nem Quica nem Rômulo haviam tido ouvidos.

— Isso são horas?

— Coisas do seu amigo. Só me liberou agora, o tarado. — Ela ria. — E nem adiantava insistir, que sair ele não sairia. Adivinha o que ele preferiu ficar fazendo?

— Evidente, seus ignorantes: escrevendo! Ou lendo, o que dá quase no mesmo. — O professor acordou em definitivo. Olhou o relógio: duas e dez. O sábado seria difícil.

Rômulo abraçou Quica, beijou-a a um dedo da boca. Mas não iria longe. Walter Noronha Ayres chamou Ovídio, o garçom, e olhou para Rômulo: — Vou te acompanhar. — Pediu dois chopes. O primeiro, literalmente, engoliria. O segundo seria bebido conforme qualquer manual de iniciação para freqüentadores de bar em Copacabana: sem a mínima pressa, como se não fossem duas e dez da manhã.

Rômulo entendeu, naquele aceno, o que o professor queria: conversa. Chamou Quica para o combate. Disse: — E o Jairo, como anda?

— Louco como sempre. — A moça exalava paixão. O excesso de perfume e o corte seco das frases irradiavam desejo, ressentimento. Algo ela sabia, apostava Walter.

— Escrevendo o quê?

— Sei lá. O senhor não pensa em outra coisa?

"Senhor" não estava nos planos. Quica parecia ser capaz de sair da cama do amado para, embora amando, cair em outra rapidinho.

Mas naquele momento a cama do professor seria a última. "Senhor."

Rômulo era um patife. Nem aí. Mas era amigo, sempre havia sido. Quem sabe respondesse a um apelo.

— A sua amiga não gosta de falar sobre amigos em comum...

— O Jairo é uma barra.

— Por isso mesmo.

— Pára com isso, Walter. Não adianta.

"O que as pessoas querem? Só se usarem mutuamente? Quero ser amada, não compreendida, disse recentemente uma escritora brasileira. Frase bonita à primeira vista, porém, olhando de perto, de uma mesquinhez atroz." O professor era pura revolta, repugnância ante essa cada vez mais universalizante escola de imediatismo existencialista. "'Toquem, mas não mexam', diziam todos. 'Vamos facilitar', 'Cuidado', 'Isso não é da sua conta' etc. Da minha conta é exatamente isso que não querem que seja." Walter Noronha Ayres era um escorpião na madrugada.

The birds já havia sido seu espetáculo para os sanguessugas. Ovídio tratava todos melhor do que mereciam. Jairo, acertado, não tinha tempo a perder. E Rômulo, ia cair nessa?

— Que idade você tem?

— 27.

— Meus 51 parecem tão provectos a você?

Quica não gostava da conversa do professor. — O senhor está em forma, claro. — Quem sabe ele desistiria. Não, o homem não desistia.

— Você não sabe mentir, menina.

— Não quer acreditar, azar — mentiu.

Rômulo penalizou-se: o amigo não estava bem. Resolveu ajudar.

— O Walter já teve namoradinha 30 anos mais nova.

— Claro. — Quica, de fato, não estava interessada no rumo daquele papo. Já sabia: Jairo.

— O Jairo, se seguisse a regra, seria preso por pedofilia.

Maldito Rômulo, enfiando Jairo na cumbuca que só servia ao professor. A moça olhou para o lado, inchou as bochechas, apertou os lábios: — Merda.

— Mas daqui a pouco, quando o limite mínimo estiver legalmente liberado, ele vai seguir — disse o professor, lépido, achando que Quica tinha caído na rede.

— Olha, pessoal, já é tarde, eu só dei uma passadinha aqui para ver como estão os amigos, vou indo, tá?

Walter Noronha Ayres alarmou-se.

— O que houve? Não gosta que a gente fale no Jairo?

— Não gosto que não falem nunca em mim.

O professor, apesar de todos os seus problemas, sabia reconhecer quando, quem quer que fosse, estava com a razão. Até Rômulo, tradicionalmente capaz de levar tudo na esportiva, calou-se e deixou a moça ir sem resposta.

A anã

Nunca se sabe o que um anão está pensando.

Valêncio Xavier

Mudei-me há uma semana, e a casa ao lado tem me chamado a atenção cada vez mais. É comum — tudo é novo, tudo chama a atenção, mas nem tudo chama a atenção todo o tempo e da maneira como a casa ao lado chama. Há um rosto de mulher, muito bonito, que poucas vezes cruza a cozinha e a sala — as duas peças que daqui do primeiro andar posso ver —, e um rosto grave e ágil que a toda hora vai daqui para lá, num frenesi de macaco.

Na primeira semana, e ainda na segunda, tudo me interessa: os dois rostos — a dureza de um, a suavidade do outro — e o discreto movimento da casa. Mas logo os esqueço, o trabalho excessivo transforma os dias num só expediente, e pausas apenas para o sono dos bêbados. Vivo numa permanente ressaca de técnico enterrado até a cabeça em sua precária e objetiva espiritualidade: suas tarefas, seus prazos, suas soluções, seu preço.

Um dia paro, teria mesmo de parar, e me apóio no parapeito; já moro há um mês aqui nesse lugar de pouco comércio e poucos edifícios, e vejo, então, a mulher. Uma delas, a mais jovem, mais alta, a bonita.

A outra é feia, sim, mas não menos interessante.

De que valem as impressões de um homem sem que se saibam qual a sua ocupação? O homem é o que ele faz, e o que ele faz dá carne ao que diz ou transforma tudo em retórica oca, osso seco e roído. O trabalho de um homem é a sua identidade e o habilita a falar ou calar sobre determinado assunto.

Sou o que chamam de artista gráfico, uma palhaçada, e passo os dias e as madrugadas filtrando o meu próprio sangue num Macintosh, socorrido por ferramentas poderosas. Tenho dois *softwares* preferidos: *FreeHand*, se quero desenhar; *Photoshop*, se preciso me utilizar de fotografias, reproduções de telas, e se quero aplicar efeitos nessa zorra toda.

Vivo de olhar clones e distorções, e de criá-los. Uma mulher bonita é uma banalidade numa civilização construída em cima, exatamente, da escravização de mulheres bonitas. Mas há mulheres belas além do belo e que não se deixam escravizar. A que eu via, apoiado no parapeito, parecia uma delas. O louro do cabelo virava quase prata, atingido pela luz de papel daquela manhã de inverno. O rosto, emergindo da penumbra, trazia alguma sombra, mas a sua jovem luminosidade estava toda ali, mesmo a distância. A camiseta, displicente, ignorava a decisão dos seios. Mais eu não podia ver, sua janela não era alta, eu estava um andar acima, mas o interior da casa não era iluminado e um cinza espesso afogava sua cintura, suas pernas. Fiz com ela o que costumo fazer com centenas de infelizes que cruzam por mim: adivinhei-lhe o corpo, certamente melhorando-o.

A outra janela, a do meu quarto, dá para os fundos de uma casa desabitada, e a janela da sacada, é natural, abre-se óbvia ao barulho burro da avenida.

Continuo meus dias saturados, quinze corridas horas entre sair de casa e voltar, o final de expediente já debaixo de uma lua velha. Nessa hora nem abro a janela da sala, a que dá para a casa vizinha onde, segundo sei, moram duas mulheres, mãe e filha, tão diferentes. Isso nada tem de extraordinário, porém é um período de minha vida em que tudo parece desfocado, e uma ação corriqueira, às vezes um simples nome, cai à minha frente como uma aranha ou uma pedra. Também não gosto de pedras, a lentidão dos minerais é a única coisa que me cheira a morte e a condenação ao suplício da eternidade.

Cenário de cenários, tudo é paisagem dadivosa. No primeiro feriadão me espojo, reduzido apenas a olhos e espera. Vejo tudo, alerta como uma cobra. Morre a sexta-feira inútil para muitos e vem o sábado, e vasculho, numa espécie de segundo expediente, como se a vizinhança fosse também uma tela de computador. Mas só tenho a tela, não posso fazer com as imagens recebidas nenhum tipo de operação, não posso aplicar efeitos. E vai-se o sábado e chega o domingo com a primeira resposta. No domingo, folga geral, tudo pode ser visto de outra maneira. E a casa, a rua, o bairro, as pessoas já são outros. E, na casa ao lado, a loura sai até o pátio, uma aparição; meu coração chora a dor de todos os amores desfeitos ao longo de 30 anos diante dessa mulher irreal. Ele sabe que ela é real, o que dói mais — só é irreal para ele.

Atrás vem a outra mulher. Uma anã. Isso não parece ter nada de extraordinário — um anão é apenas uma vítima de acondroplasia. Alguém que sofre de uma das cem formas de nanismo. Mas a acinto-

sa diferença das duas me prega na janela, e esqueço a discrição ao ponto de ser notado. A loura olha e meu peito range antes de morrer; ela parece não se dar conta de que estou ali. A anã estala seu escuro olho no meu rosto. Cumprimento-a. Ela devolve o cumprimento.

Ainda tenho tempo de escutar a loura dizer: — Posso, Vilma, posso, mana?

Sonho que estou num ambiente bíblico. Sou Golias, gigante cegado pela soberba, e Vilma-Davi, da insignificância de sua funda, joga contra mim um projétil certeiro. Ferido, sangro, tenho hemorragia, quase caio em cima dela que, em saltos de símio, afasta-se para o lado e, depois de me ver em terra, sem forças, sem defesa, aproxima-se, olha para baixo, agora sendo ela Golias, e eu, meu Deus, eu sou Davi, sem funda, sem fundamento, e meu nome é Vilma. Fecho os olhos, sentindo o morno hálito de sua boca gigante próxima demais, vai beber meu sangue de anão. Fecho os olhos. Não quero abri-los. Não quero. Não posso. E fico nisso até que me dou conta de que acordei e o sonho ruim ainda se move dentro da minha cabeça, acomodando-se em seu resíduo de sonho, fixando-se numa forma, agora consciente, ao mesmo tempo em que se dispersa, se dilui, perde o que só o sonho poderia saber.

De manhã, diante da xícara de café forte, penso: "O orangotango tem mais de 90% dos genes humanos, e bem menor percentual na comparação com os chimpanzés. Orangotango, meu irmão de surpreendente proximidade, menos distante que meu irmão genético, Alberto, remoto em seu receio de dançar à minha frente, temeroso de me fazer caretas, desconfiado em demasia para conseguir coçar a cabeça diante de mim. Alberto, troco você bem rapidinho por um orangotango. É justo. Você me trocaria também."

Rápido esqueço Alberto, com quem não falo há mais de um ano. Rápido penso na loura, em seu corpo de estátua, não em seu andar de retirante. Mas a anã, Vilma, me ocupa mais. O desprezo de seu miúdo passo duro. A autoridade sobre — a irmã.

São irmãs. Impossível, mesmo depois de sabermos que são. Mesmo depois. Impossível.

Começa outra semana e o trabalho me engolfa, me modifica, me distorce; nada é simples como um copo d'água. Procuro alterar meus horários, à caça das vizinhas, suas figuras de Helena e mulher-elefante. Dedico algumas madrugadas à internet, pesquisando sobre nanismo. A maior parte das informações está em italiano, e a tradução que o *software* me oferece é inconfiável. Embora os textos não dependam de estilo, há muito jargão, e o manancial de termos técnicos vira, em nossa língua, uma espécie de magma ítalo-português. Somada à minha inesgotável desinformação sobre o tema, a ensurdecedora imprecisão do novo dialeto enche o monitor de letrinhas inquietas e incapturáveis. Aprendo pouco. E mesmo que lesse tudo, percebo, nunca saberia o que Vilma poderá saber por ser anã.

A acondroplasia é a forma mais freqüente de nanismo. No nascimento: membros pequenos em relação ao tronco, crânio volumoso, protuberâncias frontais salientes e raiz nasal plana. Dilatação ventricular cerebral constante, um pequeno número de pacientes desenvolve hidrocefalia. Dificuldade respiratória, tetraparesia por compressão medular, necessitando laminectomias ou aumento da cavidade occipital. Polissílabos com excesso de consoantes não são exatamente musicais, mas impõem respeito, e a impressão é de uma remota náusea, como se eu estivesse intuindo monstruosidades, e ao mesmo tempo um solene silêncio imposto pelo peso da erudição desses vocábulos.

A loura sai de manhã cedo, quando põe o lixo na rua e estende a roupa no pátio, e de tardezinha, quando recolhe a roupa do varal. A anã fica o tempo todo em casa: manda, comanda, inibe a circulação da irmã. O zelador do meu prédio mora há 28 anos no bairro. Sabe muito. Diz que as duas perderam os pais num acidente aéreo. A anã, mais velha, tomou então para si a guarda da loura, 23 anos agora, virgem ainda, ele tem certeza. E diz, sábio: "Anão é bucha, tem escoliose, cãibra, reumatismo..."

A anã teve um casamento com um alcoólatra que deu em cima da loura e foi morto por um primo delas. O primo era apaixonado pela loura e está preso. A anã provavelmente incitou o primo a executar o marido infiel. Até há alguns anos a anã usava triciclo para se locomover. O olhar entre curioso e divertido das pessoas fizeram-na acabar com os passeios.

Cientistas da Nova Zelândia anunciaram a descoberta do gene que torna o físico masculino maior que o feminino. Os avanços obtidos pelos especialistas neozelandeses deverão ter aplicações importantes na medicina, agricultura e, em particular, no tratamento do nanismo.

De noite remexo em meu banco de imagens. Lembro de *As meninas*, de Velásquez. *Bitmap* (mapa de bites, com sombras, volumes, mas perdendo definição, imagem feita de quadradinhos, pesada, sem flexibilidade. Como a anã.). Só quero imagem vetorial — nunca perdendo resolução no caso de ampliada. Um elástico generoso, sinuosa, plenamente aberta. Loura vetorial. Mas ela aparece pouco. Até pela janela quem se mostra mais é a anã.

Procuro-a na esperança de chegar até a loura, sem representar ameaça. Mas não tenho ilusões, a anã é um muro alto. Numa tarde, porém (a fantasmagoria verde do entardecer, um amarelo de veludo velho, emurchecido, cheirando a plástico), ela me sorri, ou o que parece um sorriso. Arrisco: faço um sinal amistoso com as mãos, e os dentes dela se abrem — duas agudas fileiras. Não sei se fecho minha janela ou pulo dali direto até a sua cozinha. É agora. A musculatura de meu corpo é um sistema inteiro em posição de sentido. Desço, saio do prédio, vou à casa ao lado. Bato palmas.

O gene atua junto com os hormônios de crescimento para fazer com que o macho cresça mais que a fêmea; ele é ativado na puberdade, quando provoca um crescimento veloz. A questão que se coloca neste momento, reconhecem os cientistas, é decidir o que fazer com a descoberta.

A anã abre a porta da frente, os olhos piscando. Onde a loura, que não vejo há dois dias? O que dizer, que seja convincente? Oh, humanidade pequena e cega, não crês na verdade! Te entregas fácil ao fácil, e assim digo para a anã banalidades, não sei cozinhar, mas gosto de boa comida, observo-a sempre na cozinha. Poderia me emprestar alguma receita onde um prato simples poderia virar arte? Ela deseja companhia como qualquer um, embora eu a tema como poucos. Resiste, escuta-me impaciente, mas acaba indo lá dentro e trazendo uma receita. Agradeço. Saio apressado.

Faço o frango recheado de presunto ao molho de cerveja com os cuidados que dedico ao Macintosh. A porra de um artista gráfico manejando faca e fogão. Agora a desculpa não é difícil. Duas horas depois bato novamente, já é noite, levo um prato. Ela não consegue disfarçar a surpresa, talvez a comoção. Saio apressado, ganhei, ganhei, ganhei.

Quase uma semana depois — já começava a duvidar de meu sucesso — recebo um sinal positivo. A anã convida-me pela janela a uma visita. Vôo.

O grande desafio é ignorar a ausência da loura. A anã tem o cabelo castanho-escuro. Fala rápido, quase atropelando as sílabas. Cedo estabeleço alguma intimidade. Falo de meu trabalho naquilo que possa ter de curioso para quem não o execute e, portanto, não o ache interessante. A anã se interessa, ou finge interessar-se, o que é melhor, porque então quer dizer que se esforça em me agradar.

Atiro-me na provocação mais dissimulada. Sua solidão se entrega no que pode. Ri demais. Fica agitada além do costumeiro. Tenta mostrar-se como se fosse a loura. Quase sem perceber, olho em direção à cortina. A anã fisga rápido minha pergunta quieta. — Minha irmã, Letícia, está doente — diz — mas não se preocupe.

Visito Vilma a cada dois dias, agora sempre à noite. Exibo meus dois casamentos fracassados como dois trunfos, o trunfo da legitimidade contra a acomodação. Mostro-me reservado, compungido com a dissolução alheia, devotado ao trabalho e à reclusão. Sei que tudo isso faz com que ela confie rápido em mim e aos poucos deixe-me ir sabendo mais. Até sobre Letícia.

A cortina de pano que Letícia, a toda hora, ajeita, para que não haja frestas, como se escondesse, ela também, o seu nanismo.

Inerte Letícia, dopada?, o corpo longo distendido. Suspiro mudo ao olhá-la; ela salta, reage, acordada, um cavalo de Delacroix. Acontece num dia em que a anã se distrai: enquanto está no banheiro, arrisco um segundo, e dou com o cadáver lindo e branco que súbito ressuscita. Mas já ouço a descarga, fecho a cortina e me fecho.

Um dia fico sabendo da dependência química de Letícia. Hipofagin, Inibex, Lexotan com bebida alcoólica. Mas deve ser recente. O níveo palor de sua pele resiste, não sei até quando.

Pressinto a ação de Vilma nesse vegetal que parasita o corpo da loura. Apresso-me em fazer algo, como conversar com ambas, mas a anã tem sobras de defesa, não me permite entrar no assunto mais do que superficialmente, muito menos no quarto, e a cortina permanece imóvel, exceto as poucas vezes em que os dedos finos, longos e pálidos movem uma mão decepada.

Apenas tenho uma segunda chance de ver Letícia no dia em que Vilma vai ao pátio colher manjerona na pequena horta. Salto até a cortina, num repelão escancaro-a, e o vale da morte escancara, só que a sua goela. Letícia exibe sua consciência ofendida num mutismo de vigília. Suas pernas longas, seu pequeno pijama azul. Mal abre os olhos, ó dor de não poder salvar um anjo! De repente, como num frenesi, encolhe-se toda, em posição fetal. Vista assim, parece ter o tamanho da irmã.

Neste dia decido fazer com Vilma o que já decidi fazer um dia com Letícia. O caminho é longo, áspero, mas incontornável. Esqueço as horas, olho decidido o olhar opaco da anã que vai se umedecendo aos poucos. Pego-lhe a mão quando me estende uma fotografia dos pais.

Os olhos de Vilma ficam levemente turvos, piscam um segundo, me aproximo. Levanto-me da poltrona, e logo me abaixo, as costas doendo, minhas mãos ficam no ar. Vou com a boca até onde está a sua, que hesita entre a rigidez e a vontade. Um arrepio entre as costelas. Sua língua é pesada, grossa demais, e a salivação me faz encolher minha língua.

Penso em nós três: desorganização do pensamento, confusão mental que surge rapidamente, flutuação do nível de consciência, distúrbios perceptivos, distúrbio do ciclo sono-vigília, hiper ou hipomotricidade, desorientação no tempo e espaço, distúrbios de

memória de fixação, humor eufórico ou disfórico, sexualidade alterada, delírio.

Digo a Vilma, antes que se perturbe com minha presença depois do ato, que irei para casa. Ela nada diz.

Meu apartamento logo se abre numa tênue treva generosa. Algo treme debaixo da minha carne. Lembro.

Minha sobrinha, um dia, apanhou na creche de um menino com síndrome de Down. Não há nada mais bizarro que sofrer suplício físico de alguém que a sorte derrotou antes de nós.

"Morreram os costumes, o direito, a honra, a piedade, a fé, e aquilo que nunca volta, quando perdido: o pudor." Sêneca. Meu estado é um misto de euforia e de espanto arrependido. Não adianta tentar qualquer espécie de repouso. Deitar, fumar, olhar televisão, beber café — nada poderá acalmar essa suspeita de que, agora, aqui comigo, divide o mesmo oxigênio.

Nota do Autor

A segunda parte deste livro, *Frio*, com pequenas alterações, saiu em volume isolado em 2001, com generosa crítica. A primeira parte, com exceção de meia dúzia de contos publicados na Internet e em antologias, é inédita. A soma das duas se impôs pela unidade buscada: a de um inferno, no caso, seguido, retrospectivamente, por um purgatório — que o anuncia. Assim, o leitor pode sair destas páginas, talvez um tanto duras, não com a promessa de um paraíso, única região ausente, mas com a advertência necessária.